POCZĄTEK [illegible]ZA

ZMIERZCH EPOKI TOM 1

SHAUN L GRIFFITHS

Kindle Edition

Przekład: Damian Kwapisiewicz
Redakcja: Wioletta Sytek
Projekt okładki: Llynara.com

Created with Vellum

Dla Kasi, która nauczyła mnie tańczyć w deszczu

SPIS TREŚCI

„KSIĘGI DZIEJÓW"

Był to czas mroku i długich cieni.
Czas zmian i lęku.
Był to czas zwierząt.

Nie wiadomo, kiedy to się zaczęło.
To, co jest w księgach, jest mętne i choć dawne pisma
zawierały poszlaki, że kończy się pewna epoka,
nikt nie chciał za nimi podążyć.

Życie było jednak proste, lekkie, nikt nie miał potrzeby pytać,
dlaczego stare odchodzi w zapomnienie.
O pismach powoli zapominano, a z czasem ludzie przestali je sporządzać.
To jednak nadeszło i wszyscy zaczęli sądzić, że życie zawsze takie właśnie było
i już zawsze takie będzie.
Zamykali nocą swoje drzwi i okna ciężkimi ryglami.
Bali się.

Dzieci chowały się pod kocami, nerwowo tuląc się nawzajem.

Matki płakały, zalęknione o życie swoich dzieci, dopóki nie zmorzył ich sen.

Ojcowie leżeli, nasłuchiwali, wspominali swoje dawne życie wolne od trosk, próbując dojść, jak i kiedy to wszystko się zaczęło.

Jednocześnie wściekli na swoją bezsilność wobec zmian i zlęknieni. Leżeli, nasłuchiwali.

A wszystko nadal się zmieniało.

— fragment „Księgi dziejów”

ROZDZIAŁ 1

Wczesna jesień.
Poranek przy grobli północno-zachodniej.

Nie spał prawie całą noc, czekając na sygnał ogniowy, który nigdy nie nadszedł. Otulony w koc mający go ochronić przed porannym chłodem poczuł, jak ogarnia go zmęczenie po całonocnym czuwaniu. Sam przetarł oczy i policzki, które pokryły się już szorstkim dwudniowym zarostem.

– Sam, widać dym – powiedział Avi, który miał tego ranka pełnić wartę.

Jego brat bliźniak Ben od razu był na nogach. *Wyczuł jego zmartwienie czy po prostu czyta mu w myślach*? Sam często się zastanawiał, czy braci łączyła jakaś telepatyczna więź. *Pewnie zasługa lekkiego snu*, tłumaczył sobie.

– Wszyscy wstawać! – zawołał. – Wiecie, co robić, więc do roboty.

Miał cichą nadzieję, że tak naprawdę ogień wcale nie zapłonął, że to tylko fałszywy alarm, a wszyscy śpią bezpiecznie w łóżkach. Unoszący się dym potwierdził jednak jego obawy. Znowu się zjawili i znowu zabrali jedno z dzieci.

Sam zajął ustaloną pozycję i położył się w wilgotnej trawie, obserwując, jak pozostali zajmują przydzielone im miejsca. Ponaglał ich gestem, a jego szept przez zaciśnięte zęby przeradzał się niemal w krzyk. Wiedział, że musi ruszyć na czele, ale starał się to jeszcze chwilę odłożyć w czasie, przeczuwając, że najgroźniejsze chwile były tuż za rogiem. Zbierał w sobie siły, żeby zostawić za sobą promienie porannego słońca i ruszyć w nieznane.

Oddział Aviego czołgał się powoli naprzód po lewej stronie, starając się trzymać tak nisko, jak to tylko możliwe, względem brzegu rzeki. Sam widział ich niepewne, pytające spojrzenia, które prosiły, aby ruszył na czele. Wciąż się jednak wstrzymywał, dając im znaki, żeby posuwali się dalej przed siebie. Jego kolej miała nadejść już niedługo.

Sam wziął głęboki oddech, próbując na chwilę odciąć się od wszystkiego, co działo się wokół. Była to prawdopodobnie ostatnia chwila, żeby nacieszyć się otoczeniem. Czuł stąd zapach rzeki, która łagodnie przepływała z lewej strony. Mógł niemal poczuć smak sosnowego lasu, upajającej słodkiej świeżości potężnych olbrzymów, które nieznacznie kołysały się po prawej stronie. Dotknął wilgotnej, miękkiej trawy. *Nie ma na tym świecie nic piękniejszego w jesienny poranek.*

Wziął drugi oddech. Powiew porannego wiatru na chwilę go uspokoił. Sam obserwował, jak mgła kłębi się nad powierzchnią wody, podczas gdy ukośne promienie nisko położonego słońca zmuszały go, żeby spojrzał w górę. Białe niebo zwiastowało przejrzysty poranek. *Będzie nieziemski skwar, gdy tylko opadnie mgła.*

Gdy jego zmysły nasyciły się otoczeniem, mógł w końcu wrócić do rzeczywistości.

Wziął trzeci oddech.

– Kocham te ziemie – szepnął bardziej do siebie niż do Caseya, który miał go osłaniać.

Nareszcie poczuł ogarniający go spokój.

– Cóż, chyba nie ma sensu tak siedzieć i dyszeć, równie

dobrze sami moglibyście wtedy tam pójść – dodał głośno. Casey odpowiedział mu uśmiechem.

Sam dał znak pozostałym, żeby zajęli pozycje i czekali w gotowości.

– Dotąd wystarczy – powiedział. – Nie chcemy rozpętać wojny.

Casey zajmował już wcześniej tę pozycję, ale to w żadnym wypadku nie ułatwiało sprawy. Za każdym razem obserwował, jak Sam uspokaja oddech i ogarnia go spokój. Casey posyłał mu wtedy jeden z tych swoich niemrawych, niemal smutnych uśmiechów, po czym rzucał jakąś nonszalancką uwagę.

– Dzięki, że tu jesteś – powiedział Sam. Uważnie wpatrywał się w Caseya, jakby wiedział, przez co przechodzi, zdając sobie jednocześnie sprawę, że każdy musi uporać się ze strachem we własny sposób. W takich chwilach nie było w oczach Sama nawet śladu oskarżycielskiego tonu. – Nie chciałbym nikogo innego na twoim miejscu.

– Czy nie powiedziałeś tego samego poprzedniemu gościowi, który robił ci za wsparcie? – tym razem Sam wyszczerzył zęby w uśmiechu.

– Do zobaczenia po drugiej stronie.

– Tylko nie zgrywaj bohatera – szepnął Casey.

Sam dał głową znak oddziałom po bokach, po czym przygarbiony rzucił się do biegu, starając się jak najszybciej dostać w pobliże grobli. Krajobraz, który tak bardzo kochał w jesiennie poranki, wyglądał teraz jak śmiertelna pułapka. Wyłom, który powstał w grobli, gdy pojawiły się potwory, budził w nim lęk.

Rzeka po lewej i kołyszący się las po prawej tworzyły lej, który zdawał się wszystko wciągać.

Biegnąc, Sam odruchowo schował głowę między ramionami w odpowiedzi na niebezpieczeństwo, które wisiało w powietrzu. Jego buty ślizgały się po mokrej trawie, nieznośnie go spowalniając. Podmokła trawa zmieniła się w błoto. Upadł na kolana, usiłował znaleźć jakiś pewny punkt pośród błota, które zdawało się przyklejać go do ziemi. Brnąc mozolnie przez grzęzawisko, Sam dotarł w końcu do brzegu rzeki i skraju ziónącej ciemności. Wycieńczony oparł się o krawędź wyłomu. Rzucił okiem na oddziały na skrzydłach, upewniając się, że wszyscy są na pozycjach, po czym spojrzał na Caseya.

Podniósł trzy palce, zaczynając odliczanie. *Błagam, niech będzie czysty*, pomyślał.

Dwa palce. *Niech jeszcze nie wracają.*

Sam wzniósł palec wskazujący, obrócił się i popędził w stronę wyrwy w brzegu rzeki.

Spodziewał się oślepiającego błysku, jaki towarzyszył potworom przy ich ostatniej napaści. Odruchowo zacisnął oczy, nie mając bladego pojęcia, co się może za chwilę wydarzyć.

Ich przybyciu zdawał się nie towarzyszyć żaden schemat, który można odgadnąć. Wiedzieli tylko o całunie migoczącym nad wejściem, dziwnym zapachu i błysku światła bezpośrednio poprzedzającym ich przybycie.

Każdy mógł się przedostać czy tylko tym stworzeniom nie groziło to śmiercią? Jak długo te przejścia pozostawały otwarte i dlaczego zamykały się nagle bez ostrzeżenia? Znikały, po czym pojawiały się w zupełnie innym miejscu, za każdym razem sprowadzając chmarę tych bestii.

Sam wszedł do tunelu; ciemność wokół była tak głęboka, że zdawała się namacalna. Sprawdził grunt, ostrożnie posuwając się naprzód. Powietrze wokół niego zatrzeszczało od kolejnego błysku. Gdy tylko światło się rozpłynęło, Sam ujrzał przed sobą spektakularny widok: biel ustąpiła soczystej zieleni, a jego oczom ukazała się rozległa dolina.

Wzniesienia i góry na wschodzie i zachodzie przyciągały wzrok Sama ku pokrytym śniegiem szczytom w oddali. Wierchy, którymi aż po horyzont były usłane ziemie na północy, zdawały się dotykać intensywnie niebieskiego nieba. Sam uświadomił sobie, że z wrażenia zabrakło mu tchu.

Czuł się jak we śnie, niezdolny ruszyć niczym z wyjątkiem

oczu, które chłonęły rozległy widok. Jego zmysły powoli zaczynały wychwytywać śpiew ptaków, zapach kołyszącej się na wietrze trawy, ciepłe promienie słońca muskające jego twarz.

Kątem oka Sam dostrzegł ruch. Zmusił ciało do reakcji na niebezpieczeństwo, obrócił się, gwałtownie przyklęknął, ustawiając się frontem do kogoś, kto był z prawej strony. Ku jego zdziwieniu tym kimś był młody, podobnego wzrostu mężczyzna, który opierał się plecami o skałę. Sam zwrócił uwagę na długie, brązowe włosy nieznajomego i jaśniejszą karnację, które kontrastowały z czarnymi włosami i ciemniejszą skórą charakteryzującymi jego klan.

Zobaczył też, że nieznajomy dość poważnie złamał sobie nogę. Miał rozdarte spodnie, z których zrobił opaskę uciskową, daremnie próbując zatamować cieknącą krew. Rysy miał męskie, choć wyglądał młodo. Twarz miał wykrzywioną bólem złamanej nogi, niemniej w jego oczach wciąż widać było ogień i gniew, że Sam zastał go w takiej sytuacji.

Kiedy nieznajomy się odezwał, Sam był zszokowany, słysząc własny język. W jego głosie słychać było ponadto nutę zuchwałości.

– Przychodzisz bez broni, masz ze sobą jedynie kij – rzekł nieznajomy kpiąco przez zaciśnięte zęby. – Daleko z nim nie zajdziesz – dodał, niemal śmiejąc się sam do siebie.

– A ty nie zajdziesz daleko ze złamaną nogą – odparował Sam. – Nie przyszedłem tu toczyć bitew, tylko odzyskać, co zostało nam zabrane. Jeśli jednak nie zdołam cię przekonać, żebyś oddał nasze dzieci, to ten „kij" w zupełności się nada, żebyś zmienił zdanie.

– Odważne słowa jak na kogoś, kto chowa się nocą za zamkniętymi drzwiami – odrzekł nieznajomy, sapiąc z bólu.

– Ujawniliście się i teraz wiemy, że to nie duchy rozpływają się w ciemności, tylko jakieś tresowane zwierzęta, które wypuszczacie na naszych ziemiach.

– Tresowane zwierzęta! – tym razem nieznajomy faktycznie

się zaśmiał. – Tak mało wiesz o tym świecie. Wracaj do domu, nędzny człowieku. Nazbieraj tych swoich jagód, złap kilka ryb i schowaj się nocą za drzwiami, a swoje bezpieczeństwo zostaw tym, którzy staną na wysokości zadania i będą strzec granicy.

– Nie widzę jakoś, żebyś teraz w ogóle stał.

– Nie waż się nawet wkraczać do mojej krainy i kazać mi zwrócić to, czego potrzebujemy. Weź swój kij i wracaj – zaśmiał się.

– Broni też przy tobie nie widzę. Chcesz mnie obrażać, aż się poddam, czy czegoś nie dostrzegam? – rzekł Sam.

– To moje ostatnie ostrzeżenie. Nie jesteś nam w ogóle potrzebny. Wracaj do swojego domu drogą, którą tu przybyłeś, i wiedź dalej swoje bezwartościowe życie tam, skąd pochodzisz. Inni przybędą już niedługo i zapewniam cię, że nie chcesz być wtedy w pobliżu.

– Może i nasze życia nie mają dla was żadnej wartości – odpowiedział Sam – ale my jesteśmy gotowi umrzeć dla takich wartości jak nasza rodzina. Byłbyś gotów tak samo się teraz poświęcić?

– Mów dalej, nędzniku. Widzę, że twoje słowa dodają ci złudnej odwagi, żeby dalej tu tkwić. Kiedy słońce znajdzie się na wysokości twoich oczu, pozostali przekroczą tę bramę. Dopadną cię i już nigdy nie wrócisz do swoich, którzy, jak mniemam, czekają po drugiej stronie granicy. Nie sądziłem, że ktokolwiek z waszego gatunku ośmieli się przyjść tu w pojedynkę.

– Ci „pozostali", jak nazywasz stworzenia, które wytresowaliście, nie powrócą dziś – rzekł Sam. – Ty natomiast nie ujrzysz już swojej doliny. Pójdziesz ze mną, powstrzymasz te stworzenia, uwolnisz dzieci, które porwaliście, i zostawicie nas w spokoju.

– To jest twój plan? – zaśmiał się.

– Nie spodziewałem się, że spotkam kogoś jak ty po wyjściu z tego tunelu. Takiej doliny też się nie spodziewałem – rzekł Sam, wciąż pod wrażeniem widoku, który się przed nim rozpościerał. *Oddychaj głęboko*, powiedział sobie. *Skup się*.

– Widzę, że wykorzystałeś czas na rzucanie pustych słów i popisywanie się głupotą. Zmarnowałeś właśnie swoje ostatnie chwile.

– Sam poczuł mrowienie na karku. Nieznajomy nie rzucał pustych pogróżek. Było zbyt wiele rzeczy, których Sam nie rozumiał i wiedział, że musi wrócić na swoje ziemie pomóc reszcie klanu czekającej w zasadzce na powrót tych stworzeń.

Cokolwiek należy zrobić, należy to zrobić teraz, pomyślał.

– Zbyt dużo myślisz, za mało działasz.

– A ty za dużo gadasz i nic nie robisz – odrzekł Sam z determinacją wypisaną na twarzy. Zrobił krok przed siebie.

Nieznajomy ruszył z niespodziewaną szybkością. Utrzymując się na zdrowej nodze, dobył lasso, które miał schowane z boku. Wprawnie zarzucił je w miejsce, gdzie Sam postawił stopę.

Sam przyklęknął, jak tylko zobaczył pętlę wijącą się w powietrzu, wetknął w nią kij i zarzucił ramię za siebie, zaciskając ją. Gdy tylko lina oplotła kostur, Sam pociągnął oburącz i wytrącił przeciwnika z równowagi, który runął przed siebie, nie mogąc utrzymać się na jednej nodze. Sam wykonał pełen obrót, żeby znaleźć się tuż za nim.

– Nie chcę cię krzywdzić – powiedział Sam. – Ale zrobię to, jeśli ze mną nie wrócisz. Ani wy, ani wasze zwierzęta nie dokonają już żadnej napaści, a nasi bliscy do nas wrócą. Ty zaś zostaniesz z nami, dopóki tak się nie stanie.

– Wydaje się wam, że możecie nas powstrzymać? Myślisz, że moi ludzie zwrócą to, co zabrali, z mojego powodu? Kiedy wrota się zamkną, nikt nie będzie o mnie pamiętać. Byłem tego świadom, kiedy złamałem nogę. Jeśli nie jestem w stanie walczyć, jestem nic niewarty i dobrze wiem, że to dlatego mnie zostawili. Jesteś nie tylko nędzny, ale i głupi, jeśli wydaje ci się, że możecie nam się przeciwstawić.

– Zdecydowanie za dużo gadasz – powiedział Sam.

Związał nieznajomemu ręce, zdarł rękaw z jego tuniki i zrobił z niego knebel, żeby uciszyć potok wyzwisk i oburzenia.

– Związany przez takiego nędznika – chwały ci to nie przyniesie wśród twoich zwierzęcych kumpli.

Sam chwycił go za skrępowane na ramiona i, to ciągnąc, to wlokąc nieznajomego, ruszył z powrotem w kierunku tunelu. Otoczył ich krąg potężnego białego światła. Źdźbła trawy były wyprostowane i zdawały się tańczyć w naelektryzowanym powietrzu. Sam czuł energię, która unosiła się wokół niego. Wydawało mu się, że światło przygniatało go swoim ciężarem, gdy ciągnął nieznajomego ze sobą.

Casey leżał pośród wilgotnej trawy, uważnie obserwując wyrwę z boku grobli. Zauważył, że wstrzymywał oddech, odkąd zobaczył błysk światła towarzyszący wejściu Sama do tunelu. Zaczął odliczać sekundy, żeby jakoś uchwycić upływ czasu. Pamiętał, jak w takich chwilach stają się one godzinami. Był wyczulony na każdy ruch, a każdy moment dłużył się niemiłosiernie, choć w rzeczywistości, odkąd wszystko się rozpoczęło, minęło najwyżej kilka sekund.

Minuta. Nikt nie wiedział, co jest po drugiej stronie. Nikt nie wiedział, czy jest jakaś droga powrotu czy też była to podróż tylko w jedną stronę.

Po dwóch minutach Casey wiedział, że plan zawiódł. Sam miał dokonać szybkiego rozeznania i od razu się wycofać, a w razie gdyby goniło go więcej potworów, klan osaczyłby je ze wszystkich stron i uniemożliwił ucieczkę. Miał wejść i od razu wyjść.

Trzy minuty. Casey zerwał się na równe nogi. Ktoś musiał coś z tym zrobić, a pozostali skierowali spojrzenia w jego kierunku. Rzucił się w stronę skraju grobli i przywarł do jej boku. Dał sygnał pozostałym, żeby się nie wychylali, i rozejrzał się wokół wejścia tunelu, próbując dostrzec, dokąd prowadzi. Usłyszał jedynie ledwie uchwytny trzask i poczuł delikatny swąd spalenizny. Nagły błysk światła odrzucił go do tyłu w kierunku brzegu rzeki.

Z przygaszonego tunelu wyłonił się Sam.

– Plan B, kolego – powiedział. – Wracam z nagrodą.

– Jak ci się udało to związać? – spytał zdumiony Casey. – Na pewno się nie wyrwie?

Sam obrócił się, ujrzawszy zdumienie na twarzy towarzysza. Zobaczył, że leżący na ziemi nieznajomy zaczął się przemieniać na jego oczach. Ręce i nogi zmieniły się w silne, umięśnione kończyny, a w miejscu dłoni i stóp pojawiły się łapy z wysuniętymi pazurami orzącymi ziemię za nim.

Głowa należała teraz do jakiegoś podobnego do kota zwierzęcia, które warczało rozwścieczone faktem, że jest związane i zakneblowane oraz nie może się uwolnić. Próbowało przegryźć knebel, żeby móc dobrać się do sznura, którym związane były jego łapy. Zwierzę wierzgało zdrową nogą, próbując trafić nią Sama bądź Caseya, którzy z łatwością odsuwali się od śmiertelnie ostrych pazurów. Potężny ogon smagał powietrze.

Sam spoglądał na to wszystko ze zdumieniem.

– Skąd to się wzięło? Przysięgam, że chwilę temu to był człowiek.

– Ewidentnie jest to kot, ale takiego to nigdy nie widziałem. Twoja żona się wścieknie, jeśli przyprowadzisz go ze sobą do domu – rzekł Casey.

Na dźwięk tej zniewagi stwór ponownie wierzgnął, a jego warknięcia przerodziły się w rozgniewane ryki, gdy próbował zaatakować Sama i Caseya.

Sam czuł, że sprawy zaczęły wymykać się spod kontroli. Najpierw sen na jawie, teraz ludzie zmieniający się w koty, przejścia do innych krain – to wszystko było dla niego niezrozumiałe. Rozejrzał się wokół, chcąc przekonać samego siebie, że to wszystko dzieje się naprawdę. Widział rzekę, czuł las sosnowy; zauważył, że członkowie klanu opuszczają przygotowaną zasadzkę. Zobaczył, że słońce wznosi się ponad sosny, a jego promienie prześwitują przez delikatnie rozkołysane gałęzie. Wszystko zdawało się prawdziwe, ale jednocześnie nieprawdziwe.

Przypomniała mu się pogróżka nieznajomego. *Kiedy słońce znajdzie się na wysokości twoich oczu, pozostali przekroczą tę bramę.*

– Casey, mam paskudne przeczucie, że te stwory wrócą tu lada moment. Zmiana planów. Kiedy się zjawią, dajemy się zauważyć, jak przetrzymujemy „to" – Sam spojrzał na związanego potwora leżącego na ziemi. – Obie flanki przysuwają się na tyle blisko, żeby zablokować wejścia. Otaczamy je i nie pozwalamy uciec.

Casey dał znak pozostałym członkom klanu, żeby się skryli.

– Zostań tu ze mną. Podnieś drugi koniec mojej laski i przytrzymaj go. Upewnij się, że widać go z daleka. Chcę mieć jak najwięcej czasu, żeby ich otoczyć.

– Weź go z prawej strony – dodał Sam. – Jak zacznie wierzgać, po prostu upuść go na złamaną nogę, to spotulnieje.

– Skąd wiesz, że to on?

– Później wszystko wyjaśnię. Jestem pewien, że te kreatury będą tu niedługo, sam to powiedział, gdy byliśmy po drugiej stronie.

– Rozmawiałeś z tym? – spytał Casey, nie dowierzając.

– Kiedy przeszedłem tunel, wyglądał jak człowiek, przysięgam... Patrz, na południowym wschodzie widać, jak wzbija się kurz. To oni i wygląda na to, że dokądś się bardzo śpieszą – stwierdził Sam lekko nerwowym tonem.

Avi i Ben podeszli bliżej tunelu, łatwo widoczni teraz dla nadciągających istot stali bezpośrednio na ścieżce, która do niego prowadziła.

Casey widział kątem oka, że Sam zaczął już swoje ćwiczenia oddechowe, usiłując nie stracić zimnej krwi w obliczu nadciągającej nawałnicy. Podnieśli kij Sama, żeby mieć pewność, że schwytany potwór będzie dobrze widoczny między nimi.

– Pięć sekund – powiedział Sam.

– Stary, oni nie zwalniają.

– Spróbuj podnieść go wyżej, niech go zobaczą.

– Nie zamierzają zwolnić! – krzyknął Casey, szykując się na zderzenie.

Sam patrzył z niedowierzaniem, jak pięć potwornych głów ustawionych w klin wyłania się z chmury pyłu i na pełnej prędkości zmierza w ich kierunku. Widział ich zaciekłe spojrzenia skupione wyłącznie na tunelu. Nie rozglądały się na boki, ich związany kompan też nie przyciągał ich uwagi. Sam czuł ich oddech, ich zapach i ich pot, kiedy rozbili się o nich, nie wytracając impetu. Stwór na czele szyku staranował go uderzeniem głową w brzuch, wywracając Sama i całkowicie pozbawiając go tchu. Casey zdołał odskoczyć na prawo, unikając głównego uderzenia, ale został pokopany i stratowany przez drugą linię szarżujących bestii. Pozostałych wytrącił z grobli trzeci szereg nadciągających zwierząt.

Stworzenia wbiegły do tunelu, pozostawiając za sobą błyski oślepiająco białego światła i chmurę pyłu leniwie unoszącą się wzdłuż drogi, którą przebiegły.

Rozległo się pięć donośnych trzasków, jakby bat chłostał powietrze wokół nich, niosąc się echem aż do odległej doliny i pokrytych śniegiem gór, których obraz Sam widział nawet teraz przed oczami.

Nad równiną robiło się coraz spokojniej. Poranny wiatr rozwiał tumany kurzu wzniecone przez szarżę, które teraz opadały na nich i wszędzie wokół. Rzeka łagodnie zachlupotała i zawirowała, pola i drzewa wyglądały znów tak, jak wyglądały zawsze. Nic jednak nie miało już być takie samo.

– Musiał być popularny wśród swoich – rzucił Casey, wskazując głową na wielkiego związanego kota, który leżał na ziemi.

Strzepnęli z siebie kurz, próbując zrozumieć, co właśnie się wydarzyło. Pozostali członkowie klanu zbiegli z pozycji, w których się ukrywali, przygotowując zasadzkę, która nie doszła do skutku.

Wszyscy naraz krzyczeli, gestykulowali, odtwarzali sceny tak, jak je przed chwilą zobaczyli, dopóki Sam nie podniósł głosu na tyle, żeby wszyscy go usłyszeli.

– Przyznaję, nie do końca tak to sobie wyobrażałem, panowie. Ktoś był w stanie dostrzec, czy tym razem mieli ze sobą dziecko? – spytał.

– Widziałem, że kogoś nieśli – powiedział jeden z ludzi z drużyny Aviego, który próbował dostać się na miejsce z lewego brzegu. Z nosa ciekła mu krew, a na głowie miał głęboką ranę, najpewniej od pazura, którą odniósł, gdy bestie się przez nich przebiły. Strzępy jego ubrania leżały tam, gdzie upadł i został stratowany przez nacierające stwory.

– To chyba była Lulu, ale w tym zgiełku...

Gdy do wszystkich dotarło, co się stało, zapadła ciężka cisza.

– Sprawdźcie, co z pozostałymi rodzinami. Trzech idzie ze mną; idę do domu zobaczyć, co z Salli. Poślijcie trzech na miejsce spotkań, sprawdźcie, czy kogoś nie brakuje – powiedział Sam. Wszyscy zgromadzeni słyszeli w jego głosie, że jest bardzo wstrząśnięty.

Sam czuł, jak narasta w nim wściekłość.

– To ostatni raz, gdy te bestie napadają nasze ziemie porywać nasze dzieci – krzyknął. – Nigdy więcej!

– A co robimy z tym? – spytał Ben, wskazując na zwierzę leżące u ich stóp.

– Musi być powód, dla którego go zostawili – powiedział Harri Boatman, robiąc krok naprzód i zwracając się do całego kręgu zebranych. – Z pewnością było coś, co te potwory miały zrobić, albo miejsce, do którego miały pójść i to było ważniejsze niż zgarnięcie jednego ze swoich.

– Musieli go zobaczyć – powiedział Casey. – Niemożliwe, żeby go nie zauważyli, nawet podczas tej szarży.

– Wciąż mogą mieć zamiar powrócić po niego albo spróbować kolejnej wyprawy po dziecko – dorzucił Harri.

– Zgadzam się – rzekł Sam. – Opatrzmy go jakoś, zajmijmy

się jego złamaną nogą i przydzielmy mu ścisłą straż. Musimy zrozumieć, co tu się właściwie dzieje.

– Co znalazłeś w tunelu, Sam? – spytał Casey. – O czym chciałeś mi powiedzieć tuż przed atakiem i dlaczego mówisz o tym „on"? Co tam się wydarzyło?

Sam wziął głęboki oddech.

– On mówi w naszym języku.

Na twarzach wszystkich zgromadzonych odmalował się szok zmieszany ze zdziwieniem.

– Na końcu tunelu zobaczyłem młodego mężczyznę. Kiedy go tu zaciągnąłem, zmienił się w kota, którego tu widzicie. Nie wiem jednak, o co tu właściwie chodzi i dlaczego porywają nasze dzieci.

– W porządku, zabierzmy go ze sobą i powiedzmy doktorowi, żeby przyjrzał się tej nodze – powiedział Casey. – Może będziemy go jeszcze mogli użyć jako zakładnika w zamian za dzieci.

– Możemy też sprawdzić, co wie – stwierdził Ben.

Pozostali spoglądali w milczeniu, rozważając tę możliwość.

– Muszę sprawdzić, co z Lu. Wy trzej za mną – rozkazał Sam.

Nikt nie miał nic więcej do dodania, głos Sama uciął wszelką możliwość dalszej dyskusji.

– Ben, roześlij gońców na granice, wezwij wszystkie rodziny – rzekł Casey.

Harri pomógł Caseyowi unieść stworzenie przy pomocy laski włożonej między jego ramiona, po czym, pół-niosąc je, pół-wlokąc, oddalili się od grobli. Wraz z pozostałymi, którzy szli w jednej kolumnie, wyruszyli na południe do miejsca spotkań.

ROZDZIAŁ 2

Dwa tygodnie wcześniej.
Popołudnie w domu Boatmanów.

– Kerri! Jakie to miłe, że przyszłaś – powiedziała pani Boatman.

– Och, już tyle razy chciałam przyjść, ale... no, wie pani, jak to jest.

– Oczywiście, kochanie, że rozumiem. Słyszałam, że zamieszkałaś razem z Caseyem.

– To prawda, strasznie potrzebował kogoś, kto będzie mu gotował, choć się do tego nie przyzna, a na dodatek miał wolny pokój. Nie da się żyć wyłącznie na naleśnikach – uśmiechnęła się Kerri.

– Casey będzie cię chronił, choćby nie wiem co. To dobry chłopak, zrób z niego porządny materiał na męża dla jakiejś dziewczyny.

– Hmm... wydaje mi się, że czasami nie będzie mógł przeze mnie skorzystać z tej swojej „wolności". Ale koniec końców on ma własne życie, a ja nie zamierzam tam zostawać jakoś specjalnie długo.

– Bzdury. To, że się do niego wprowadziłaś, to najlepsze, co mogło się wam obojgu przytrafić. Jeszcze nigdy nie widziałam, żeby tak poważnie podchodził do swoich obowiązków. To tak, jakby miał teraz młodszą siostrę, którą musi się opiekować.

– Chyba ma pani faktycznie rację. Zresztą czy dziewczyna mogłaby sobie wymarzyć lepszego obrońcę niż największy, najbardziej wojowniczy i najbardziej niedożywiony mężczyzna spośród całego klanu, który będzie spał pod jej drzwiami? – Obie się roześmiały na myśl o diecie Caseya.

– Może się czegoś napijesz albo coś przekąsisz?

– Dziękuję pani, ale teraz nie mogę. Wpadłam tylko, żeby to wręczyć – powiedziała Kerri, podając troskliwie owinięty pakunek przewiązany sznurkiem. – Robiłam porządki i pomyślałam, że może spodoba się Holly. Na mnie jest już trochę za mała.

Pani Boatman rozwiązała sznurek i ostrożnie rozpakowała podarunek. W środku była starannie złożona i wyprasowana czerwona sukienka Kerri; wyglądała zupełnie jak nowa.

– Na pewno będzie zachwycona, Kerri. Bardzo ci dziękuję – oczy pani Boatman zaszły łzami. – Pamiętam, jaka byłaś dumna, kiedy przyszłaś w niej pierwszy raz na miejsce spotkań. Calutki czas kręciłaś piruety.

– Pamiętam! Moja mama wtedy właśnie skończyła ją dla mnie szyć. Myślę, że byłaby szczęśliwa, wiedząc, że ktoś inny może się nią teraz cieszyć.

– Podejdź tu, niech cię uciskam – powiedziała pani Boatman, mocno tuląc Kerri do siebie. – Holly na pewno będzie przeszczęśliwa.

– I chciałam też podziękować, wie pani, za wszystko.

– To przecież drobiazgi, moje dziecko. Gdybyś kiedyś czegokolwiek potrzebowała, wiesz, gdzie nas znaleźć.

– Dobrze, zjawię się jakoś wkrótce.

– Mam nadzieję! Przygotuję ciasto, żebyś mogła je zabrać dla waszej dwójki.

– Bardzo pani dziękuję, pani Boatman, do zobaczenia! –

Kerri pomachała na pożegnanie, odchodząc w stronę nowego domu.

Kerri leniwie wertowała leżącą na stole książkę w nadziei na znalezienie czegoś oryginalnego do przyrządzenia.

– Kerri! Kerri! – pukanie do drzwi mieszało się z dalszym wołaniem. – Kerri!

W progu stanęła Holly w swojej nowej sukience, która sięgała jej znacznie poniżej kolan.

– Tak bardzo ci dziękuję, jest śliczna – powiedziała, robiąc obrót, żeby pokazać, jak faluje brzeg nowej sukienki. – Moja mama mówi, że jeśli będę ją nosić, to będę niedługo biegać tak szybko jak ty.

– Wydaje mi się, że jeśli będziesz ją nosić, to będziesz szybsza od nas wszystkich.

– No co ty, Kerri, nikt nigdy nie będzie szybszy od ciebie.

Kerri zaśmiała się i nachyliła, żeby ucałować Holly Boatman w policzek.

– Może chcesz naleśnika? – spytała.

– Nie, dziękuję, mama mówiła, że mam od razu wracać. Całą drogę przebiegnę!

– Holly, czy mogę ci powiedzieć coś w tajemnicy?

– Co takiego? – zaciekawiona Holli szeroko otworzyła oczy.

– Nie biegaj za szybko, bo cię tamten chłopak nigdy nie złapie.

– Już umie mnie złapać, ale w tej sukience będzie musiał biec dwa razy szybciej. Do zobaczenia! – rzuciła, zostawiając za sobą chmurę pyłu.

Kerri stała w drzwiach, obserwując, jak Holli znika jej z oczu.

Mogłoby już zacząć padać, pomyślała. *Ten pył robi się już zbyt męczący.*

. . .

Lampa oliwna roztaczała w kuchni ciepły blask, przepędzając mrok jesiennego wieczoru.

– Pyszne naleśniki – powiedział Casey. – Co do nich dodałaś?

– Białego sera i szczypiorku.

– Hmm... nigdy bym się nie domyślił.

– No dzięki, Case!

– Nie chciałem, żeby to tak zabrzmiało. Chodziło mi o to, że potrafisz zrobić niesamowite rzeczy, mając tylko biały ser i szczypiorek.

– W porządku, naprawdę nie musisz tego drążyć.

– Wiesz co, chyba nigdy nie jadłem tak dobrze – dodał Casey po chwili namysłu.

– Case, przecież ty całe życie jesz naleśniki.

– Ale nigdy nie były tak dobre.

– Postanowiłam, że zacznę ci przyrządzać porządne jedzenie, pożyczyłam już książkę. W ten sposób będziesz mógł lepiej ocenić, czy panna, która się będzie wokół ciebie kręcić, będzie umiała się tobą zająć w zimowy wieczór.

– Naprawdę nie musisz tego robić.

– Chciałabym się po prostu jakoś odwdzięczyć za to, że się tak o mnie troszczysz.

– Kiedy naprawdę nie musisz.

– Case, słuchaj, kiedy będziesz stary i zmęczony po tym, jak wrócisz z Północnych Równin w zimową noc, to zdecydowanie nie będziesz chciał, żeby powitał cię naleśnik, prawda?

– Lubię naleśniki.

– Ja też, ale nie wydaje mi się, żebym je lubiła po trzydziestu latach jedzenia ich dzień w dzień. Jeśli będę ci przyrządzać porządne jedzenie, nauczysz się odróżniać dobre od złego. Możemy nawet gotować razem, nauczyłabym cię.

– A co z...

Łomotanie w drzwi nie było po prostu natarczywe, było niepokojące.

– Zostań tutaj – powiedział Casey.

Łomot rozległ się ponownie, zanim Casey zdążył dojść do drzwi.

– Harri? – Casey widział panikę w jego oczach.

– Czy Holly dziś tu była?

– Wejdź, spytam Kerri.

– Nie, nie, muszę...

– Dzień dobry, panie Boatman – krzyknęła Kerri, podchodząc do drzwi. – Przyszła tu po południu. Co się stało?

– Wciąż nie ma jej w domu.

– Poczekajcie, poszukam jej z wami. – Kerri włożyła buty. – Powiedziała, że będzie biec całą drogę do domu.

Wczesny wieczór. Miejsce spotkań.

Zanim kolumna dotarła na miejsce spotkań, słońce już zachodziło, iskrząc się złotem i czerwienią na grobli, która przecinała szeroką, łagodną rzekę. Niebo odbijało się w wodzie, w której jego błękit przechodził przez odcienie fioletu aż do czerni, w miarę jak słońce zbliżało się do horyzontu, po czym, zetknąwszy się z nim, skryło się za widnokręgiem.

Czuli już zapach ogniska, a dym unoszący się z palonej sosny zaczynał powoli drapać ich gardła. To były ulubione ogniska dzieci, ogień płonął wówczas krótko jasnym płomieniem, nie takim, który otula ciepłem podczas chłodniejszych nocy. Pomagały podsycać ogień i skakały z radości za każdym razem, gdy dorzucano drewna, wyobrażając sobie, że w płomieniach harcują diabły i anioły.

Dopiero później w ciągu roku, kiedy palono dębem, cały klan gromadził się wokół ogniska, aby ogrzać się żarem, jaki daje właśnie drewno dębu. Najbliżej siedzieli starcy, jako ci, którzy najbardziej potrzebowali się ogrzać. Za nimi matki oraz ojcowie, niemalże namacalnie złączeni teraz rodzinnymi więzami. U ich stóp siedziały dzieci, dopóki nie przegonił ich żar ogniska i kolejne dziecko nie zajęło ich miejsca. Wszyscy spośród gromady oddawali się podziwianiu piękna tańczących płomieni. Każdy, bez względu na wiek, z radością zliczał ich kolory, wskazując na nowy, nieznany odcień, jaki błysnął na ułamek chwili, bądź pokazywał palcem strumień gazu, który wydostał się spośród drew, po czym znowu znikał pomiędzy węglami.

W takich właśnie chwilach ktoś wspominał wielkie czyny, jakich dokonał klan w przeszłości, a wszyscy wydawali głębokie westchnienia i uśmiechali się na myśl o dziełach, które doprowadziły ich do tego miejsca. Albo też któreś z dzieci prosiło: „Opowiedzcie jeszcze raz tę historię o polowaniu albo o znalezisku, albo o tym, jak wszyscy popłynęliśmy na wyspę". Starszyzna zaś się uśmiechała i opowiadała ponownie dzieje klanu. To były szczęśliwe czasy.

Lecz to już się skończyło, czasy się zmieniły. Teraz jednak członkowie klanu wiedzieli, co czai się w mroku nocy i że można to powstrzymać. To miała być noc nadziei.

Mężczyźni wkroczyli na miejsce spotkań, niosąc bestię zwisającą na kosturze. Wszyscy patrzyli zdumieni na stworzenie, które leżało związane na ziemi. Wpatrywali się w milczeniu, próbując oszacować jego siłę i ograniczenia, nawet dzieci nie usiłowały go szturchać ani się z niego naśmiewać. Casey i Harri, skrajnie zmęczeni, usiedli ze skrzyżowanymi nogami na ziemi. Ich ramiona omdlewały i jednocześnie czuły ulgę, wolne od ciężaru stworzenia. Wszyscy widzieli, że wracają bez dzieci, które mieli nadzieję ocalić.

– Doktor! Czy ktoś widział doktora? To stworzenie jest ranne, trzeba się nim zająć – zawołał Avi.

Doktor Mossman usłyszał wezwanie i podszedł do stworzenia. Otworzył chlebak, który zawsze nosił przy sobie.

– Założyliśmy szyny na nogę i obłożyliśmy ją mchem, ale kość trzeba będzie nastawić – rzekł Avi.

Doktor podwinął rękawy, odsłaniając umięśnione przedramiona i dłonie, które były dwa razy większe, niż można się było spodziewać, wyrobione przez lata uciskania i naciągania uszkodzonych mięśni i kości.

– Przyda mi się pomoc – zawołał. – Musi leżeć na plecach. Wy dwaj, trzymajcie kij nad szyją tego czegoś, nie chcę, żeby kogoś ugryzło tymi kłami. Niech ktoś przytrzyma zdrową nogę, żeby nią nie wierzgało, a druga osoba niech przytrzyma za kostkę w tym miejscu – wskazał.

– To jest on – rzekł Ben do doktora.

– Nie będę pytać, skąd to wiesz! Jak zacznie wierzgać, przełóżcie mu kij przez ramiona – powiedział doktor.

Wiedzieli, że doktor Mossman będzie się starał naprawić złamanie, zadając możliwie najmniej bólu, lecz widać było, że „pacjent" cały zesztywniał, gdy doktor przyklęknął przy nim.

Ręce doktora poszły w ruch, bardzo delikatnie badając każdy mięsień i wyszukując ogniska bólu, zanim przystąpiły do uciskania i masowania miejsc pod złamaniem i nad nim. Bestia powoli i stopniowo się odprężała. Zdawała się przestawać odczuwać ból, a potem tracić samo czucie w nodze, gdy Mossman ugniatał jej mięśnie, kładąc je niemal do snu.

– Jego noga jest zbudowana bardzo podobnie do naszej – powiedział.

– Jeszcze rano jego całe ciało przypominało nasze – rzekł Sam.

Członkowie klanu spojrzeli ze zdumieniem na Sama, który wziął długi łyk czystej, zimnej wody z drewnianego kubka, który wręczyła mu żona.

– Może powinienem teraz dać mu wody? – spytał doktora Sam. – Nic nie pił w trakcie drogi powrotnej. Jeśli straci przytomność przy nastawianiu kości, to skąd mamy wiedzieć, kiedy znów się ocknie?

– Dołożę wszelkich starań, żeby to się nie stało, Sam. Wydaje mi się jednak, że lepiej się jeszcze wstrzymać.

Sam spojrzał w oczy zwierzęcia i wydawało mu się, że

dostrzegł w nich zdezorientowanie, które ustąpiło miejsca strachowi, gdy Mossman ponownie zabrał się za nogę.

Taki młody, taki niepewny... a jednak wciąż usiłuje pokazać swoją odwagę, pomyślał Sam.

Obserwował go bacznie, wiedząc, że doktor zaraz skończy swoją robotę. ŁUP! Echo rozniosło się po całym miejscu spotkań, a Mossman rzucił okiem na efekt.

– Zrobione – powiedział, wstawiwszy kość na właściwe miejsce.

Sam uśmiechnął się pod nosem, widząc, jak po fali przerażenia w oczach zwierzęcia zaczęła odmalowywać się ulga.

– Jeszcze rano mówił w naszym języku – rzekł Sam. – Obserwowałem go i wydaje mi się, że zrozumie, jeśli mu się powie, co ma robić.

Żona Sama, Salli, podeszła do niego i mocno go objęła.

– Chyba masz nam dużo do opowiedzenia – powiedziała, prowadząc go do ogniska.

– Staraj się nie ruszać nogą tej nocy – powiedział doktor, zastanawiając się, czy zwierzę rozumie jego słowa. – Mech zaleczy ranę w ciągu nocy, ale kość potrzebuje więcej czasu, żeby się zrosnąć. Na twoim miejscu spokojnie bym leżał. Chcesz się teraz napić wody?

Stwór wyraźnie skinął głową w dół, co Mossman wziął za „tak". Doktor zaczął mu powoli nalewać wody do pyska.

– Pij powoli, nie chcesz, żeby ci się wszystko cofnęło – powiedział, pojąc go jeszcze wolniej.

– Powinniśmy go zabrać na wyspę. Będziemy mogli go rozwiązać, zostawić mu tam wodę i pożywienie. Jutro sprawdzę, co z nim.

Avi i Ben wystąpili, żeby przenieść stworzenie do łodzi czekającej na brzegu rzeki tam, gdzie miejsce spotkań płynnie przechodziło w plażę w kształcie półksiężyca.

. . .

–Powinniście się posilić – rzekł Ojciec Plemienia do tych, którzy wracali z grobli. – Sam, może opowiesz nam, co wiesz o tym stworze, gdy tamci wrócą?

Sam przytaknął w milczeniu. Potrzebował chwili, żeby wejść znów w atmosferę ciepła i zażyłości panującą tutaj.

Gdy tylko wędrówka się skończyła, wygłodniałe żołądki powracających postanowiły o sobie przypomnieć. Zaczęli się krzątać przy ognisku, przygotowując posiłek, oprócz Sama, który siedział zgorzkniały i zmartwiony losem Lulu.

– Musisz coś zjeść – powiedziała Salli. – Będziesz potrzebował siły, jeśli chcemy odzyskać Lulu.

Sam kiwnął głową. Salli miała przecież rację.

Podczas gdy Sam jadł, Salli opatrywała jego rany i zadrapania na rękach i nogach, które odniósł, przechodząc przez tunel. Delikatnie wcierała mech w jego obolałe nogi.

– Do rana będziesz jak nowy – powiedziała z czułością w głosie. Wstała, pocałowała go w czoło i usiadła obok, żeby poczuć bijące od niego ciepło i siłę.

Bracia powrócili z wyspy, wzięli coś do jedzenia i również usiedli przy ognisku. Zapadła pełna wyczekiwania cisza. Wszyscy chcieli usłyszeć opowieść o dzisiejszych wydarzeniach. Sam zwrócił wzrok w kierunku ognia, dostrzegając, jak migoczą w nim barwy i obrazy.

– Jeśli pozwolisz, Ojcze... – zaczął Sam.

Nikt tak naprawdę nie potrzebował pozwolenia najstarszego z rodu, aby przemawiać. Każdy mógł wygłaszać swoje opinie, lecz była to tradycja, którą Sam chciał podtrzymać – zgodnie zaś z tą samą tradycją to jemu następnemu miało przypaść przywództwo nad klanem. Teraz szukał słów, żeby opisać, co dzisiaj przeżył.

– Przejście otworzyło się w grobli północno-zachodniej. Było skryte w takim mroku, jakiego jeszcze nigdy nie widziałem. Ciemność była niemal przygniatająca – mówił, próbując jakoś oddać to, czego był świadkiem. – Gdy wszedłem do tunelu, powietrze wokół zaczęło się nieznacznie jarzyć. Im dalej postępowałem, tym jaśniejsze się stawało. W pewnym momencie, gdy zrobiłem kolejny krok, światło błysnęło oślepiającym blaskiem. Początkowo chciałem tylko przejść, zobaczyć, co jest po drugiej stronie, i od razu się wycofać. Jednak kiedy poczułem twardy grunt pod stopą, zrobiłem kolejny krok i wtedy rozległ się głośny huk i znalazłem się w zupełnie innym miejscu. Jest tam dolina, jakiej nigdy w życiu nie widzieliście, oraz góry tak wysokie, że zdają się podtrzymywać niebo. Czułem się przy nich beznadziejnie mały. Słońce mocno prażyło, chociaż był wczesny ranek, a na dodatek mimo wszystko szczyty gór pokryte były śniegiem. To miejsce było tak piękne – Sam potrząsnął głową na samo wspomnienie. – Właśnie wtedy go zobaczyłem. Wyglądał jak człowiek, do tego był młody. Miał długie, brązowe włosy i jasną skórę, ale jego oczy! Tak, pamiętam je dobrze. Był w nich ogień i tyle gniewu. Nie wiem, czy bardziej złościł go fakt, że miał złamaną nogę, że go znalazłem czy też to, że jego banda go porzuciła. Do tego był strasznie arogancki. Zaatakował mnie liną, której następnie użyłem, żeby go związać. Przeprowadziłem go z powrotem przez przejście w nadziei, że najeźdźcy się zatrzymają i spróbują go odzyskać, ale w jednej chwili ciągnąłem za sobą człowieka, a w drugiej zmienił się w to, co sami widzieliście. Wtedy właśnie zobaczyliśmy, że pozostałe stwory nadciągają. Tumany kurzu, które wzniecały, widać było z odległości kilku mil. Gnały w naszym kierunku z Północnych Równin i wydawało się, że go w ogóle nie widzą. Pędziły coraz szybciej i szybciej, jakby ich życie od tego zależało. Stratowały nas, nie zatrzymując się nawet, i wbiegły do tunelu. Jak tylko przebiegły, rozległo się pięć głośnych trzasków, a przejście się rozpłynęło.

Sam usiadł ze spuszczoną głową wpatrzony w płomienie, odtwarzając w myślach całą historię.

– Musimy się dowiedzieć, co wie tamten, i musimy to zrobić szybko. Nasze dzieci wciąż tam są, a nikt nie wie, kiedy te potwory znów się zjawią – rzekł Ojciec Plemienia.

– Możemy dać mu żółtych jagód albo grzybów – zaproponował Casey. – Tak będzie szybciej.

– Lepiej by było dorzucić mu żółtych jagód do jedzenia – powiedział doktor. – Musimy mieć absolutną pewność, że niczego sobie nie uroił. Grzyby są zbyt nieprzewidywalną opcją. Możemy zacząć już jutro – dodawajcie mu miażdżonych jagód do każdego posiłku. Jeśli jego ciało jest faktycznie jak nasze, to pod koniec dnia będzie chciał z nami nawiązać kontakt, jeśli umie mówić w tej postaci.

Dookoła rozległ się przyzwalający szmer.

– Sam, opowiedz o dolinie – poprosił głos z tłumu.

– Powiedz nam, co ci powiedział – dorzucił kolejny.

Rozmowy trwały aż do późnej nocy. Członkowie klanu wciąż prosili Sama, żeby powtórzył jakiś fragment opowieści. Kiedy już znalazły się odpowiedzi na wszystkie pytania i nie było żadnych kwestii spornych, rodziny udały się na spoczynek. Ogień powoli się dopalał i zgasł tuż przed nastaniem ranka.

Dziesięć dni wcześniej.
Wieczór w domu Dumy.

Holly siedziała sama na skraju długiego dębowego stołu.

Tu chyba może usiąść nawet dwadzieścia osób, pomyślała.

Stół był tak wielki, że czuła się przez to bardzo mała. Samotna świeczka, która stała na stole, była w połowie wypalona i nie była w stanie rozświetlić ciemnych zakamarków pokoju. Holly czuła się zagubiona i opuszczona.

Dali jej jedzenie, ale ostatnią godzinę spędziła, ledwie je skubiąc. Nie było tam nic, co mogłaby rozpoznać – żadnych owoców i warzyw. Nie wyglądało ładnie ani też tak nie pachniało. Dostała chleb, ale miała tak ściśnięte gardło, że nic by nie przełknęła. Siedziała więc i czekała.

Mam nadzieję, że ten rozzłoszczony człowiek tu nie wróci, pomyślała.

Przyszedł wcześniej do pomieszczenia, popatrzył na nią i widać było, jak się krzywi ze złości.

Dlaczego on się na mnie denerwuje? Nie chcę tu być.

Obrócił się i wyszedł. Wtedy też zaczęły się te krzyki za drzwiami. Z jakiegoś powodu nie podobała mu się jej sukienka. Słyszała, jak zza ściany wrzeszczał na kogoś, że to nie ta.

To niemożliwe, że to nie ta, mam tylko jedną czerwoną sukienkę. Poza tym to najładniejsza, jaką kiedykolwiek miałam na sobie. To prezent od Kerri, a ona zawsze pięknie w niej wyglądała.

To, że nieznajomy krzyczał tyle z powodu jej sukienki, bardzo denerwowało Holly, ale też budziło w niej pewien strach. Potem zaczął krzyczeć, bo była nad rzeką. Przecież mama powiedziała jej, że może odwiedzić Kerri, żeby jej podziękować. I *naprawdę* próbowała biec do domu, jak jej powiedziano.

Zresztą, co jest złego w przychodzeniu do Kerri? Wszyscy ją lubią.

Nie lubiła tego mężczyzny. Cały czas był wściekły z jakiegoś powodu.

Teraz pewnie będzie zły, bo nie zjadłam tej „kolacji". To nie moja wina, że nic nie mogę przełknąć. Naprawdę próbowałam.

Czekała zatem w ciszy, siedząc na zbyt dużym krześle i bujając nogami, a każde skrzypnięcie drewna i draśnięcie talerza odbijało się przeraźliwie głośnym echem.

Naprawdę nie lubię tego domu, pomyślała. *Tu nie ma żadnego ciepła, tylko ciemność.*

Słyszała kroki zbliżające się do drzwi.

Proszę, niech to nie będzie ten wściekły, niech to nie będzie ten wściekły, błagam...

Drzwi otworzyły się, ukazując mroczną sylwetkę stojącą w przejściu.

Nie... to znowu on, tym razem naprawdę się bała. *Proszę, nie krzycz na mnie, naprawdę nie jestem tak silna, na jaką wyglądam, a do tego...*

– Chciałbym, żebyś coś dla mnie zrobiła, dziewczynko, a jeśli obiecasz, że mi pomożesz, to dam ci najcudowniejszy prezent, jaki tylko możesz sobie wymarzyć.

Usiadł przy stole obok niej, a jego sylwetka wypełniła niemal całe pomieszczenie. Najbardziej jednak wstrząsnął nią zapach.

Jego oddech cuchnie jak łajno wołu, stwierdziła w myślach.

Położył bardzo ładne złote puzderko na stole i przesunął w jej kierunku.

– Nie, dziękuję – powiedziała. – Nie znam pana, a moja mama zawsze mi mówi...

– Nie musisz się martwić. Znam twoją matkę i wiem, że byłaby bardzo szczęśliwa, gdybyś przyniosła ten prezent do domu i jej pokazała.

Może jednak nie zawsze chodzi rozzłoszczony, pomyślała. *I w sumie ma ładny głos, taki... jedwabiście miękki.*

– Otwórz i zobacz, co jest w środku – powiedział.

Nie, jednak nie jedwabiście miękki, bardziej lepko-słodki, zawyrokowała.

Sięgnęła po szkatułkę i ją do siebie przysunęła. Wydawała się być bardzo ciężka.

To musi być najśliczniejsza szkatułka na świecie, a do tego jest taka ciepła, pomyślała, przyglądając jej się. *Tylko na momencik zajrzę*, obiecała sobie. *Przecież to nic złego popatrzeć.*

Wieczko otworzyło się z łatwością, a jej twarz oblał ciepły blask. Holly siedziała wpatrzona w najpiękniejszą rzecz, jaką kiedykolwiek widziała, *a ten niedobry pan obiecał mi, że ją dostanę i będę mogła pokazać mamie, jeśli tylko mu w czymś pomogę...*

ROZDZIAŁ 3

Stwór co jakiś czas tracił i odzyskiwał przytomność w lekko rozkołysanej łodzi. Monotonny ruch w jedną i drugą stronę napawał go spokojem. Wydawało mu się, że wciąż czuje ręce doktora zajmujące się jego nogą, jak ledwie dotykają jego mięśni.

To pewnie przez mech, którym obłożyli ranę, pomyślał. *Zupełnie jakby te ręce wciąż tam były i same leczyły złamaną kość.*

Czuł, że się kołysze i gdzieś dryfuje. W przebłyskach świadomości zgadywał, że zapewne znajduje się na łódce, którą bujają fale.

Wiedział też, że dwaj bracia właśnie wiosłują; słyszał, jak powoli unoszą wiosła w górę, po czym następował cichy chlupot i pociągnięcie łódki naprzód. Dochodził do niego dźwięk wody skapującej z wioseł, kiedy były w górze. To wszystko uświadamiało mu, jak powoli upływał czas, gdy zbliżali się do wyspy. Balansując na granicy jawy, widział przebłyski swojego życia; były tak żywe, że mógł ich niemal dotknąć. Słyszał, jak mówią do niego członkowie jego rodziny. Nadstawił ucha, żeby lepiej usłyszeć wołanie matki.

– Sonny! Sonny, chodź szybko, Horda Graniczna już tu jest.

Widział, jak przybywają zza wzgórza. Było ich pięciu. Każdy szedł dumnym, pewnym siebie krokiem.

– Sonny – zawołał jeden z nich. – Dostaliśmy wieści od twojego ojca z Wysoczyzny, mówi, że jesteś już gotów. Potrzebujemy pomocy przy przeprawie przez południową granicę.

Płynął przez ciemne wody pośród ciszy nocnego powietrza i przez swoje wspomnienia. Przypominał sobie podróż na południe, przyjęcie do grona Hordy, swoje podniecenie, gdy rozmawiał z członkami starszyzny, tak spokojnymi przed zadaniem, które mieli wykonać.

Potem ta okrutna kompromitacja. Twarz płonęła mu ze wstydu na myśl o tym, jak skakał po skałach i szczelinach, próbując zaimponować starszym członkom Hordy. Jedno poślizgnięcie i TRZASK, który wciąż dzwonił mu w uszach. Od razu wiedział, że to odgłos złamanej nogi, jeszcze zanim rozdzierający ból dotarł do mózgu.

Coś ty zrobił?! krzyczał w myślach.

Pozostałych zamurowało. Wiedzieli, jakie są zasady – zadanie jest ważniejsze od każdego członka Hordy. Ale Sonny był przecież taki młody. Czuli zresztą wielki szacunek (a może strach?) wobec jego ojca, który nawet wtedy toczył walki na Górnej Przełęczy, by chronić północną granicę ich ziem. Czuli się odpowiedzialni za Sonny'ego.

Dowódcą sześcioosobowej drużyny był Dray. Spojrzał na Sonny'ego rozdarty wewnętrznie, nie wiedząc, co ma zrobić.

– Tego złamania nie zaleczymy tutaj – stwierdził gorzko. – Zaniesiemy go w pobliże bramy i zostawimy tam z zapasami, dopóki nie wrócimy. Zostawić go tutaj byłoby zbyt niebezpiecznie. Ich zwiadowców już widziano w tej okolicy.

– Nie mamy wiele czasu – rzekł inny z nich. – Przenoszenie go tylko nas spowolni.

– Sądzisz, że tego nie wiem? – warknął Dray, coraz bardziej zirytowany tym, że musi wybierać między bezpieczeństwem

Sonny'ego i powodzeniem misji. – Jeśli go tu zostawimy, możemy go już tu nie zastać, gdy wrócimy.

– Jego ojciec zrozumie naszą decyzję.

Nie wiem, czy mógłbym spojrzeć jego ojcu w – oczy po tym, jak zostawiłem jego syna na pastwę losu. Schwytanie jednego dziecka zamiast dwóch to niewielka cena za powrót wszystkich członków Hordy. Wyzdrowieje, wyciągnie wnioski i dzięki temu stanie się w przyszłości cennym członkiem Hordy.

– Nie mamy czasu na dyskusje, musimy ruszać.

– Ta decyzja należy do mnie. Unieruchomcie mu nogę, a wy dwaj zróbcie jakieś nosze, podczas gdy ja pójdę się rozejrzeć dalej. Zbyt wiele czasu już tu zmarnowaliśmy.

Wciąż płonął ze wstydu na wspomnienie, jak pozostali go nieśli. Dobrze wiedział, że nie ma wiele czasu – kamień rozpadłby się w końcu, a wraz z nim brama i ich droga powrotna. Wiedzieli dokładnie, o której godzinie to nastąpi, a on opóźniał całą wyprawę, narażając całe przedsięwzięcie na niebezpieczeństwo.

Był sam w ukryciu, niewidoczny dla kogokolwiek, kto obserwowałby dolinę. Serce zaczęło mu walić, kiedy usłyszał buczenie oznaczające, że ktoś zbliża się do bramy. Zobaczył błysk światła i jakąś postać, która się z niego wyłoniła.

Dlaczego wyszedłem z kryjówki, kiedy zjawił się ten południowiec?

Słyszał, że chowają się w domach, kiedy zapada zmrok, i jak boją się ciemności.

Będzie się mnie bał, powiedział sobie.

Zaczął prowokować intruza, chcąc naśladować starszych. Czuł się nieswojo, widząc, że nie robi to na nim wrażenia. Do tego tamten zaczął naigrawać się z jego złamanej nogi, co tylko bardziej rozwścieczyło Sonny'ego.

Powinienem był zostać w kryjówce, użyć liny bez ostrzeżenia. Wszystkie te wyrzuty tylko potęgowały jego rozgoryczenie. Próbował nastraszyć obcego wizją powrotu Hordy, zrobić cokolwiek, żeby się wycofał, ale na tamtym to wciąż nie robiło wrażenia.

Zdobył się na ogromny wysiłek, żeby wstać, nie pokazując rozdzierającego go bólu. Jego już tam jednak nie było. Intruz poruszał się zbyt szybko, żeby Sonny mógł za nim nadążyć. W tym momencie też uświadomił sobie, że nie ma szans wygrać tej walki.

Pamiętał, że został związany i zakneblowany. Martwił się, co pomyślą sobie o nim pozostali z Hordy, kiedy go zobaczą w tym stanie.

Pomyślał, że może mieć jeszcze jedną szansę. Nigdy wcześniej nie przekraczał bramy, ale powiedziano mu, czego może się spodziewać i jak przybrać inną postać. Nie posiadał się z radości, gdy nadarzyła się okazja, żeby to zrobić i poczuć przypływ sił i upajającej wolności. Stać się panem Ziem Południowych, być prawdziwym lwem górskim i członkiem Hordy Granicznej.

Kiedy przekraczał bramę, powtarzał sobie w głowie rady i ostrzeżenia, których mu udzielono – „skup się, nie pozwól myślom odpłynąć, skieruj je wszystkie na swoje serce. Skoncentruj się na każdym jego uderzeniu, patrz, jak rośnie i staje się silniejsze. Ujrzyj w nim serce lwa".

Sonny zrobił to, co przećwiczył setki razy w dolinie, wyczekując z niecierpliwością okazji do przemiany. Czuł swoje serce, jak wypełnia szczelnie klatkę piersiową, a żebra rozszerzają się, żeby zrobić mu więcej miejsca. Jego ręce robiły się coraz potężniejsze. Dłonie pokryły się poduszkami, a paznokcie przemieniły się w pazury.

Było tam więcej obcych, lecz wciąż nie mieli szans w starciu z lwem z Hordy Granicznej.

Muszę ich ostrzec, powtarzał sobie. *Mieli przygotowaną zasadzkę.*

Nieważne jednak, jak próbował, nie mógł oswobodzić się z więzów. Wydał z siebie ryk, chcąc ostrzec nadciągającą Hordę.

Zostało już bardzo niewiele czasu, pomyślał.

Czuł napięcie pomiędzy obcymi wokół siebie, tylko jeden odstawał od reszty. Ten, który przekroczył bramę i na którego wołali „Sam". Wręcz promieniował spokojem. Sonny słyszał jego głęboki oddech i ciszę, która go otulała. Uświadomił sobie, jak bardzo go nie docenił. Cała Horda nie doceniła południowców, ktoś musiał ich ostrzec. Sonny musiał uciec.

Horda już nadchodziła i z każdą chwilą gnała coraz szybciej. Dobrze wiedział, że nie przyszli po niego. Ich zadaniem było sprowadzić młode południowców i tylko to się liczyło. Był świadom, że przejście zaraz się zamknie, a Horda nie zatrzyma się tylko po to, żeby zgarnąć zbłąkaną owcę, która spowolniła całą grupę przez własną głupotę i brak doświadczenia. Dostał już drugą szansę i wiedział, że trzeciej nie będzie.

Sonny napotkał wściekłe spojrzenie znajdującego się na czele szarży Draya, który wiedział, że będzie musiał teraz spojrzeć w twarz ojcu Sonny'ego i powiedzieć mu, że Sonny został po drugiej stronie. Dlaczego Sonny opuścił kryjówkę? Dlaczego on, Dray, nie zaryzykował i nie zostawił Sonny'ego w dolinie? Dlaczego, dlaczego?

Sonny poczuł, jak podnoszą go z łódki i ostrożnie przenoszą na piasek. Bracia wyjęli następnie krępujący go kostur i obrócili go, aby przeciąć więzy.

Wciąż myślą, że mogę im wyrządzić krzywdę, zauważył.

Rozciągnął kończyny, czując pod sobą ciepły piasek oraz krew, która wracała do łap. Był wyczerpany tak, że ledwie świadom mrowienia w nodze zasnął w okamgnieniu.

Obudził go śpiew ptaków. Niebo wciąż było czarne, lecz na horyzoncie zaczynało się powoli jarzyć ciemnym błękitem, zaś daleko na wschodzie, ponad sosnami, widać już było pomarańczowe smugi.

Zobaczył, że zostawili mu ugotowaną rybę i miskę świeżej wody. Wydawało mu się, że wciąż śni pomimo przebudzenia.

Pamiętał, że wyniesiono go z łódki. Był pod postacią lwa górskiego, a ci, którzy go schwytali, bali się go. Teraz jednak zauważył, że podczas snu nieświadomie powrócił do swojej ludzkiej formy, co było czymś niesłychanym pośród jego ludu.

Pił łapczywie wodę, czując narastającą ulgę. Nagle przypomniał sobie o nodze. Nie mógł uwierzyć, kiedy zobaczył, że rana się całkowicie zagoiła, a jedyną pozostałością po wczorajszych wydarzeniach był szpaler różnokolorowych siniaków wzdłuż uda.

Sonny wstał, ostrożnie przenosił ciężar na drugą nogę, w każdej chwili spodziewając się bólu. Ku jego zdumieniu mógł normalnie chodzić, choć dość sztywnym krokiem.

Rozejrzał się po okolicy i zobaczył po wschodniej stronie przepływającą rzekę. Jej prąd wydawał się w miarę łagodny, a wody, w których odbijało się niebo, były koloru bladego błękitu. Całość wyglądała na możliwą do przepłynięcia.

Podszedł do brzegu. Przyglądał się rzece, jak podmywa plażę. Kiedy próbował zebrać się na odwagę, żeby wejść do wody, zauważył w oddali powalone drzewo, które dryfowało strumieniem przepływającym między wyspą i plażą na wschodzie. Było zaskakująco duże, a niektóre gałęzie wystawały wysoko ponad lustro wody.

Decyzja nasuwała się sama. Sonny podbiegł prędko do miejsca, z którego mógł podpłynąć do drzewa. Trzymając się pnia, będzie mógł spokojnie popłynąć w dół rzeki i wystarczająco się oddalić od punktu, w którym przycumowane były łodzie. Zdołałby wtedy uciec południowcom na kilka mil, zanim ci by przyszli sprawdzić jego stan. Potem odbiłby na wschód i skrył się w lesie podczas drogi do domu.

Wszedł do rzeki po pas; nie spodziewał się, że woda będzie tak lodowata. Lekko przycupnął i rzucił się w kierunku przepływającego drzewa. Chwyciwszy kilka gałęzi, podciągnął się bliżej pnia i kurczowo go objął, żeby złapać oddech. Widział teraz, jak wyspa zaczyna stopniowo znikać w mroku poranka.

Zdecydował się przepłynąć jeszcze kilka mil, szukając jednocześnie dogodnego miejsca, gdzie mógłby dobić do brzegu i nie zostawić po sobie śladów.

Domyślał się, że niedługo rzeka będzie skręcać. Kiedy przepłynął szczyt zakrętu, odepchnął się mocno od pnia. Zdołał wyrwać się silnemu prądowi, który go ściągał, i dopłynął do spokojniejszych wód bliżej brzegu. Nareszcie poczuł grunt pod stopami. Miękki piasek w zakolu rzeki od razu zdradziłby jego trasę, więc Sonny postanowił podpłynąć trochę dalej, gdzie brzeg był porośnięty trzcinami. Nogi już zdrętwiały mu z zimna, ale zdołał dostać się na płyciznę, a z niej na suchy grunt, gdzie zatrzymał się chwilę, żeby odetchnąć.

Sonny wtoczył się z trudem na niewielkie wzgórze, żeby przyjrzeć się lepiej okolicy. W oddali widać było las. Przed nim jednak była otwarta przestrzeń, którą należało jakoś pokonać i nie dać się zauważyć żadnej przepływającej łodzi.

Lepiej tera,z niż kiedy słońce wstanie wyżej, pomyślał. *Lepiej też jako lew niż jako człowiek.*

Skupił uwagę na swoim wnętrzu i poczuł gwałtowny przypływ siły i pewności siebie, które towarzyszyły przemianie.

Sonny zerwał się i pognał przez pole aż do najbliższych sosen, które stanowiły granicę lasu. Wpadł w gęstwinę liści oraz gałęzi pomiędzy drzewami i przycupnął przy najbliższym większym drzewie, żeby spojrzeć za siebie, czy nic nie wskazuje na to, że został zauważony. W pobliżu miejsca spotkań nie było słychać nawet najmniejszego szmeru.

Puścił się głębiej w las. Teraz musiał oddalić się jak najdalej od południowców, którzy w tej chwili zaczynali się budzić ze snu. Biegł równym tempem, starając się omijać większe sosny. Zauważył jednak, że zbacza w ten sposób na wschód, a do tych części lasu dochodzi coraz mniej światła, choć słońce świeciło już wysoko.

Muszę odbić z powrotem na zachód, pomyślał.

Ponura atmosfera lasu zaczynała mu ciążyć, powietrze robiło

się jakby gęstsze, coraz trudniej było mu stawiać kroki. Wtem usłyszał z oddali dźwięk dzwonu.

Wiedzą już, że zbiegłem.

Teraz był czas, żeby pobiec tak szybko i tak daleko, jak to tylko możliwe i zwiększyć przewagę nad grupą pościgową.

W miarę jak mknął, las robił się coraz gęstszy i wyglądało na to, że każda łatwiejsza ścieżka wiedzie w prawo. Powietrze było teraz gorętsze i bardziej wilgotne. Sonny jednak wciąż pędził, całkowicie pochłonięty myślą o ucieczce. Nie zauważył pośród gęstniejącego mroku wystającego korzenia, o który się potknął.

Dopiero teraz uświadomił sobie, jak głęboko zabrnął w las i że już od dłuższego czasu nie trzymał się jego skraju zgodnie z początkowym planem. Nie wiedział ponadto, gdzie jest północ.

Sonny stracił poczucie czasu, odkąd wszedł do rzeki. Był zmęczony, spragniony, kompletnie zagubiony i nie miał najmniejszego pojęcia, jak się stąd wydostać. Usiadł i spojrzał w niebo w nadziei na jakiś znak od słońca, które podpowie mu, dokąd powinien podążać. Górne gałęzie drzew szumiały hipnotyzująco, chociaż w dole nie było czuć najmniejszego nawet powiewu. Jedyne, co było słychać, to cichy jęk drzew uginających się na wietrze. Widział, jak wichry krążą po lesie, a każde drzewo kołysze się w przypisanym mu rytmie.

Sonny poczuł, że powieki zaczynają mu coraz bardziej ciążyć. Siedział i czekał, aż w końcu głęboki sen całkowicie go zmorzył. Bez względu na to, jak bardzo się starał z tym walczyć, stopniowo jego umysł odpływał coraz bardziej.

Siedem dni wcześniej.
Noc w domu Woodmanów.

Ruszamy teraz – szepnął przywódca Hordy.

Wszyscy skinęli głowami, niektórzy zadowoleni, że w końcu się zaczyna, inni niespokojni, że biorą w tym udział. Zakradli się cicho w pobliże domu, ich miękkie łapy bezgłośnie stąpały po kamiennej ścieżce. Wiedzieli dobrze, do którego pokoju mają się dostać, już wystarczająco długo obserwowali dom. Tym razem miało obyć się bez pomyłki. Tak jak mieli nadzieję, ponieważ noc była ciepła, okno wciąż było otwarte. Najlżejszy podmuch wiatru poruszał wiszącymi firankami.

Przywódca Hordy przysiadł pod oknem plecami do ściany i wyczekiwał. Co jakiś czas pozostali widzieli, że zmienia się na powrót w człowieka, który raz po raz prowadził ich na udane wypady, nie pozwalając na śmierć żadnego członka Hordy z Wysoczyzny.

Wstał, lekko trącając zasłony, żeby sprawdzić, czy w łóżku leży właściwa osoba. Kiwnął głową w stronę jednego z towarzyszy, żeby podał mu przygotowaną tego dnia paczkę. Wyciągnął z niej coś, co wyglądało jak ptasie gniazdo zrobione z maleńkich korzeni i ziół. Otworzył manierkę z wodą i, wstrzymując oddech, wlał kilka kropel do gniazda, nad którym uniosła się delikatna biała mgiełka. Skinął głową, zadowolony.

Wódz Hordy nachylił się przez okno i położył gniazdo na podłodze, po czym delikatnie pchnął je w stronę łóżka.

– Teraz czekamy – szepnął, kucając, aby nie było go widać przez okno.

Zaczął odliczać w myślach upływające sekundy, aż doszedł do stu. Kiwnął głową na pozostałych, żeby ruszyli. Wstał i ostrożnie wejrzał przez okno. Nie było żadnego ruchu. Wszedł do sypialni, ostrożnie stąpając po wypolerowanej drewnianej podłodze i podszedł do łóżka. Unoszący się miarowo koc przykrywał śpiącego chłopca. Wódz ściągnął okrycie i chwycił bezwładne ciałko. Kołysząc go w ramionach, zaniósł chłopca do okna.

– Przygotujcie go do podróży – powiedział pozostałym, a następnie przekazał im chłopca.

Wódz powrócił do łóżka, układając poduszki i koc tak, aby sprawiały wrażenie, że ktoś w nim wciąż śpi. Wszystko po to, żeby zyskać trochę więcej czasu, zanim zostanie wszczęty alarm. Zrobił krok do tyłu i ocenił swoje dzieło.

Po ciemku ujdzie jako śpiące dziecko, pomyślał.

Obrócił się i, zadowolony, chciał już iść w stronę okna, kiedy kątem oka zauważył przemieszczające się pod drzwiami światło. Przez korytarz szedł ktoś ze świecą w ręku. Syknął do pozostałych, żeby padli, podczas gdy sam ustawił się prędko z boku drzwi.

Możemy nie dotrzeć do granicy, jeśli teraz się zorientują, pomyślał. *Jeśli odkryją nas teraz, trzeba będzie ich uciszyć siłą.*

Światło pod drzwiami było już jaśniejsze. Widział, jak klamka cicho i delikatnie się obraca. Drzwi otworzyły się do wewnątrz, zapewniając mu kryjówkę. Dostrzegł rękę trzymającą świecę. Wstrzymał oddech.

– Dobranoc, synku – powiedział cicho delikatny głos.

Ręka się cofnęła, a drzwi cicho zamknęły. Z ulgą wypuścił powietrze, nogi wciąż mu drżały. Wychylił się do pozostałych przez okno.

– Ludzie wciąż nie śpią, krążą wokół. Postępujcie ostrożnie i powoli, dopóki nie oddalicie się wystarczająco od domu – szepnął. *Powoli i ostrożnie*, dodał w myślach.

Wyskoczył przez okno, klęknął tuż przy ścianie i już po chwili znowu był pod postacią potężnego lwa górskiego.

– Przyszliśmy po chłopca i mamy chłopca. Horda z Wysoczyzny nie popełnia błędów – szepnął do swoich ludzi z uśmiechem. – A teraz chodźmy.

Obecnie. Miejsce spotkań.

Dzwon wyrwał Sama z ponurego snu, w którym cały czas biegał w kółko, usiłując znaleźć swoją córkę. Ta zaś cały czas mu się wymykała i uciekała we wszechogarniającą ciemność. Dzwon bił bez przerwy, sygnalizując alarm. Sam zerwał się na nogi i zaczął iść w stronę drzwi.

– Sam, o co chodzi? Bestie znów powróciły? – spytała go żona, wręczając kostur.

– Nie wiem, ale nie dopuszczę, żeby porwały choćby jeszcze jedno dziecko – odpowiedział.

Podbiegł do dzwonu i zobaczył Bena bijącego na alarm.

– Bestia zwiała – rzekł.

– Możesz już przestać dzwonić – powiedział Sam, kładąc dłoń na ręce Bena.

– Avi sprawdza już północny brzeg, ale nie wiemy, w jaki sposób zbiegł.

– Wydaje mi się, że udał się w stronę lasu – powiedział Casey, który wrócił znad brzegu rzeki. – Przynajmniej ja bym tak zrobił, gdybym nie miał pewności, czy mam obie nogi sprawne. Popłynąć razem z prądem, a potem odbić na wschód.

– Masz rację – rzucił Sam – Najpierw sprawdzamy las; ja przeczesuję wnętrze, wy w tym czasie sprawdźcie pola.

Sam zobaczył, że Avi wzywa ich nad rzekę.

– Wyszedł tutaj, na brzegi porośnięte trzciną. Stąpał tak lekko, że nie zostawił śladów, ale wciąż czuć zapach mchów użytych przez doktora. To musi być on, takie mchy tutaj nie rosną.

– Nie mógł uciec zbyt daleko – rzekł Ojciec Plemienia. – Ja go wytropię, znam ten las lepiej niż większość z was. Łatwo tam się zgubić, jeśli nie wiadomo, czego się szuka – dodał, po czym zaczął wyjaśniać tropy. – Spójrzcie, tutaj szedł bardzo ostrożnie, bo obawiał się, żeby nie narobić hałasu i nie ściągnąć na siebie uwagi. Teraz tutaj rzućcie okiem – liście są porozrzucane. Porzucił już wszelką ostrożność i zaczął biec. Nie myśli rozsądnie, więc tym łatwiej będzie go wytropić.

– Jedyne, czego chce, to dostać się na północ, do domu – powiedział Casey. – Bez tunelu nie ma szans.

– Chyba że wie o takim, którego my nie znaleźliśmy – wtrącił Sam.

Wszyscy trzej popatrzyli na siebie.

Mamy wartowników na granicach. Zauważyliby coś niepokojącego – powiedział Ojciec Plemienia.

– Tu chodzi o młodzieńca, który nie ma żadnego planu. Chce wrócić do domu, ale zupełnie tego nie zaplanował, nie wziął ze sobą żadnych zapasów – rzekł Sam.

– Do południa będzie wyczerpany, wtedy możemy go z łatwością dogonić – kontynuował Ojciec. – Sam, idziesz po mojej lewej, Casey po prawej; dajcie znać, jeśli coś przeoczę. Na razie nie ma potrzeby się skradać, jest wystarczająco daleko przed nami. Będziemy postępować ostrożniej, kiedy podejdziemy bliżej.

Po godzinie zauważyli, że trop jest wyraźniejszy – odciski stóp i połamane gałęzie były oczywistą wskazówką.

– Zwalnia – zauważył Ojciec. – Stawia kroki bliżej siebie, zaczyna mu brakować sił. Może być już blisko, musimy zachowywać się teraz bezszelestnie.

Szli dalej przed siebie, miękko stąpając po ściółce. Sam machnął ręką do pozostałej dwójki, żeby zwrócić ich uwagę i lekko pociągnął nosem.

– Mech – powiedział.

Zobaczyli, że z lewej strony, zza drzewa, wystaje nieruchoma para nóg.

– Zemdlał z wysiłku – ocenił Ojciec. – Słyszę, że oddycha i czuję oddech. Wezwijcie resztę.

Umysł Sonny'ego błądził we mgle, ból głowy nie pozwalał mu wrócić do rzeczywistości.

Jestem na tej wyspie? To, co czuję, to jej piaski?, myślał w majakach. *Może to jednak dolina i dalej czekam, aż Horda wróci z tamtej strony bramy i zabierze mnie do domu.*

Zaczynało do niego docierać, że siedzi oparty o coś twardego. Uderzyła go fala pragnienia, nie mógł przełknąć śliny ani nawet ruszyć językiem. Zmusił się, żeby choć trochę oprzytomnieć. Słyszał, jak własny umysł mu mówi, żeby tylko chwilę poczekać, że wszystko będzie dobrze, jeśli tylko jeszcze odrobinę się prześpi. W oddali słyszał jakiś głos. Im bardziej jednak wracała mu przytomność, tym bardziej uświadamiał sobie, że wcale nie dochodził on z daleka.

– Może nim potrząsnąć? – mówił głos.

– Nie wiemy, jak się zachowa po przebudzeniu. Jeśli choć trochę jest do was podobny, to będzie w paskudnym humorze.

Obrócił nieznacznie głowę w kierunku głosów. Zmusił się do otworzenia oczu, ale nie docierało do niego to, co widział. Otoczenie powoli nabierało wyraźnych konturów. Mrok panujący w lesie był jeszcze gęstszy, godzina musiała być znacznie późniejsza, niż się spodziewał. Widział, jak ten, który zaprowadził go na miejsce spotkań, Casey, kuca nad nim i wnikliwie mu się przygląda. Obrócił głowę jeszcze raz i zobaczył kogoś znacznie starszego od pozostałych. Ten człowiek miał długie siwe włosy związane z tyłu w kitkę. Opierał się o drzewo. Sonny był już świadom wszystkch ludzi stojących dookoła, którzy mu się przyglądali. Nie było po nich widać żadnego napięcia.

Zauważył tego, na którego wołali „Sam". Tego, który go związał i zaciągnął w to miejsce. Sonny zagotował się ze złości. To był ten, który go pokonał, kiedy Sonny leżał ranny ze złamaną nogą.

Ale teraz, dzięki ich lekarstwom, jego noga była zdrowa.

Tym razem będę silny, zmiażdżę tego Sama i pokażę im, jaką mocą władam, myślał. Był w końcu lwem górskim należącym do Hordy z Wysoczyzny. Lwem, o którym jego własny ojciec usłyszałby opowieści i byłby dumny, wiedząc, że jego syn powrócił po tym, jak w pojedynkę pokonał południowców. *Jestem lwem górskim!* powiedział w duchu.

Podczas gdy Sonny mówił sobie to wszystko, nie dając nic po

sobie poznać, napinał wszystkie mięśnie, szykował się do ataku na Sama. Pragnął pokazać mu, że teraz, zdrów, nie da się pokonać. Widział już, jak to się potoczy – skok, silne odepchnięcie nogą, wyciągnięte ramiona i pazury, którymi go zaatakuje, Sam leżący na ziemi, przygnieciony ciężarem Sonny'ego. Potem obrót i starcie z kimkolwiek, kto by się ośmielił stawić mu czoła. Zamaszysty łuk zatoczony pazurami raniący wszystkich wokół.

Sonny widział to wszystko oczami wyobraźni. Wciąż napięty, obserwował Sama, upewniając się, czy ten jest świadom nadchodzącego ataku. Wtem coś przykuło uwagę Sama, odwrócił się na chwilę.

Jest rozkojarzony? Zdenerwowany? TERAZ!

Skoczył, wkładając w to całą energię. Widział już swoje pazury na piersi Sama. Sama, który pada na ziemię pod jego ciężarem. Lecz już go tam nie było, Sonny rzucił się w pustą przestrzeń; nie mógł uwierzyć, jak szybko Sam zdołał usunąć się na lewo przed ciosem. Nie będąc w stanie się zatrzymać, Sonny leciał w kierunku drzewa, o które Sam jeszcze sekundę temu był oparty. Zanim jednak się z nim zderzył, poczuł obezwładniające łupnięcie w głowę. Ryknął z wściekłości, gdy ból przeszył mu czaszkę. Uderzył w drzewo i wylądował w stercie liści leżącej na ziemi. Zerwał się na równe nogi i obrócił, gotowy jeszcze raz zaatakować przeciwnika. Rzucił się na niego, celując tym razem w nogi. Oniemiały, patrzył jak Sam, niemalże od niechcenia, podskoczył, unikając ciosu. Pazury rozorały powietrze w miejscu, w którym przed chwilą stał.

Sam zdzielił raz jeszcze Sonny'ego kijem, tym razem uderzył w łapę, tuż za wystawionymi pazurami. Sonny poczuł, jak drętwieje z bólu. Ryknął raz jeszcze, tym razem z wściekłości i oburzenia.

Jak to możliwe, że ten tchórz, który chowa się nocami za zamkniętymi drzwiami, ma nade mną taką przewagę, dzierżąc w ręku tylko kij? Sonny próbował ustać prosto, ale nie mógł obciążać łapy, którą przed chwilą uszkodził Sam.

Sonny rozejrzał się wokół. Starzec wciąż stał oparty o drzewo i wydawał się prawie znudzony toczącą się walką. Ten, na którego wołali „Casey", cały czas kucał w tym samym miejscu i ospale trącał liście kijem, który luźno trzymał w ręku. Pozostali dwaj stali z boku i spokojnie obserwowali, co się dzieje. Sonny rozumiał teraz, że Sam porusza się znacznie szybciej, niż początkowo przypuszczał. Musiał pokonać tylko jego, żeby udowodnić im i sobie, że był potężnym lwem górskim, którego należy się wystrzegać. Niemniej odkąd dostał w głowę, trochę nie nadążał za biegiem wydarzeń.

Opracował na szybko plan – rzucić się na tego z lewej, który trzymał kostur niedbale przełożony przez pierś, w ostatniej chwili odbić w prawo i rzucić się na Sama.

Sonny zaczął pędzić w stronę tego, na którego mówili „Avi". Ten nawet nie zamierzał się ruszyć, stał w dokładnie tak samo nonszalanckiej pozycji jak wcześniej. W ostatniej chwili Sonny skręcił w prawo i rzucił się na Sama. Ten się cofnął, a Sonny ponownie zaatakował pustą przestrzeń i znowu poczuł ten sam tępy ból, kiedy kij Sama spotkał się z jego tylną nogą. Sonny ryknął, chcąc dosięgnąć pazurami pięt Sama, ale ten zamach, równie nieskuteczny jak poprzednie, zaowocował tylko kolejnym ciosem kostura w łapę.

– Trochę ostrożniej z tymi pazurami – rzekł ten przykucnięty. – Jeszcze komuś oko wydłubiesz.

Sonny popatrzył po zgromadzonych. Wszyscy wydawali się być ubawieni sytuacją.

Kpią sobie ze mnie, uświadomił sobie. *Muszę uciec, muszę dostać się z powrotem na Wysoczyznę.*

Zaatakowanie starca, który wciąż opierał się o drzewo, było niehonorowe, ale uznał, że to może być jedyna szansa ucieczki.

Rzucę się na prawą nogę Sama i odskoczę w prawo, w lukę między nim i starcem, precyzował sobie w głowie.

Łapy go paliły, kiedy próbował złapać grunt. Nogi miał jak z waty, ręce były całe zesztywniałe, lecz niemniej zaatakował.

Skoczył z pazurami wycelowanymi w prawą nogę Sama, chcąc jednak wylądować wcześniej i wskoczyć w lukę, którą zauważył. Tak jak chciał, Sam cofnął nogę. To była jego szansa, Sonny skoczył w wyrwę w kręgu. Kiedy leciał, poczuł rozdzierający ból tuż za uchem. Stracił wszelką kontrolę nad kończynami i padł na ziemię. Głowa pękała mu z bólu, a w uszach dzwoniło. Zanim całkowicie stracił przytomność, jego ostatnią myślą było „skąd to padło?".

ROZDZIAŁ 4

Czuł, jak coś skapuje mu na czoło. Sonny nie chciał otwierać oczu, pragnął, żeby to wszystko było tylko złym snem, ale zimna woda wciąż wlewała mu się do oczu, nosa i spływała po policzkach.

– Może nie tak sobie wyobrażał gościnę? – usłyszał z oddali. W odpowiedzi rozległy się śmiechy.

– A może po prostu ryba nie smakowała? – rzucił z prawej strony starzec. Reszta ponownie zawtórowała śmiechem.

Szydzili z niego, naśmiewali się. Oddychał ciężko, próbując nad sobą zapanować, przytłoczony poczuciem bezsilności.

– Myślicie, że nas rozumie w takiej postaci?

– Słyszy i rozumie – powiedział stary.

Sonny rozwarł szeroko oczy i rozejrzał się wokół. Wszyscy klęczeli bądź siedzieli zgromadzeni wokół niego.

– Jestem lwem górskim – rzekł Sonny ledwie słyszalnym głosem.

– Wyglądasz raczej jak przerośnięty kiciuś – powiedział ktoś z lewej.

– Jestem lwem górskim... należę do Hordy z Wysoczyzny – ciągnął dalej. Smutek i rezygnacja, które przebijały z jego głosu, uciszyły krążące żarty. – Mam na imię Sonny – powiedział bezsilnie. Wspomnienia rodziny i Hordy były jedynym, co mogło mu dodać teraz otuchy.

– Chcemy, żebyś z nami wrócił – powiedział Sam. – Masz nam co nieco do opowiedzenia.

– Czy umiesz się przeistaczać, kiedy tylko zechcesz? – spytał starzec miękkim głosem.

Sonny zdobył się tylko na skinięcie głową.

– Wracasz więc z nami jako człowiek, w przeciwnym razie niesiemy cię jak związanego kota. Tak czy owak, idziesz z nami – rzekł Sam.

Mówili teraz cicho i przyjaźnie, jakby było im żal, że jest tak poobijany. Posmutniał na myśl o wszystkich swoich nadziejach i marzeniach, kiedy wyruszał na wyprawę na południe. Tak bardzo chciał przysporzyć chluby swojej rodzinie. Zamknął oczy i zobaczył znów dolinę, Wysoczyznę oraz dumne szczyty wznoszące się w oddali do samego nieba. Spojrzał na Sama i dostrzegł zmartwienie w jego oczach. Nie było w nich żadnego okrucieństwa pomimo ostatnich wydarzeń. Dopiero teraz dotarło do niego, jak bardzo jest niedoświadczony i jak mało wie o tych ziemiach i ludziach je zamieszkujących.

– Pójdę z wami – powiedział.

Wszystkie myśli skierował na swoje wnętrze. Uspokoił oddech i zwolnił tętno – serce zaczynało się powoli kurczyć. Pazury zniknęły; Sonny czuł teraz liście pod stopami oraz miękką ziemię, na której leżał. Jego pierś przybrała bardziej ludzki kształt, podobnie jak twarz, zaś poduszki na łapach wygładziły się. Rozluźnił mięśnie, które wytracały swój zwierzęcy charakter. Czuł się o wiele starzej niż młokos, który skakał po skałach, żeby zaimponować Hordzie. Kiedy jednak spojrzał na siebie, pomyślał, że wciąż jest dzieckiem, zmęczonym, obitym i nagim.

Sam wziął koc, który niósł związany na ramionach i podał Sonny'emu.

– Lepiej się okryj – powiedział.

Uśmiech na jego twarzy był ciepły i pełen zrozumienia, niemal wybaczający. Sam podał mu menażkę z wodą, z której Sonny zaczął gwałtownie pić wielkimi łykami, chcąc ugasić niewyobrażalne pragnienie. Zaschło mu w ustach tak bardzo, że nie był w stanie mówić. Podziękował skinieniem głowy.

Ruszyli na zachód. Sonny szedł swobodnie nieskrępowany żadną eskortą. Po niedługim czasie wyszli z lasu witani promieniami późnopopołudniowego słońca. Sonny był w szoku, jak niewiele brakło, aby opuścił las i wydostał się na pola.

Jak to możliwe, że tak bardzo się zgubiłem, gdy wyjście było tak blisko? pomyślał.

– Las to dziwne miejsce, potrafi oszukać wędrowca, jeśli ten nie będzie ostrożny. – rzekł Ojciec Plemienia, jakby przeczuwając zmieszanie Sonny'ego. – Spędziłem większość życia, zgłębiając jego ścieżki, ale nawet mnie zdarza się zgubić. Zupełnie jakby zmieniał się bez ostrzeżenia.

Sonny nie wiedział już, czy głośno myślał, czy też odzywał się do pozostałych.

Szli na zachód, aż dotarli do grobli. Wspięli się tam, gdzie grunt był bardziej suchy i łatwiejszy do pokonania. Maszerowali przez resztę popołudnia pośród delikatnego wiatru wiejącego znad rzeki. Co jakiś czas zerkali w prawo, by sprawdzić, jak długo jeszcze do zachodu słońca.

Było już ciemno, kiedy dotarli na miejsce spotkań, gdzie stały zaciekawione grupy ludzi wyczekujące nieznajomego, który szedł w środku pochodu. Gdy już wszyscy zgromadzili się wokół ogniska, Ojciec Plemienia zabrał głos.

– Ten dzień był długi dla nas wszystkich. Odpocznijmy z naszymi rodzinami i spotkajmy się tu w porze śniadania. Rozstawić straże na noc.

Członkowie klanu rozeszli się do swoich siedzib zjeść i odpocząć do rana. Przy ognisku zostali tylko Sam i Sonny.

– Mówisz, że masz na imię Sonny i pochodzisz z Hordy z Wysoczyzny. Czy dasz mi słowo honoru, że zjawisz się tu rano? – spytał Sam.

Sonny wstał i skrzyżował ręce na piersi.

– Przyjdę.

Sam zaprowadził go do szałasu w pobliżu ogniska. Powietrze wokół wciąż było przyjemnie ciepłe.

– To miejsce trzymamy zawsze dla gości i podróżnych – powiedział. – Ale dziś wieczór możemy zrobić dla ciebie wyjątek – dodał z uśmiechem. – Obok ogniska są ryby i menażki z wodą, możesz się śmiało częstować. Do zobaczenia na śniadaniu – rzekł, odchodząc.

Sonny leżał na składanym łóżku, które wnieśli do szałasu. Nie mógł spać pomimo przemożnego zmęczenia. Kości i mięśnie miał całe obolałe, a do tego nie mógł znaleźć na łóżku wygodnej pozycji. W głowie miał mętlik, nie pojmował, jak ci ludzie mogli okazać mu taką dobroć po tym, co chciał im uczynić. Jak mogli go karmić i ofiarować dach nad głową, gdy Horda porywała ich dzieci? Dlaczego wyleczyli jego nogę, traktując go jak jednego ze swoich, pomimo spustoszenia, jakie nieśli tu jego pobratymcy?

Wszystkie pytania huczały mu w myślach, aż dostał zawrotów głowy. Owinął się szczelnie kocem i obserwował, jak dopalają się węgle ogniska. Z wolna ogarnął go sen pełen uczucia straty i smutku.

Obudziła go fala ciepła z rozpalanego ogniska oraz stukot garnków i naczyń. Spojrzał spod na wpół otwartych powiek, próbując rozeznać, co się teraz dzieje. Klan szykował się na nowy dzień. Ludzie mijali szałas, rzucając przelotnie zainteresowane spojrzenia na skulonego Sonny'ego, który leżał pod kocem ofiarowanym mu przez Sama. Nikt się nie gapił ani też nie chciał wtargnąć do szałasu.

Po długim namyśle Sonny stwierdził, że najwyższa pora wyjść do reszty. Przerzucił nogi przez łóżko, szczelnie owinął się kocem i doczłapał do miski z chłodną wodą, którą położono obok. Obmył ręce z błota, umył twarz i ochlapał sobie włosy kilka razy. Spojrzał w osłupieniu na nogę, która już zupełnie się zagoiła, nie pozostawiając żadnej blizny. Obmacał ją, chcąc się upewnić, czy coś mu się nie uroiło.

Dwa dni, by zaleczyć złamaną nogę. Co to za mchy?

Sonny zmierzał w stronę ogniska, szukając menażki z wodą, i zobaczył Sama wraz z żoną, którzy szli właśnie z jedzeniem. Sam podszedł do niego.

– Nic nie zjadłeś ubiegłej nocy – zauważył. – Zjedz rybę, musisz odzyskać siły.

– Nie lubię ryb – odparł Sonny.

Teraz to Sam miał zdumioną minę.

– Jak to nie lubisz? Wszyscy lubią ryby – powtórzył zdumiony.

– Cóż, ja nie.

Sam potrząsnął głową wyraźnie zaskoczony.

– W tamtym miejscu znajdziesz ser i chleb – powiedział, wskazując na stół stojący po drugiej stronie ogniska. – Przysiądź się potem do nas.

Sonny przyszedł na miejsce, gdzie Sam usiadł z Salli, swoją żoną. Naprzeciw siedział Casey z jakąś młodą dziewczyną, na widok której Sonny po prostu oniemiał. Jej ciemne oczy spotkały na moment jego spojrzenie, po czym uważnie go zlustrowały od samego czubka głowy po zapiaszczone stopy. Patrzył na nią, nie mogąc w żaden sposób odgadnąć jej reakcji na intruza, za którego się uważał. Dziewczyna emanowała spokojem i pewnością siebie.

– Przysiądź się – powiedział Sam, wskazując na wolne miejsce.

Sonny usiadł przy stole i postawił przed sobą talerz. Zauważył, że Casey intensywnie wpatruje się w jego zawartość.

– Nie lubi ryb – rzekł Sam, który zauważył spojrzenie Caseya.

– Nie lubisz? – spytał zdumiony Casey, nie mogąc uwierzyć w zasłyszaną nowinę.

Nie pozostawało mu nic innego jak przytaknąć.

– Wydawało mi się, że wszystkie koty lubią ryby – rzuciła dziewczyna siedząca obok Caseya.

Gdyby ktoś inny to powiedział, Sonny na pewno poczułby złość, ale ona powiedziała to w taki sposób, z taką wesołością, że jedynie się zawstydził.

– Lwem górskim jestem tylko wtedy, kiedy chcę zmienić kształt – powiedział, chcąc się wybronić.

– Lwem górskim? To nazwisko, zawód? – spytała niewinnie. Kiedy wzięła kolejny kęs, po jej ustach przebiegł ledwo widoczny uśmiech.

– Lew górski to zwierzę, które żyje w wysokich górach ponad granicą śniegu – uderzyło go, że niemal się usprawiedliwia. Czuł się bardzo niepewnie w towarzystwie tej dziewczyny.

– A myślałam, że jesteś wielkim kotem, kiedy cię wczoraj zobaczyłam.

– Należymy do kotowatych, to prawda – odpowiedział, szukając w jej oczach choćby najmniejszego śladu kpiny.

– Może mleka? - spytała, znowu przybierając ten niewinny wyraz twarzy.

– Nie piję mleka – powiedział.

Przy stole zapadła głucha cisza.

– Ojej, myślałam, że wszystkie...

– Kerri, błagam cię! – fuknęła Salli. Pozostali starali się stłumić śmiech.

Sonny zobaczył teraz małe ogniki tańczące w oczach Kerri i zdał sobie sprawę, że dziewczyna zwyczajnie się z nim droczy.

Jedli dłuższą chwilę w milczeniu, które przerwała Kerri.

– Mamy małe koty, które żyją w miejscu spotkań. Wyglądają jak twoja mniejsza wersja; myślisz, że jesteście wszyscy spokrewnieni? – spytała tym razem poważnym tonem.

Sam zakrztusił się rybą. Zbitemu z tropu Sonny'emu przybył z odsieczą Casey.

– Może zmieniają się w gnomy – rzucił.

– Pewnie tak – ciągnęła dalej Kerri. – Frank uwielbia opowiadać o tym, jak je spotkał.

– Ale Frank je za dużo żółtych jagód – wytknęła Salli.

– Hmm, tak, to prawda – odpowiedziała Kerri z zadumą w głosie.

Sonny czuł się zdezorientowany, nie wiedział już zupełnie, co tu się mówi na poważnie, a co w żartach. Klan stanowił dla niego zagadkę, z którą ciężko mu się było uporać. *Jak mogą tak po prostu ze mną jeść śniadanie po tym, jak Horda napadła ich ziemie?*

– Pójdziesz ze mną? Mamy do ciebie wiele pytań – powiedział Sam, wyrywając Sonny'ego z zadumy.

Jego niepokój musiał być bardzo widoczny, bo Salli i Kerri wbiły wzrok w swoje talerze, aby oszczędzić mu dalszego wstydu. Sam poprowadził go na polanę, gdzie właśnie zbierał się klan. Kolana dygotały Sonny'emu ze zdenerwowania – pierwszy raz miał przed nimi stanąć w ludzkiej postaci.

– Gdzie są nasze dzieci? – powiedział głośno Sam, darując sobie wszelkie wstępy. Jego głos nie był gniewny ani oskarżycielski, rezonował jedynie czystą siłą, domagając się odpowiedzi. Dopiero teraz Sonny zdał sobie sprawę, w jak poważne tarapaty się wpakował. Wszystko wcześniej wydawało mu się zwyczajną przygodą, obrzędem przejścia, dzięki któremu zostanie tak szanowanym przywódcą jak jego ojciec. Ślepo wypełniał rozkazy, nie myśląc nawet o ich podważaniu. Pytanie, które teraz padło w świetle dnia, uświadomiło mu wagę tego, co robił, i strach, jaki wzbudzały działania Hordy.

– Gdzie są nasze dzieci? – spytał ponownie Sam.

Sonny wbił wzrok w oczy Sama, ale nie był w stanie znieść jego spojrzenia.

– Zostały zabrane. Zabrane przez moją Hordę na Wysoczyznę – wykrztusił.

– Czy one jeszcze żyją? – zawołał Harri Boatman, który stał z prawej strony.

Sonny wziął głęboki oddech, chcąc uspokoić skołatane nerwy. Musiał wyjaśnić działania Hordy, lecz nie wiedział, czy będzie w stanie je teraz usprawiedliwić.

– Tak, żyją – powiedział.

– Jak daleko jest do tej całej Wysoczyzny? – spytał inny głos.

– Dlaczego je porwaliście? – zawtórował kolejny.

Sonny stał zdezorientowany, nie wiedząc, na które pytanie odpowiedzieć najpierw. Podszedł do niego Sam z dzbanem pełnym wody.

– Napij się – powiedział cicho, wręczając naczynie. – Powiedz nam, dlaczego przybyliście i dlaczego porwaliście nasze dzieci. Opowiedz całą swoją historię.

Zapadła cisza. Wszyscy zgromadzeni patrzyli i czekali, aż Sonny się napije. On zaś gorączkowo myślał, jak ułożyć to wszystko w sensowną całość.

Cztery dni wcześniej.
Wieczór w domu Dumy.

Pogrążona w swoim świecie Holly siedziała na końcu długiego stołu, strzelała palcami i zgrzytała zębami, niecierpliwie czekając na... cokolwiek. Nie usłyszała zbliżających się kroków, a otwierające się drzwi w ogóle nie zwróciły jej uwagi.

– Holly! Holly!

Zareagowała dopiero na dźwięk swojego imienia. Podniosła wzrok i zobaczyła tego wzburzonego pana, który obiecał jej śliczną szkatułkę. Oczy jej się zaświeciły.

– Masz gościa.

Obróciła się jeszcze odrobinę i zauważyła teraz chłopca, który za nim stał. Było w nim coś znajomego. Chciała przyjrzeć się jego twarzy, ale trudno jej było się skupić. Miała problemy z koncentracją, kiedy nie miała pod ręką szkatułki do zabawy.

– Holly? Co oni ci zrobili? – jego głos był smutny, ale wciąż znajomy.

Zmrużyła oczy i jeszcze raz przyjrzała się chłopcu, który podszedł bliżej. *Teraz już cię poznaję.*

– Carter, Carter Woodman?

– To ja, Holly.

– Przyszedłeś, żeby zabrać mnie do domu?

Carter z trudem ją rozpoznał. Poznawał drobną sylwetkę i sukienkę otrzymaną od Kerri, z której była tak dumna i w której widział ją tamtego dnia. Teraz jednak wyglądała o wiele starzej.

– Holly... co oni ci zrobili?

Zdołała wstać z krzesła i na roztrzęsionych nogach dobiec do Cartera, którego mocna przytuliła.

– Tak dobrze cię widzieć. Już zaczęłam tracić nadzieję, że ktoś przyjdzie.

– Już dobrze, Holly, jestem tu, zaopiekuję się tobą. Ale powiedz, co oni ci zrobili?

– Pomagam im – powiedziała. Obiecali mi prezent, który będę mogła pokazać mamie. Ty też powinieneś go zobaczyć, jest taki śliczny...

– Holly! Pamiętaj o naszej umowie – przerwał jej Duma.

– Pamiętam – powiedziała ze smutkiem.

– Młodzieńcze, zaopiekujesz się Holly? Pomożesz jej?

– Jasne, że się nie zaopiekuję! – warknął Carter. – Dlaczego nas tu przyprowadziliście, czego od nas chcecie?

– Oczywiście, oczywiście, wszystkiego dowiecie się w swoim czasie. Najpierw jednak chciałbym, żebyście to wy wyświadczyli mi przysługę. Uwierz mi, mogę cię obdarować mocą tak wielką, że już nigdy nie będziesz chciał odejść. Ty i Holly jesteście wyjątkowi – powiedział łagodnie. – Później tu wrócę. Zajmij się nią w tym czasie.

Ma miły głos, ale pachnie jak ta część wioski, gdzie zrzucają odchody zwierząt, pomyślał.

Mężczyzna wyszedł, a jego kroki odbijały się coraz słabszym echem po pustym domu.

To brzmi zupełnie jak stary Frank, kiedy wbija gwoździe w te pudła, w których wkłada ludzi, pomyślał. – Holly, wszystko już będzie dobrze, jestem tu. Usiądź, powiedz mi, co się stało – powiedział, mocno ją do siebie tuląc.

Sonny stał przed zgromadzeniem, próbując zebrać myśli. Wzywał na pomoc w duchu swoich najbliższych, którzy byli daleko stąd.

Jeśli dociera do was mój zew, proszę, wesprzyjcie mnie zza dolin, zza nizin, zza bramy. Jeśli mnie słyszycie, pomóżcie mi znaleźć słowa, by opowiedzieć naszą historię. Pomóżcie mi wyjaśnić, że my nie jesteśmy źli, lecz boimy się tak, jak oni się boją. Tylko że w przeciwieństwie do nich boimy się stracić wszystko i wszystkich, błagał w duchu.

Spojrzał jeszcze raz na zebranych członków klanu. Widział w oddali góry, jego matka stała na skraju Wysoczyzny, wyczekując jego powrotu. Zaczął swoją opowieść.

–Pochodzę z Wysoczyzny zza doliny, która otulona jest cieniem najwyższych szczytów. Gdy przychodzą gęste śniegi, schodzimy w dół, na Niziny, wraz z naszymi stadami. Kiedy już stopnieją, wracamy na przełęcze Wysoczyzny, gdzie początek swój biorą rzeki oraz życie – Sonny głęboko oddychał, wyobrażając sobie, że czuje znów ostre, zimne powietrze w płucach. Na chwilę poczuł, że znowu żyje. – Pół roku temu szliśmy granicą topniejącego już śniegu, tak jak to zawsze robiliśmy. Z górnych przełęczy zstąpiła wielka i okrutna bestia, o jakiej nikt z nas nawet nie słyszał. Była jak coś, co wymyślają sobie małe dzieci nocą, by wzajemnie się straszyć. Ten stwór wyglądał jak z najgorszych koszmarów. Stał jednak przed nami, materialny, namacalny, groźny. Był wyższy od dwóch samców, którzy by na sobie stanęli, a jego szczęki wyglądały na tak potężne, że zmiażdżyłyby ludzką czaszkę bez najmniejszego wysiłku – Sonny wbił wzrok w swoje dłonie, roztrzęsiony na samo wspomnienie bestii.

– Szpony tej bestii są dłuższe niż moje dłonie. Może was dostrzec z drugiego końca góry i nie przestać was śledzić. Kiedy was zobaczy, nie ma już ratunku. Jest szybsza niż najszybsi spośród ludzi. Nie mieliśmy szans w bezpośrednim starciu. Futro tego potwora jest długie i białe. Potrafi zjawić się niemal znikąd, skryty pod śniegiem i gotowy zaskoczyć tego, kto będzie miał nieszczęście przechodzić w pobliżu. Nazywamy go śnieżnym niedźwiedziem. Zupełnie jednak nie przypomina takich niedźwiedzi, jakie znacie.

– Śnieg spadł ponownie wiosną w tym roku, a śnieżne niedźwiedzie się nie pojawiały. Przełęcze były zablokowane i nic nie mogło się przez nie przedostać, a przynajmniej tak nam się wydawało. Kiedy śniegi się cofnęły, bestie powróciły. Podczas zaledwie jednej bitwy zdołały ciężko zranić połowę Hordy Wysoczyzny . Sądzimy, że powróciły całymi stadami, by pustoszyć nasze ziemie. Wycofaliśmy się w kierunku nizin, prosząc po drodze wszystkie hordy o wsparcie, by pomogły naszym ludziom i ocaliły nasze ziemie przed wpadnięciem w ręce najeźdźców.

Sonny zrobił pauzę, żeby wziąć długi łyk wody. Wspomnienia wciąż były w nim żywe. Spojrzał w dal, gdzie wznosiły się jego góry, niedostrzegalne stąd. Widział ojca, który wyrusza ku Górnej Przełęczy. Odetchnął głęboko i rozejrzał się wokół, przyglądając się twarzom zgromadzonych.

– Nasza starszyzna zwołała zebranie. Odgadli, że śnieżne niedźwiedzie korzystają z bramy, by dostać się na nasze ziemie. Nie byłyby nigdy w stanie przedostać tylu swoich przez Suchy Płaskowyż na północy. Próżno tam szukać wody albo schronienia przed słońcem. Starszyzna postanowiła, że musimy sprowadzić pomoc.

Patrzył teraz w oczy ludziom, których napadła Horda. Widział Sama, którego córka również została porwana.

– Wiedzieliśmy od lat o waszej ziemi za rzeką i zawsze wydawała nam się oazą pokoju i szczęścia. Pewnych rzeczy nie rozumieliśmy, ale nie mieszaliśmy się do waszych spraw. Niektórzy mówią, że w dawnych czasach mogliśmy być jedną rodziną. Wyglądamy bowiem tak samo, nie licząc waszych ciemnych włosów. Mówimy tym samym językiem o tych samych rzeczach wokół. Wiemy też jednak, że różnicie się od nas. Kiedy musimy, zmieniamy naszą postać, jak mieliście okazję zobaczyć. Uczymy się tej techniki od najmłodszych lat – jak napełnić serce wewnętrzną siłą, która przeobraża nas w coś znacznie potężniejszego. Przyzywamy tę moc, by przybrać postać lwów górskich. Naszym domem są wówczas Śnieżne Szczyty, w których nie przeżylibyśmy w ludzkiej postaci. Myśleliśmy, że jesteśmy panami tych gór. Przybycie niedźwiedzi uświadomiło nam naszą pomyłkę.

– Mieliśmy wiedzę, której wy nie posiadacie bądź już nie pamiętacie. Wiedzieliśmy o portalach umożliwiających wejście na wasze ziemie. Czasami przychodziliśmy i obserwowaliśmy waszą codzienność. Zawsze pamiętaliśmy o tym, że posiadacie zdolności, których my nie mamy i których nigdy właściwie nie potrzebowaliśmy. Aż do teraz. Macie dar, który czyni was wyjątkowymi. Wy również możecie się przeistaczać.

Minęła chwila, zanim wszyscy pojęli sens słów Sonny'ego. Nie wiedzieli jednak, czy powinni w nie wierzyć. Z wyjątkiem Sama, który siedział, obserwując go uważnie. Widział go teraz w zupełnie innym świetle.

Jest młody i zarozumiały, ale nigdy bym nie przypuszczał, że ma tyle do stracenia, myślał. *Musi brać udział w wojnie, w której stawką są jego bliscy i jego ojczyzna.*

Jego stosunek do Sonny'ego uległ teraz diametralnej zmianie.

–Umiecie zmienić się w lwy górskie. W co my zatem moglibyśmy się zmieniać? – Ojciec Plemienia zadał pytanie, które w końcu musiało paść.

– Możecie przemieniać się w ogary – odpowiedział Sonny.

Wszyscy zamilkli, próbując to sobie jakoś wyobrazić, zrozumieć, jak to jest w ogóle możliwe.

– Czy to dlatego porwaliście nasze dzieci? Bo potrzebujecie ogarów do walki? – spytał Sam w imieniu wszystkich.

– Tak – Sonny dał radę wykrztusić z siebie tylko tyle. Widział gniew na ich twarzach i wstydził się teraz za czyny swoich ludzi. – Dzieci zostały zabrane na Wysoczyznę, gdzie traktowane są jak zaginieni krewni naszych rodzin. Zdajemy sobie sprawę, że się boją i tęsknią do swoich rodzin, więc robimy wszystko, by zapewnić im poczucie bezpieczeństwa. Staramy się, żeby były szczęśliwe. Uczymy je, jak wykorzystać ich dar, jak wedle woli zmieniać kształt i uwolnić to, co drzemie w środku.

Rozejrzał się w nadziei, że został dobrze zrozumiany. Zobaczył jednak, że Sam smutno potrząsa głową, a jego żona ma łzy w oczach.

– To podłe – powiedziała. – Dlaczego nie przyszliście do nas z prośbą o pomoc? Skoro możemy się przemieniać, dlaczego nas tego nie nauczyliście? Moglibyśmy was wesprzeć. Po co przychodziliście nocą i porywaliście nasze dzieci? – mówiła, podczas gdy łzy ciekły jej po twarzy.

Sonny nie umiał znaleźć słów. Nie wiedział, jak wyjaśnić, dlaczego takie decyzje zostały podjęte. Wiedział tylko, co ustalono podczas zebrania starszyzny. Czuł jednak w sercu, że starsi kompletnie się pomylili, myśląc, że klan zgodzi się na to wszystko.

– Jestem wierny mojemu ludowi i będę go strzegł do ostatnich sił. Żeby go chronić, muszę robić to, co nakażą starsi mojego ludu, kierując się jego dobrem. Muszę wierzyć, że ich ogląd jest właściwszy od mojego, w przeciwnym razie groziłaby nam zagłada. – Sonny wyszukał Sama pośród tłumu i zwrócił się teraz bezpośrednio do niego. – Spędziłem pośród was niewiele czasu. Jednak to, co tu widziałem i słyszałem, przekonało mnie, że moi ludzie postąpili niewłaściwie. Wasze dary i siła są znacznie większe, niż mogliśmy przypuszczać.

– Wydaje wam się, że naszym dzieciom podoba się wizja walki w waszej wojnie? – zawołał Ned Woodman. Gorycz w jego głosie wstrząsnęła Sonnym.

Spróbował znaleźć choćby najmniejsze słowa otuchy.

– Wierzę, że wasze dzieci są szczęśliwe – powiedział po namyśle. – Nie chcę przez to powiedzieć, że cieszy je wasz brak, bo bardzo za wami tęsknią. Pokazujemy im nasze życie, nasz lud, zaznajamiamy z naszymi dziećmi i staramy się wyjaśnić im niebezpieczeństwo, które nam grozi. Dopiero wtedy prosimy je o pomoc. Jeśli zechcą wrócić, niezwłocznie przyprowadzimy je z powrotem. Wszystkie się jednak zgodziły. To prawda, że kiedy je zabraliśmy, były jeszcze całkiem małe, lecz bardzo szybko dorastają. Nawiązaliśmy z nimi bardzo silne więzi. Jestem pewien, że do was wrócą, kiedy stwierdzą, że nadszedł właściwy czas. – Zrobił przerwę, żeby pozbierać myśli. – Chcecie wiedzieć, dlaczego nie wysłaliśmy do was poselstwa po pomoc? Starszyzna doszła do wniosku, że gdyby ktoś obcy przyszedł do nas z taką prośbą i chciał zabrać nam nasze dzieci, aby obronić swój lud przed wrogiem, o którego istnieniu nie mielibyśmy pojęcia, zostałby przegnany.

– Dlaczego nie prosiliśmy was, zgromadzonych tu, o pomoc? Jeśli przed osiemnastym rokiem życia nie pokaże się człowiekowi posiadającemu dar, jak zmieniać postać, jeśli nikt nie nauczy go, jak uwolnić drzemiące w nim zwierzę, wówczas nigdy nie opanuje tej techniki. Dlatego też to waszym dzieciom przekazujemy tajemnice przemiany. Jest w nich niesłychany potencjał – ich siła, szybkość, spryt, przebiegłość i lojalność znacznie wykraczają poza to, czego jesteśmy je w stanie nauczyć. Kiedy walczą ze śnieżnymi niedźwiedziami, nie okazują strachu. Pomimo że są dziećmi, to one teraz uczą nas. Starszyzna doszła do wniosku, że gdybyśmy przyszli do was i poprosili o wsparcie w postaci dziesięciu mężczyzn, wrócilibyśmy z pustymi rękami. Zabierając natomiast jedno dziecko, zyskaliśmy siłę pięćdziesięciu.

– Jak można być takim potworem, żeby w ogóle o tym pomyśleć? – szepnęła Salli do Sama. Przytaknął i mocno ją przytulił, czując, że znowu zaczyna szlochać.

– Powinnaś już pójść. Nie poprawi ci się, jeśli tu zostaniesz – powiedział do niej. Widział, że Harri i Ned są coraz bardziej rozdrażnieni. Ich pytania coraz agresywniej zmuszały Sonny'ego do usprawiedliwiania czynów jego ludzi.

Sam odprowadził Salli wzrokiem, po czym wstał i wysunął się na środek zgromadzenia.

– Sądzę, że po usłyszeniu tych wszystkich opowieści wiele z nich powinniśmy przedyskutować między sobą. Skoro znamy już przyczyny ostatnich wydarzeń, możemy zacząć obmyślać, jak temu wszystkiemu zaradzić. Spotkajmy się tu później, omówimy kolejne pytania, które wymagają odpowiedzi.

Opowiedz nam o bramach – rzekł Sam.

– Spadają z nieba – odpowiedział Sonny. – Nie wiemy, skąd pochodzą, tylko w jaki sposób pojawiają się na świecie. W dawnych czasach ludzie widzieli je pod postacią ognistych kul sunących po nieboskłonie. Pozostawiały za sobą smugę płomieni, rozświetlając niebo wokół. Kiedy spadają na ziemię, towarzyszy temu huk tak przeraźliwy, że aż bolesny.

– Widziałem to – odezwał się jeden ze zgromadzonych.

– Kamienie, które spadły z nieba, mogą otworzyć przejście. Zanosimy je wówczas na punkt graniczny. Im bliżej celu, tym gorętsze się robią, aż w końcu nie da się ich utrzymać. Gdy kamień dotknie granicy, powstaje brama między naszymi ziemiami, po czym skała zaczyna z wolna kruszeć. Kiedy zmieni się w popiół, przejście się zamyka. Czasami udaje nam się znaleźć te kamienie w korytach rzek, w których znalazły się po tym, jak przepłynęły aż z mroźnych krain.

– Opowiedz więcej o swoich ziemiach, co się znajduje za waszymi granicami? – zapytał Ojciec Plemienia.

– Wiemy, że granica łącząca nas z waszymi ziemiami przebiega na południu. Na północy, za Górną Przełęczą znajduje się Suchy Płaskowyż, którego nikt nigdy nie zdołał przejść, nawet mój ojciec. Nie znajdziecie tam ani kropli wody pośród piasków. Sądzimy jednak, że gdzieś na jego końcu zaczyna się ziemia, którą zamieszkują śnieżne niedźwiedzie.

– Na zachód od naszych ziem są bezkresne wody Wielkiego Morza. Nie mamy pojęcia, czy kiedykolwiek się kończą. Na wschodzie natomiast jest Puszcza. Niektórzy spośród naszych zapuścili się tam, po czym słuch po nich zaginął. Człowiek, który tam wejdzie, nie ma szans rozróżnić północ od południa i wschód od zachodu. Cały las zdaje się ruszać. Moi współplemieńcy przestali już tam chodzić w poszukiwaniu granicy – zbyt wielu już zaginęło bez śladu.

– Mieszkańcy ziem na północ od was znaleźli natomiast swoją granicę – rzekł Casey. – I dlatego jesteście w niebezpieczeństwie.

– Zgadza się – powiedział Sonny. – Znaleźli swój punkt graniczny i napadają na nas, przechodząc przez Górną Przełęcz. Nie wiemy, czego chcą od naszej ziemi. Według niektórych robią to dlatego, że ich tereny są równie nieurodzajne jak Suchy Płaskowyż, ale nikt nie jest pewny. Przybywają, żeby nas atakować, a nie uciąć sobie pogawędkę.

– Więc jeśli znajdziemy taki kamień i zaniesiemy go na naszą granicę, wówczas otworzy się tunel do waszych ziem? – spytał Sam.

– Tak. Czy wiecie, gdzie znajduje się wasz punkt prowadzący na północ?

W odpowiedzi zobaczył tylko zdezorientowane spojrzenia.

Wszyscy zdali sobie sprawę, że nikt nie wiedział, że taka granica istnieje. W końcu Ojciec Plemienia przerwał ciszę.

– Pamiętam historię, którą mój dziadek opowiedział mi, kiedy byłem chłopcem. Wybrał się wtedy ze swoim wujem do Północnych Wzgórz. Spędzili tam lato ze swoją trzodą, która pasła się na tamtejszych łąkach. Powiedział mi, że pewnego dnia nie mogli się doliczyć kilku kóz. Wuj poszedł ich poszukać, a potem nałowić ryb. Dziadek natomiast spędził dzień, pilnując reszty trzody. Po kilku godzinach mój dziadek zaczął się martwić, że wciąż nie było śladu wuja, więc poszedł na północ go poszukać. Szukał go przez cały dzień, a potem codziennie przez cały tydzień. Po wuju nie było jednak ani śladu. Niepilnowane kozy się rozbiegły, więc dziadek udał się na miejsce spotkań prosić o pomoc. Klan był w szoku, kiedy zobaczył, że wrócił sam bez owiec i bez wuja. Byłem wtedy małym chłopcem, ale również zostałem wciągnięty w poszukiwania. Nigdy go nie znaleźliśmy.

– Wśród moich ludzi krąży historia o zbłąkanym człowieku, który przybył z Niższej Doliny. Podobno był starcem, który się zgubił i nikt nie wiedział, w jaki sposób znalazł się w tej dolinie. Jego włosy był niegdyś ciemne, ale na starość posiwiały. Rodzina, która go znalazła, próbowała zabrać go do miasta położonego na Wysoczyźnie, lecz nigdy tam nie dotarł. Zmarł w trakcie marszu przez wzgórza. Możliwe, że to była ta sama osoba.

Sam wstał i podszedł do środka zgromadzenia.

– Potrzebujemy zatem dwóch rzeczy: kamienia do bramy i miejsca, gdzie znajduje się punkt graniczny. – Obrócił się do Sonny'ego. – Pomożesz nam? – spytał.

Sonny poczuł na sobie spojrzenia wszystkich wokół. Czuł wstyd, że przysporzył tym ludziom tyle cierpień. Powoli skinął głową.

– Powiedz w takim razie, jak te kamienie wyglądają.

– Są bardzo ciężkie i czarne jak smoła, zupełnie jakby pożerały światło. Czasami są okrągłe, jakby zostały wytopione w formie. Inne mają ostre krawędzie, jakby ktoś je rozłupał. Najbardziej charakterystyczna jest jednak ich czerń.

– A nasza granica? – spytał Casey – Skąd wiemy, że nasze ziemie się kończą?

– Czy ona będzie w tym samym miejscu, przez które twoi ludzie się tutaj dostali? – spytał Ben.

– Nie, to nie jest takie proste – rzekł Sonny. – Granica jest płynna. Punkt po naszej stronie jest zawsze ten sam, lecz raczej nigdy nie wyjdziemy dwa razy w tym samym miejscu. Wiemy, gdzie jest nasza granica, bo przebiega ona w miejscu, gdzie wszystko wygląda do siebie podobnie. Mielibyście tam wrażenie, że to, co w oddali, wygląda dokładnie jak to, co przed chwilą minęliście. Wydawałoby się wam, że idziecie już wieki i mimo to nie posunęliście się nawet o kawałek dalej.

– Jak na przykład w lesie, do którego wchodzisz i zdajesz się krążyć w kółko? – spytał Ojciec Plemienia.

Zapadła cisza. Wszyscy pojęli znaczenie słów Ojca.

Sonny przytaknął, w pełni rozumiejąc teraz prosty powód, dla którego zgubił się w lesie, gdy próbował zbiec.

– To może być dobre miejsce do poszukiwań, ale nie polecałbym tego – rzekł. – Las leży po wschodniej stronie, podobnie jak nasz. Wchodząc tam, moglibyście wylądować w miejscach, w których nie chcielibyście być. Las... las ma własną niepojętą moc.

Sam stał samotnie nad brzegiem rzeki. Sonny podszedł do niego i w milczeniu obserwował zachód słońca.

– Przykro mi, że to twoja córka została porwana – powiedział.

– Gdyby nie padło na moją córkę, padłoby na inne dziecko. Tak czy owak byłaby to strata dla nas wszystkich, która wciąż by bolała. Owszem, może nie tak jak utrata Lulu, ale jest to ból, którego nikomu bym nie życzył. To po prostu nigdy nie powinno mieć miejsca.

– Teraz rozumiem.

Sam spojrzał na niego i zobaczył w jego oczach szczery żal.

– Ona *na pewno* powróci – powiedział, patrząc, jak słońce oświetla złotą ścieżkę biegnącą przez rzekę aż do miejsca, w którym stali.

Sam, zatopiony w myślach, spojrzał w dal.

– Czasami chciałbym wsiąść w łódkę, popłynąć tą ścieżką i zobaczyć, co jest za horyzontem – powiedział Sam.

– Mam takie samo pragnienie, kiedy patrzę na najwyższe szczyty mojej krainy. Zastanawiam się wtedy, jak może wyglądać Suchy Płaskowyż. Słyszałem opowieści, że cisza pustyni jest tak przytłaczająca, że podobno uszy pękają z bólu. A nocą gwiazdy są tak wielkie, że prawie można ich dotknąć.

– Czy nie jest tak, że każdy człowieka zastanawia się czasem, co jest po drugiej stronie? – spytał Sam, podczas gdy ostatni promień słońca schował się za horyzontem, zalewając niebo pomarańczowo-czerwonymi smugami.

ROZDZIAŁ 5

Klan zebrał się następnego ranka nad brzegiem rzeki.

– Zabierzcie każdą rzecz, która wyda wam się dziwna, i przynieście ją tutaj. Później wszystko dokładniej zbadamy – powiedział Sam.

Rozdzielili się na dwie grupy – jedna udała się na północ, druga na południe – w poszukiwaniu kamienia, który mógł przypłynąć tu na przykład podczas powodzi. Sonny szedł na końcu swojej drużyny, by zgarniać to, co ludzie idący z tyłu mogli przeoczyć. Maszerował ze wzrokiem wbitym w ziemię i kątem oka zauważył, że ktoś idzie tuż obok. Podniósł głowę i zobaczył Kerri podnoszącą kawałek czarnego bazaltu.

– Szukamy czegoś znacznie ciemniejszego. Tak czarnego, że zdaje się być zaprzeczeniem światła – powiedział.

Nie umiem sobie wyobrazić, o czym mówisz.

Sonny wziął bazalt, który trzymała w dłoni, obmył go w rzece i uniósł pod światło.

– Widzisz, jak ten odłamek odbija słońce, tu, w tych punkcikach wydaje się nawet delikatnie świecić – wyjaśnił, obracając delikatnie bazalt. – My szukamy czegoś, co w ogóle nie odbija światła, nawet zamoczone.

Szli dalej przez chwilę, aż Kerri zatrzymała się i spojrzała na niego.

– Byłeś jednym z tych, którzy porwali Holli?

Zatrzymał się i podszedł do niej. Widział w jej oczach smutek spowodowany stratą.

– Nie. Przybyłem pierwszy raz na wasze ziemie i gdyby nie Sam, nie byłoby mnie tutaj.

– Tak... opowiedział nam o waszym pierwszym spotkaniu – powiedziała wymijająco. – Dlaczego twoi ludzie wybrali Lulu? – jej twarz znowu przybrała poważny wyraz.

To pytanie kompletnie zbiło go z tropu, choć wiedział, że w końcu ktoś je zada. Zakładał, nie, wolał, żeby to był Sam, przed którym, wydawało mu się, łatwiej będzie mu zataić prawdę. Tylko że teraz stała przed nim Kerri i nie wiedział, czy będzie mógł zdobyć się na kłamstwo. Zawahał się, nie wiedząc, co odpowiedzieć. Wiedział, że Kerri widzi jego niepewność. Skłamać teraz byłoby bardzo nierozsądnie.

– Lulu jest wyjątkowa – powiedział, próbując wytrzymać pod naporem jej spojrzenia. – Mogłabyś to zrozumieć dopiero, gdybyś poznała nasze życie. Kiedy się przeistaczamy i uwalniamy Lwa, wówczas dochodzą też do głosu inne „dary". To coś, co posiadają wszystkie Koty, choć niektóre zapomniały, że je mają, a inne nie pamiętają już, jak ich użyć. Potrafimy spoglądać poza granice naszego świata i widzieć inny wymiar lub, jak wolisz, inne światy. Kiedy zmieniamy postać, widzimy ludzi w tych światach i to właśnie Lulu zobaczyliśmy pewnego dnia. Właśnie dlatego musiała zjawić się na naszych ziemiach. Nie mogę powiedzieć nic więcej ponadto, że sądzimy, że jest... potrzebna.

Kerri obserwowała go przez chwilę w zamyśleniu.

– Tutaj też jest potrzebna – rzekła w końcu, po czym ruszyła dalej, w stronę reszty klanu, obserwując brzeg rzeki

Ktoś z przodu wydał okrzyk podniecenia i wszyscy podbiegli do miejsca, gdzie jeden z poszukujących usiłował wykopać kamień wielkości ludzkiej dłoni. Kiedy próbowali go podnieść, okazał się być zaskakująco ciężki. Był pokryty niemal duszącą czernią, o nieregularnym kształcie, a do tego tu i ówdzie widać było, że się stopił. Wszystkich ogarnęła radość i podniecenie na myśl, że na pewno znaleźli kamień, który spadł z niebios.

– To naprawdę to – zaśmiał się Sonny radośnie. – Nigdy bym nie przypuszczał, że znajdziemy go tak szybko. Nasi ludzi mogli szukać tych kamieni latami i wrócić mimo to z pustymi rękami.

Sonny zdał sobie sprawę, jak bliska była teraz szansa powrotu do rodziny. Wtem przybył Casey, który biegł wzdłuż rzeki.

– Udało się? – spytał.

– Jestem absolutnie pewny, że tego właśnie szukaliśmy – odrzekł Sonny.

– Jak długo kamienie mogą utrzymać przejście, zanim się rozpadną?

– Cztery dni.

– A jak długo idzie się do miasta, w którym przetrzymujecie nasze dzieci?

– Marsz przez dolinę do Wysoczyzny, gdzie położone jest miasto, zajmuje dwa dni. Jeśli dzieci są jednak na Górnej Przełęczy, powrót może zająć tydzień. Wszystko zależy od pogody na Śnieżnych Szczytach – powiedział Sonny.

Do wszystkich dotarło, że jeśli mają bezpiecznie stamtąd powrócić, muszą znaleźć jeszcze jeden kamień.

Po długim dniu postanowili powrócić na miejsce spotkań i wznowić poszukiwania następnego ranka.

Udali się na pomost, przy którym trzymane były łodzie, i zobaczyli, że druga połowa klanu, która wyruszyła na północ, już na nich czeka. Grupa Sonny'ego, cała podekscytowana, podbiegła do reszty przekazać, że udało im się znaleźć kamień.

Wszyscy obejrzeli znalezisko, które, jak sądzili, mogło otworzyć przejście do północnych ziem.

– Jak u was, Sam, coś się udało? – spytał Casey.

– Znaleźliśmy kilka kamieni, które może do czegoś się nadadzą. Sonny, możesz rzucić okiem?

Grupa Sama wysypała zawartość swoich koszy na ziemię, która była teraz pełna kamieni w różnych odcieniach czerni i we wszystkich kształtach i rozmiarach. Sonny spojrzał na nie i pokręcił głową.

– Przykro mi, ale żaden z nich nie jest tym, czego szukamy – powiedział.

Usłyszawszy to, Sam się uśmiechnął.

– Może więc rzucisz okiem i na to? – spytał. Otworzył dłoń, w której trzymał maleńki kamyk wielkości kciuka. Znalezisko pochłaniało całe światło rzucane przez promienie zachodzącego słońca. Widać było, że kamień ten miał za sobą długą drogę – obszarpane i połamane krawędzie, miejscami przypalone i stopione, dawały wyobrażenie o impecie, z jakim przemknął przez niebo.

Sonny kompletnie zbaraniał. Wziął kamień w rękę. Ciężar, który poczuł, upewnił go, że właśnie tego szukali. Teraz to on się uśmiechnął.

– Nigdy bym nie uwierzył, że można znaleźć dwa w ciągu jednego dnia. Rzeka musi być pełna tych kamieni.

Wieczór był pełen oczekiwania. Członkowie klanu zebrali się, aby omówić nadchodzącą wyprawę. Sam siedział, przysłuchując się toczonym rozmowom, pogrążony jednak we własnych myślach.

– To nie pora na ponuractwo – powiedziała Salli, dźgając go w żebro, żeby zrobił dla niej miejsce.

Włożył jej dłoń w swoją i wziął głęboki oddech.

– Ooo, nie! – powiedziała. – Kiedy tak wzdychasz, to już wiem, że coś się święci.

Uśmiechnął się, widząc, jak próbuje go rozchmurzyć.

– Zastanawiałem się...

– To nigdy nie wróży nic dobrego.

– To podróż, w którą powinienem udać się sam.

Teraz to Salli głęboko westchnęła.

– Powiesz mi, dlaczego tak sądzisz?

– Mam złe przeczucie, to wszystko może być bardzo niebezpieczne. Nie wybaczyłbym sobie, gdyby coś ci się stało.

– Straciłam już córkę, a teraz mówisz mi, żebym tu została i czekała, aż stracę męża?

– Nie prosiłbym cię, żebyś ze mną poszła, chyba że miałbym absolutną pewność, że ta podróż będzie bezpieczna. Tej pewności nie mam, a intuicja podpowiada mi, że wydarzy się coś złego. Dlatego proszę cię, żebyś tu została i czekała na powrót Lu.

Obróciła się i dotknęła jego twarzy, patrząc mu w oczy.

– Ufasz mu?

– Sonny'emu? Ufam, że przeprowadzi mnie przez bramę i pomoże znaleźć Lulu. Nie wiem jednak, jak zareaguje, kiedy ją zabiorę z powrotem do domu. Rozmawiał z Kerri, powiedział jej, że jego ludzie sądzą, że Lulu jest z jakiegoś powodu wyjątkowa. Jeśli tak jest w istocie, to nie wiem, czy oddadzą ją bez walki.

Zamyśliła się na chwilę, trawiąc to, co Sam przed chwilą powiedział.

– Sam, razem jesteśmy silniejsi – powiedziała. – Moje życie to twoje życie.

– Proszę, zaufaj mi i wspieraj mnie, kiedy czasy będą spokojniejsze. Będę musiał sprzeciwić się Ojcu Plemienia.

Salli oparła się o jego ramię, sycąc się ciepłem i siłą, które z niego biły. Znała go od dawna i nie pamiętała, żeby kiedykolwiek podjął złą decyzję, zupełnie jakby instynkt podpowiadał mu, co należy robić. Jak mogła jednak pozwolić mu iść samemu, bez ochrony, do zupełnie obcych ziem pełnych nieznanych im niebezpieczeństw?

– Muszę cię poprosić o jeszcze jedną rzecz. Pomów z Kerri. Poproś ją, żeby posiedziała tego wieczoru z Sonnym. Nie może być tu w pobliżu i pod żadnym pozorem nie może usłyszeć, co dzisiaj postanowimy.

Przytaknęła, czując, jak niepostrzeżenie obezwładnia ją poczucie straty. Wiedziała, że Sam sprzeciwi się dziś wieczór decyzji klanu, czego nikt nigdy nie uczynił. Nie zamierzała pozwolić, żeby zrobił to sam.

Zebrali się po zmroku. Żywo płonący ogień przeganiał mroki miejsca spotkań. Ojciec Plemienia wstał i zabrał głos po chwili zastanowienia.

– Dzisiejszy dzień był dobrym dniem. Jeśli szczęście znów nam dopisze, jutro znajdziemy granicę. Jeśli nam się uda, powinniśmy czym prędzej zacząć szukać naszych dzieci. Uważam, że należy zgromadzić zapasy na dwutygodniową podróż.

Wokół ogniska rozległ się szmer oznaczający jednomyślną zgodę.

– Powinniśmy wziąć ze sobą pięciu ludzi. Jeden z nich będzie niósł dzieci, jeśli zajdzie taka potrzeba. Ponadto grupa będzie potrzebowała przywódcy i kogoś, kto będzie osłaniał jej powrót. Tu, na miejscu, trzeba zgromadzić wystarczająco dużo ludzi do obrony w razie kolejnego najazdu kotów. Musimy im pokazać, że już nie pozwolimy na porwanie żadnego dziecka. Gdy już wiemy, czemu stawiamy czoła, sądzę, że wspólnymi siłami uda nam się odeprzeć zagrożenie.

Wszyscy gromko wyrazili swoje poparcie dla słów Ojca.

– Musimy więc tylko postanowić, kto idzie – rzekł Harri Boatman. – Chcę zgłosić się na ochotnika.

Sam siedział, ściskając dłonie i czekając, aż nadejdzie jego pora, by zabrać głos.

– Proponuję, żeby na wyprawę udali się Sam, Harri Boatman i Ned Woodman. Ojcowie porwanych dzieci muszą tam być, by je ochronić, a do tego...

– Nie – powiedział Sam cicho. Wszystkie rozmowy ucichły. – Nie! – powtórzył, wstając. Podjął już decyzję.

Wokół Sama powstał gwar – ci, którzy siedzieli najbliżej, nie wiedzieli, czy właśnie się nie przesłyszeli.

– To podróż tylko dla jednego człowieka – ciągnął dalej. – Dla mnie.

Zapadła głucha cisza przerywana jedynie trzaskiem płonącego ogniska. Nikt nie mógł zrozumieć, po co Sam mówi coś takiego, skoro decyzja została już podjęta.

– Mają teraz miejsce niezwykłe wydarzenia, które trudno jest nam zrozumieć. Dowiadujemy się o istnieniu ludzi w odległych krainach, którzy twierdzą, że widzą inne światy. Nie wiem, czy jest to możliwe, oni jednak wierzą, że tak jest, i na podstawie tego, co „zobaczą", decydują o swoich dalszych losach. Mówią, że w tych wizjach widzieli nasze dzieci. Jeśli wkroczymy na ich ziemie w sile pięciu zawziętych mężczyzn, którzy przybyli odzyskać bliskie im osoby, wówczas prosimy się o konflikt. Jeśli natomiast pójdę sam z Sonnym jako przewodnikiem, będziemy mogli szybciej się przemieszczać, łatwiej kryć, a do tego będzie większa szansa, że zostanę wysłuchany, niż gdyby nasza piątka przybyła z żądaniami. Nie wiemy nic o miejscu, w którym przetrzymywane są nasze dzieci. Nie wiemy nic o tych ludziach ani co mogą nam uczynić. Nie możemy budować naszego wyobrażenia na podstawie zachowania chłopca, który złamał nogę i którego duma na tym ucierpiała.

Sam skończył przemawiać i rozejrzał się niepewnie wokół. Czuł się osamotniony pośród ołowianej ciszy, w migoczącym świetle ogniska. Poczuł, jak ktoś musnął jego dłoń. Nie musiał się oglądać, żeby wiedzieć, że to jego żona staje obok niego.

– Powierzyłabym Samowi własne życie – powiedziała Salli. – Tak jak powierzam mu życie naszej córki. Proszę was zatem, abyście również zaufali mojemu mężowi, że ocali wasze dzieci oraz waszą przyszłą królową. Wiem, że nikt nie zazna spokoju, dopóki dzieci nie będą bezpieczne, lecz wierzę, że jeśli mają zostać uratowane, powinniśmy zaufać Samowi.

Poprzedni wieczór. Dom Dumy.

Lulu siedziała przy stole już od godziny odmawiając jedzenia i picia. Nie miała też najmniejszego zamiaru rozmawiać. Była bardzo, bardzo zła. Odgłos nadchodzących kroków zapowiadał kolejnego gościa.

Spokojnie i z godnością.

– Och, moja droga, jak miło cię w końcu poznać. Nie mogłem się docz...

– Nawet sobie *nie wyobrażasz,* co mój ojciec ci zrobi, jak tylko tu przyjdzie – powiedziała. Jej oczy płonęły z wściekłości.

Szlag! No i tyle zostało z godności. Dobrze, spróbuj to chociaż rozegrać spokojnie, pomyślała.

– Nie możemy się doczekać przybycia twojego ojca. Przyjmiemy go z niekłamaną przyjemnością, moja droga.

– Gdzie są Holli i Carter?

– Cóż, zapewne kończą swoje szkolenie, o ile mi wiadomo.

– Jakie szkolenie?

– Zgodzili się pomóc nam w kłopocie. W sumie to nie tylko nam, lecz również twojemu ojcu. Właściwie... całemu twojemu ludowi.

– *O czym* ty niby mówisz? Holly i Carter nigdy nie zgodziliby się wam pomóc.

– Tu się mylisz, moja droga.

– Żadna „moja droga". Nazywam się Lucinda Southerland, jestem córką księcia Samuela Southerlanda, wnuczką króla Willarda Southerlanda i przyszłą królową Rzecznej Równiny. Możesz do mnie mówić „panno Southerland".

– Doprawdy? – zaśmiał się.

Ten śmiech jest wymuszony. Denerwuje się.

– Tak.

– Cóż, nie miałem pojęcia, że te skromne progi zaszczyca księżniczka. Proszę mi zatem wybaczyć brak manier. Odwiedziny monarchy zawsze należy uświetnić prezentem. Cóż mogę mieć zatem odpowiedniego dla księżniczki... Już wiem! Chciałabyś może zobaczyć małe puzderko, które niedawno znalazłem? Jest...

– Możesz zatrzymać te swoje prezenty, błyskotki i cuchnące obiady – one nic dla mnie nie znaczą. Chcę zobaczyć Holli i Cartera – powiedziała.

Uśmiech mu zadrżał, jest coraz mniej pewny siebie.

– O tym ostatnim możemy pomówić. Znajdują się obecnie na Górnej Przełęczy, gdzie pomagają powstrzymać grasujące tam bestie przed zaatakowaniem naszych ziem i ziem twojego ludu.

– Powstrzymywać grasujące bestie?! – powtórzyła z niedowierzaniem. – Przecież to dzieci.

Nie patrzy już mi w oczy. Co on próbuje ukryć?

– Słuchaj, moja droga, to znaczy, proszę posłuchać, panno Southerland, wydaje mi się, że nie najlepiej rozpoczęliśmy naszą znajomość. Może...

– Trochę trudno zacząć dobrze znajomość, która zaczyna się od porwania i zmuszenia mnie do znoszenia twojego towarzystwa.

ŁUP! Jego ręka uderzyła z impetem w stół.

W końcu zrzucił maskę. Mam go. Wiara w to, że ojciec ją odnajdzie i uratuje, dodawała Lulu odwagi, by stawić czoła temu człowiekowi. – Czy to teraz jest moment, w którym grasz tego złego? – spytała chłodno, patrząc mu w oczy.

– Nie, moja droga. To moment, w którym słuchasz, co się do ciebie mówi. Pomożesz nam obronić Górną Przełęcz tak jak twoi przyjaciele, którzy robią to z własnej woli.

– Nie wierzę ci – powiedziała.

– Jeśli odmówisz, to będzie koniec dla twoich przyjaciół, twojego ojca, twojego ludu oraz twojej ziemi.

– Widzę w twoich oczach, że kłamiesz.

– Nie, moja droga, mylisz się. Ocalisz przyjaciół jedynie wtedy, kiedy zrobisz, co ci każemy.

– Chcę się zobaczyć z Holli i Carterem.

– Wszystko w swoim czasie. Może zjesz jednak swój obiad? Musisz mieć siły tam, dokąd pójdziesz.

Członkowie klanu wyruszyli ku Północnym Równinom następnego ranka, nie wiedząc, czego właściwie szukają i czy w ogóle uda im się znaleźć granicę. Kerri maszerowała obok Sonny'ego; szli tak w ciszy przez pewien czas, oboje pogrążeni w myślach, nie chcąc przerwać zadumy drugiej osoby.

– Czy kiedy jesteś kotem, myślisz jak kot, czy wciąż jak człowiek? – spytała Kerri w pewnym momencie.

– Lwem – poprawił ją. – Wciąż wydaje mi się, że jestem człowiekiem. Wiem, kim jestem i co chcę osiągnąć, ale odczuwam też to, co odczuwa lew – siłę i poczucie, że mogę zrobić wszystko.

– Dlatego cały czas robisz takie głupstwa?

Sonny zatrzymał się i spojrzał na nią zdumiony.

– Jakie głupstwa?

– Na przykład ciągłe próby zaatakowania Sama? Słyszałam już o „potyczce" w lesie – ciągnęła dalej.

Zobaczył w jej oczach ten sam rozbawiony wyraz.

– Myślałam, że jedna pomyłka to wystarczająco dużo, żeby wyciągnąć jakieś wnioski.

Trudno było Sonny'emu cokolwiek odpowiedzieć. Uświadomił sobie teraz w pełni swoją arogancję. Zanim jednak odpowiedział, Kerri zdążyła zmienić temat.

– Sądzisz, że Holli wciąż myśli jak dziewczynka, czy też pozwala, żeby myśli zwierzęcia ją zdominowały?

– Słyszałem, że kiedy wyjaśniono jej, dlaczego została zabrana, sama zdecydowała się zostać i nam pomóc. Wyjaśniliśmy jej, że jeśli śnieżne niedźwiedzie podbiją nasze ziemie, ten sam los czeka wasze. Widziały już, jak ludzie z waszego klanu zmieniają się w ogary; będą więc wiedzieć, że jest was więcej za granicą. Powiedzieliśmy jej, że jeśli zostaniemy pokonani, będzie tylko kwestią czasu, zanim jej rodzinie, jej klanowi zacznie grozić to samo niebezpieczeństwo. Zrobiła to, żeby was wszystkich ochronić.

– Nie potrzebujemy ochrony.

– Teraz to chyba ty jesteś zarozumiała. Nie masz pojęcia, co się dzieje na Górnej Przełęczy.

– To nie jest zarozumiałość, znam po prostu nasze możliwości. Zabraliście ją tylko po to, żeby chronić siebie.

Sonny czuł wstyd, że z taką łatwością przejrzała kłamstwa starszych, w które on sam do niedawna wierzył. Szli dalej w ciszy.

– Jak to jest, że ty zmieniasz się w kota, a Holli w psa? – spytała Kerri.

– Kiedy uczyliśmy ją, jak odnaleźć siłę płynącą z jej serca, nie wiedzieliśmy tak naprawdę, co tam znajdzie. Wydaje mi się, że to ma związek z tym, że nasze ludy wytworzyły trochę inną kulturę. Nasza kształtuje nas jako indywidualistów, często działamy samotnie w wysokich górach, każdy jest sobie przywódcą, tak jak to robią właśnie lwy górskie. Wasze cechy są inne i bliższe psom.

– Czyli świetnie szukamy jedzenia i aportujemy? – zaśmiała się.

Sonny wiedział już teraz, że nie ma rzeczy, o której ona nie wie. Obelgi, którymi obrzucił Sama, odbijały się echem w jego głowie, ale tym razem i on się zaśmiał.

– Bardziej myślałem o tym, że świetnie działacie w grupie, gdy zachodzi potrzeba, jesteście dla siebie lojalnymi i nieustraszonymi obrońcami – powiedział.

Kerri popatrzyła na niego i widać było, że przyjęła komplement.

– Nie próbuj powstrzymywać Sama, jeśli przyjdzie ci to do głowy – powiedziała.

Sonny zrozumiał, że to było wyraźne ostrzeżenie.

– Czuję, jak budzi się we mnie zwierzę! Muszę coś zjeść, chodźmy – powiedziała.

Zatrzymali się na popas na skraju sosnowego lasu. Sam pomachał do Sonny'ego, żeby przysiadł się do nich na czas posiłku i zaproponował mu rybę, którą właśnie jedli.

– Nie lubię ryb – powiedział Sonny.

– Musisz coś zjeść, będziesz później potrzebował sił – powiedziała Kerri.

– Mówisz to takim tonem, jakbyś przepowiadała mi przyszłość.

– Po prostu zwracam uwagę na oczywisty fakt.

– Co w takim razie jecie? – spytał Sam.

– Najczęściej kurczaki i kozy – odparł Sonny.

Wszyscy znowu zamilkli, wyraźnie zszokowani odpowiedzią. Patrzyli po sobie z niedowierzaniem.

– Jeśli zjadacie swoje kozy, to skąd bierzecie mleko? – spytał Casey.

– Nie piję mleka – odpowiedział Sonny z pełną powagą.

– To skąd macie śmietankę? – spytała Kerri. – Wszystkie koty lubią śmietankę.

Popołudnie było gorące i przejrzyste, gdy klan dotarł na Północne Równiny. Pola, które widzieli, ginęły za horyzontem.

– Nikt jeszcze nie przebył tych równin – rzekł Ojciec Plemienia. – Nie wiemy nawet, jak rozległe są te obszary. To właśnie tu ostatni raz widziano wuja.

– To miejsce przywodzi mi na myśl nasz Suchy Płaskowyż. Wielkie połacie ziemi ciągnącej się bez końca, gdzie wszystko wygląda tak samo. Sądzimy, że to złudzenie, które da się rozproszyć, przykładając kamień bramy w punkcie, gdzie jest granica.

– Wiesz, jak znaleźć taką granicę? – spytał Sam.

Sonny wyjął kamień z sakwy, którą niósł, i poczuł natychmiastową ulgę w ramionach. Uniósł kamień pod światło, zafascynowany wrażeniem pustki, jakie sprawiała czerń zdająca się pożerać światło.

– Z tego, co wiem, kamień zacznie migotać i buczeć, kiedy jest wystarczająco blisko granicy – powiedział. – Kiedy dotknie ziemi, otworzy się przejście, które będzie się utrzymywać, dopóki kamień się nie rozsypie.

– Mamy dwa kamienie. Rozdzielmy się na dwie grupy i niech każda pójdzie w innym kierunku. W ten sposób może szybciej znajdziemy to, czego szukamy – rzekł Ojciec.

– Jednak w chwili, kiedy kamienie zaczną reagować, będziemy musieli się cofnąć i wysłać posłańca do pozostałych, że granica jest już blisko – zwrócił uwagę Sonny.

– Zgadzam się – rzekł Sam. – Ojcze, może weźmiesz jeden z kamieni i udasz się na północ? Może przypomnisz sobie coś z poszukiwania swojego wuja. Ty i ja pójdziemy na północny zachód z dwójką posłańców – powiedział, zwracając się do Sonny'ego.

– Jeśli zauważycie coś nietypowego, cofnijcie się i dajcie pozostałym znać.

Sam i Sonny szli gęsiego na północny zachód, niosąc kamień przed sobą i wymieniając się nim co jakiś czas. Maszerowali długi czas w milczeniu, pogrążeni w swoich myślach i swoich troskach. Wtem Sonny przerwał ciszę.

– Sam, jeśli mogę spytać... kim jest Casey dla Kerri?

Dlaczego teraz, ni z tego ni z owego, pyta o dziewczynę, z którą spędził sporo czasu?, pomyślał Sam z nieufnością. – Skąd to pytanie?

Sonny poczuł się niezręcznie i już żałował, że w ogóle poruszył temat. Myślał o Kerri zupełnie inaczej, odkąd zrozumiał, że nie śmieje się z niego, żeby go upokorzyć, tylko żeby spróbować poradzić sobie z trudną sytuacją, w jakiej się znalazła. Miał zresztą nadzieję, że wkrótce powróci na swoje ziemie i już nigdy się tu nie pojawi.

– Przepraszam – powiedział Sonny – Po prostu odniosłem wrażenie, że mają zupełnie odmienny stosunek do życia niż inni. Wydaje mi się, że jest w niej coś niezwykłego. Casey jest silny, ale to nie typ wodza. Kerri jest natomiast bardzo niezależna i pewnego dnia będzie wyśmienitą przywódczynią. Wydaje mi się też, że to coś więcej niż więź jak między ojcem i córką. Nie chciałem nikogo urazić tym pytaniem.

Sam myślał długo nad tym, jak powinien odpowiedzieć na jego pytanie. W końcu zatrzymał się i obrócił w stronę Sonny'ego.

– Rodzice Kerri zaginęli dawno temu. Wyruszyli pewnego dnia do lasu i już nigdy nie wrócili. Całymi tygodniami wysyłaliśmy drużyny poszukiwawcze, ale nie znaleziono żadnego skarbu. – Sam ruszył dalej, przyglądając się kamieniowi, który niósł. Bardzo dobrze pamiętał zdarzenia, o których opowiadał. Po chwili kontynuował. – Pierwszej nocy, kiedy była sama, znaleźliśmy ją śpiącą tuż przy wejściu do domu Caseya. Był spośród nas największy i najsilniejszy, więc myśleliśmy, że poszła do niego się schronić. Bała się jednak do niego wejść, bo to by oznaczało pogodzenie się z tym, że jej rodziców już nie ma.

– Każdej nocy Casey wnosił ją do siebie, kładł do łóżka i słuchał, jak płacze przez sen. Rano już jej nie było, zawsze wracała do swojego domu. Pewnej nocy jednak zapukała do jego drzwi, pytając, czy może z nim zamieszkać, dopóki jej rodzice nie wrócą. Rzuciła mu się na szyję, a moja żona i ja widzieliśmy, jak oboje płaczą. To było wstrząsające widzieć tego olbrzyma we łzach. Następnego dnia przyniosła tam swoje ubrania i pościel. Mimo to codziennie wraca do swojego domu posprzątać i przygotować wszystko na powrót rodziców. Resztę czasu natomiast spędza z Caseyem.

– To młody chłopak, jeszcze nie jest gotów do ożenku, chociaż już niemało dziewcząt z klanu liczyło na to, że zostanie jego wybranką. Odkąd jednak Kerri się do niego wprowadziła, oboje niezmiernie wydorośleli. Chyba chciała, żeby najsilniejszy mężczyzna klanu otoczył ją opieką, ale nie życzyła sobie, żeby ktokolwiek jej matkował. Wolała, żeby tylko mężczyzna się nią zajął.

– Casey traktuje ją niemal jak córkę, ale Kerri cały czas stara się wybić mu to z głowy, rozmawiając z nim tak, jak młodzi ze sobą rozmawiają. Wie, że w pewien sposób go krępuje, więc stara się umawiać go z dziewczętami. Wszyscy jednak wiedzą, że żadna nie ma szans konkurować z Kerri o jego względy. Żeby zaś ubiegać się o zainteresowanie Kerri, trzeba by naprawdę wielkiej odwagi. Casey poruszyłby dla niej niebo i ziemię. Nie chciałbym być na miejscu tego, kto by ją skrzywdził.

Sonny szedł ze spuszczoną głową. Wciąż nie pojmował szczerości i otwartości Sama oraz jego pobratymców. Nie rozumiał, jak Sam mógł mu teraz to wszystko opowiadać, przyjąć do siebie i nie ukarać za to, że usiłował uprowadzić kogoś z ich klanu.

Ben, który szedł z prawej strony, również słuchał opowieści Sama. Idąc, miał niejasne wrażenie, że to wszystko już miało miejsce.

– Sam, wydaje mi się, że dzieje się coś dziwnego – w jego głosie pobrzmiewało zdezorientowanie.

– O co chodzi?

– Obserwowałem od pewnego czasu tamto wzgórze podczas naszego marszu i mam wrażenie, że w ogóle nie posuwamy się naprzód. Spójrzcie zresztą na chmury, nie drgnęły już od godziny.

Sam podszedł do miejsca, na które wskazywał Ben.

– Masz, idź się rozejrzeć. Wiesz lepiej, czego szukamy – powiedział, wręczając Sonny'emu kamień.

Ben spojrzał zaskoczony na Sama. *Czy to naprawdę dobry pomysł?*

– Wszystko jest w porządku, Ben. Ufam mu – rzekł Sam, odgadując jego myśli.

Sonny wziął kamień i wyciągnął go przed siebie. Poczuł mrowienie w palcach, gdy odłamek zaczął wibrować w jego dłoni. Spojrzał podekscytowany na Sama i pozostałych. Zaczął iść przed siebie, zataczając łuki kamieniem. Skręcał tam, gdzie kamień zaczynał mocniej wibrować.

Szli dalej, lecz krajobraz zdawał się nie zmieniać. Trawy były te same, wzgórza, niebo i chmury wydawały się nieruchome, podczas gdy oni szli coraz dalej.

Po chwili zdali sobie sprawę, że z kamienia dobiega ciche, jednostajne buczenie.

– Zaczyna się robić cieplejszy – rzekł Sonny, wciąż trzymając kamień przed sobą. – To musi być tu! – zawołał do pozostałych.

Buczenie było już zauważalnie głośniejsze.

– Nie dam rady dłużej go trzymać, jest już zbyt rozżarzony – powiedział Sonny. – Jeśli położę go tutaj, brama może się otworzyć, a kamień będzie już zbyt nagrzany, żeby móc go podnieść.

– Wróćmy, póki możemy – zarządził Sam.

Wycofali się, a Sam wbił w ziemię swój kostur, żeby zaznaczyć najdalszy punkt, do którego doszli.

– Granica musi być tutaj – rzekł.

Sonny przyspieszył kroku, by odejść od granicy i ostudzić kamień.

– Co robimy teraz? – spytał.

– Po pierwsze wysyłamy posłańca do pozostałych i ściągamy

ich tutaj. Do tego czasu możemy tylko czekać. Ben, znajdź resztę i przekaż im, że chyba znaleźliśmy granicę.

Sonny ostrożnie owinął kamień i włożył go do sakwy, uważając, żeby nie zetknął się z gruntem. Usiadł i czekał.

– Jeśli chcesz przeprowadzić swój klan przez bramę, rozpoczniesz wojnę – powiedział. – Moi ludzie pomyślą, że są atakowani naraz z północy i z południa; będą walczyć do upadłego. Nie mogę do tego dopuścić.

Sam usadowił się na ziemi, by poczekać na resztę.

– Nie mam takiego zamiaru – odparł, leniwie przymykając oczy.

– Twój kostur został daleko, jest wbity w ziemię przy granicy. Mógłbym zmienić się teraz w lwa, zabrać kamień i pobiec do bramy, a ty nie byłbyś w stanie mnie zatrzymać.

– Tylko bardzo głupia osoba popełniłaby ten sam błąd trzy razy – odparł Sam, nie otwierając oczu.

– Nie powiedziałem, że bym to zrobił, ale mam przecież taką możliwość. Bez kija jesteś bezbronny.

– Widziałem, jak bardzo dojrzałeś podczas swojego krótkiego pobytu wśród nas. Nie każ mi zmieniać zdania.

Sonny obserwował Sama, próbując odgadnąć, jaki on w zasadzie jest. Był zagadką, ale Sonny odczuwał wobec niego sympatię i szacunek.

– Muszę mieć pewność, że mogę ci ufać.

– Jestem wierny przede wszystkim mojemu ojcu, który w tej chwili broni naszego ludu przed intruzami na Górnej Przełęczy...

– Słusznie.

– Mojemu ludowi i mojej ziemi.

– Również słusznie.

– Jeśli planujesz zatem coś, co zagraża którejkolwiek z tych rzeczy, nie możesz mi ufać.

Sam położył się na ziemi. Otworzył jedno oko, by przyjrzeć się granicy.

– Zamierzam udać się sam i sprowadzić nasze dzieci z

powrotem. Do tego zaś będę potrzebował twojej pomocy – rzekł, nie patrząc na Sonny'ego.

– Jeśli ci pomogę, sprzeciwię się rozkazom ojca. Pozostawię w ten sposób nasze przełęcze bez obrony.

– Porwaliście nasze dzieci, aby chronić siebie, a nie nas. Okłamano cię, żeby usprawiedliwić tę decyzję. Są inne sposoby – Sam mówił spokojnie, ale w jego głosie słychać było stanowczość.

– Ale... nic nie wiesz o moim ludzie i o zwierzętach, które nam zagrażają.

– Umiem za to odróżnić dobro od zła i wiem, że porwanie dziecka jest złe.

Sonny spojrzał na Sama, który wydawał się tak spokojny i wypoczęty, jakby korzystał właśnie z uroków popołudniowej drzemki, a nie przygotowywał się do wyprawy na nieznane ziemie pełne obcych niebezpieczeństw.

Chciałbym być równie spokojny, pomyślał.

Gorączkowo zastanawiał się, co powinien teraz zrobić. Nagle przypomniał sobie jedną z rozmów, które niedawno odbył: „Nie próbuj powstrzymywać Sama, jeśli przyjdzie ci to do głowy".

Czy właśnie to miała na myśli? Wiedziała, że to nastąpi? Czyżby ci ludzie posiadali zdolności, o których nie mamy pojęcia? Ojciec mówił, że „zobaczyli" córkę Sama, że jest potrzebna. Czy oni posiadają taki sam dar widzenia?

– Sam, czy umiesz zobaczyć przyszłość?

– Nie, ale w nią wierzę i wierzę w to, co można dla niej zrobić.

– Możesz mi zaufać, że zaprowadzę cię do mojego ojca.

– Odpocznij do przybycia pozostałych – Sam skinął głową.

Powiedziawszy to, od razu zasnął. Wyglądał, jakby niczym się nie przejmował. Sonny patrzył na niego zdumiony. Nie był w stanie tak się uspokoić, za bardzo nurtowała go niepewna przyszłość.

. . .

Sam obudził się i od razu usiadł.

– Już są.

– Nikogo nie widzę – rzekł Sonny, rozglądając się wokół.

– Nie czujesz, jak ziemia drży od kroków? Biegną cali podekscytowani i robią strasznie dużo hałasu – wyjaśnił Sam.

Klan przybył zza wzgórza; Sam wstał i ich wyczekiwał.

– Jest tam, obok mojego kostura – wskazał, gdy przybyli.

– Mam nadzieję, że wam się nie przydadzą – rzekł doktor Mossman, wręczając Samowi sakiewkę pełną mchów. – Ale tak na wszelki wypadek... – dodał, ściskając mu dłoń.

– Bez przestojów i bez chojractwa. Będziemy cię oczekiwać w przeciągu tygodnia. Ułożymy drugi kamień w tym samym miejscu za cztery dni. Miejmy nadzieję, że przejście otworzy się po drugiej stronie również w tym samym miejscu – powiedział Casey, chwytając Sama za ramię.

– Miejcie oko na Salli pod moją nieobecność – odparł.

Ojciec Plemienia podszedł i również uścisnął dłoń Sama.

– Nie trać wiary, że wiatr doprowadzi cię z powrotem do nas.

Sam skinął głową. Pozostali również podeszli się pożegnać.

– Powinniśmy już iść – rzekł do Sonny'ego.

Klan stał i patrzył, jak obaj podchodzą do kostura Sama, który widać było w oddali. Wszyscy milczeli, kiedy Sonny wyciągał kamień, który od razu rozżarzył się niemal do białości; słychać było głośne buczenie. Trzymając w dwóch rękach, Sonny rzucił go przed siebie tam, gdzie, jak przypuszczał, biegła granica.

Nagle rozległ się głośny trzask, jakby obok uderzyła błyskawica. W miejscu, w którym upadł kamień, powietrze zaczęło się skrzyć i układać wokół kamienia w coraz większy krąg rozedrganego światła, tworząc okrągłą i nieprzezroczystą zasłonę prowadzącą do tunelu, który miał ich zaprowadzić do innej krainy.

– Sam, udało się, brama naprawdę się otworzyła! – krzyknął podniecony Sonny.

Sam obrócił się i spojrzał raz jeszcze na pozostałych. Po chwili razem przeszli przez tunel.

Rozległ się trzask jak z bicza i błysk oślepiającego światła, gdy Sonny zniknął w rozmigotanym powietrzu. Sam spojrzał za siebie ostatni raz, obrócił się i wskoczył w portal za Sonnym.

Ponownie uderzyło go piękno doliny, którą miał przed sobą. Po obu jej stronach widział góry pokryte śniegiem, a chmury ocierały się o stoki położone w wyższych partiach. Stał oniemiały pięknem tego, co widział. Jego wzrok wędrował w dal, do dumnych szczytów, które zdawały się podtrzymywać niebo, i do Górnej Przełęczy, gdzie, jak sądził, jego córka nawet w tej chwili pełniła straż przy północnej granicy.

ROZDZIAŁ 6

–Sam! Sam! – chwilowe zaćmienie umysłu zaczęło mijać i zdał sobie sprawę, że ktoś woła jego imię.

– Musimy ruszać *natychmiast*, właśnie ten moment jest najbardziej niebezpieczny. Przejścia mają hipnotyzujący wpływ, kiedy pierwszy raz się przez nie przechodzi. Musisz się z tego otrząsnąć! – krzyczał Sonny, szarpiąc Sama za ramiona.

– Poznaję to miejsce. Musimy przemieścić się na zachód, w stronę wzgórz. Będziemy bezpieczniejsi tam niż na otwartym terenie tutaj – dodał.

– Jak to „bezpieczniejsi"?

– Mniejsza szansa, że wpadniemy tam w zasadzkę.

– Chcesz powiedzieć, że wszędzie grasują niedźwiedzie?

– Widziano je tu, daleko na południu Sądzimy, że szukają południowej granicy. Musimy się śpieszyć.

Sonny ruszył naprzód, zmierzając na północny zachód. Biegł pochylony, żeby jak najmniej rzucać się w oczy.

– Nigdy nie podróżujemy sami, zawsze dwójkami albo trójkami. Chodź, musimy dostać się na wzgórza przed zachodem słońca – rzucił Sonny.

Trawa sięgała ponad ich głowy, a po wysokich złoto-brązowych łodygach zwieńczonych pierzastymi białymi główkami widać było jeszcze skutki letniej suszy.

Na skraju doliny ziemia zaczynała się piąć w górę, a trawa była coraz krótsza. Sam zatrzymał się, złapał Sonny'ego za ramię i przyciągnął do siebie. Obaj prędko przyklęknęli na końcu wysokich traw.

– O co chodzi? – szepnął Sonny.

– Coś jest nie tak. Czuję to, ale nie umiem dokładnie określić.

Sonny przyjrzał się uważnie wznoszącemu się zboczu w poszukiwaniu najdrobniejszego ruchu, lecz wszystko wokół było ciche, a wysokie trawy stały nieruchomo nieporuszane żadnym powiewem. Sam jednak czuł się nieswojo.

– Nie możemy się ociągać, chodźmy.

– Nie... coś jest w pobliżu i zmierza w naszą stronę.

Sonny szybko się obrócił, żeby sprawdzić, co jest za nimi. Znowu przyklęknęli, a Sam zobaczył kątem oka ruch pośród trawy z prawej strony. Dotknął ramienia Sonny'ego i wskazał w tamtym kierunku. Gdy to zrobił, poczuł, że Sonny zmienia postać. W nozdrza Sama uderzył zapach kota. Odwrócił się i zobaczył, że Sonny stoi obok niego na czterech łapach; długie włosy zmieniły się w potężną grzywę, a zęby w kły wystające poniżej żuchwy. Wbił ostre pazury w ziemię, gotów skoczyć do walki.

I znowu! Na pewno coś się przed chwilą poruszyło z prawej strony. Sonny skoczył z wyciągniętymi przed siebie łapami, chcąc dopaść to, co kryło się przed nimi. Uderzył w ziemię z głuchym łoskotem, szukając intruza.

– Cieszę się, że jesteście tacy czujni – powiedział głos z lewej strony Sama.

Sam obrócił się i zobaczył Kerri wyłaniającą się z trawy.

– Co ty tu robisz?

– Zapomniałeś laski. Jak mogłam pozwolić ci pójść bez niej – powiedziała, wręczając mu ją z uśmiechem.

– Zawsze tak od razu się rzucasz? – zwróciła się do Sonny-'ego, ciągle się uśmiechając.

– Nie możesz zostać, Kerri. Tu jest zbyt niebezpiecznie, nie masz prawa za nami iść – powiedział Sonny.

– Czyżby? – spytała z butą w głosie. – Nie wiedziałam, że potrzebuję pozwolenia, żeby wkroczyć na twoją ziemię.

– Wkrótce zajdzie słońce. Jest już za późno, żebyśmy zabrali cię z powrotem, a samotna podróż w tamtą stronę jest zbyt ryzykowna. Musimy znaleźć bezpieczne miejsce, gdzie będziemy mogli rozbić obóz – powiedział Sonny.

– Zmarnujecie zbyt wiele czasu, chcąc mnie zawrócić – powiedziała. – Powinniśmy iść naprzód.

– Powinniśmy?! – krzyknął Sonny. – Nie możemy sobie pozwolić na dodatkowy balast.

– Myślisz, że do każdej kobiety tak mówi? – spytała Kerri, zwracając się do Sama. – A już myślałam, że zaczął dorastać.

– Sonny, dyskusja nie ma sensu. Jeśli Kerri tu jest, to nie stało się tak bez przyczyny, a była ona z całą pewnością ważniejsza niż doniesienie mi laski – powiedział Sam.

Sonny cieszył się, że był w tej chwili lwem. Nie widzieli przynajmniej, jak bardzo się zawstydził.

– Przepraszam, nie powinienem był tak powiedzieć. Zdenerwowałem się, myśląc, że wpadliśmy w zasadzkę.

– Cóż, przynajmniej nauczyłeś się przepraszać – odparła.

– Tak w ogóle... jak to zrobiłaś, że wyszłaś z lewej strony, skoro szelesty słyszeliśmy z prawej?

– To było dziecinnie proste. Użyłam laski Sama, żeby trochę potrząsnąć trawą po prawej.

– A jak udało ci się uwolnić od Caseya? – spytał Sam z uśmiechem.

– Jeszcze nie wie, że ruszyłam za wami. Przeszłam przez bramę, kiedy udał się nad rzekę, aby spróbować znaleźć jeszcze jeden czarny kamień. Ale zostawiłam mu karteczkę, żeby się nie martwił.

– Kerri! Przecież on będzie umierał ze zmartwienia i najpewniej od razu ruszy za tobą – rzekł Sam.

– Powinniśmy poszukać miejsca na spoczynek. To niebezpieczne podróżować po zmroku w tej okolicy – rzekł Sonny.

– Myślałam, że koty widzą w ciemności.

– Nie jestem kotem!

– To może kociskiem? – spytała.

– Nie widzisz, że jestem lwem górskim?

– Za młodo wyglądasz jak na górskiego lwa. Poza tym nie chcę, żeby twoje ego się nadmiernie rozbestwiło.

Sam zaśmiał się, słysząc tę uwagę.

– Powinniśmy ruszyć i maszerować przez całą noc – powiedział. – Sonny, ty prowadzisz. Kerri, idź w środku pochodu. Przemieszczamy się bezszelestnie.

– W tym jestem dobra – rzekła Kerri, uśmiechając się do Sonny'ego.

Maszerowali szybko i bezgłośnie. Sonny wielokrotnie zatrzymywał się, by sprawdzić okoliczne wzgórza. Słońce powoli chowało się za szczytami i widzieli, jak cień powoli otula dno doliny, podchodząc do górskich zboczy po drugiej stronie. Wszystko pogrążyło się w ciemności tym głębszej, że góry zasłaniały światło gwiazd. Sam i Kerri jeszcze nigdy nie widzieli takiego mroku.

– Nawet noce są tu inne... a do tego znacznie zimniejsze – powiedział Sam.

Mozolnie szli pod górę, a z każdym krokiem powietrze robiło się coraz rzadsze i chłodniejsze. Trawy ustąpiły głazom i rumowiskom skalnym. Sonny skakał ze skały na skałę, prowadząc grupę, podczas gdy Sam i Kerri z trudem maszerowali przez teren, jakiego jeszcze nigdy w życiu nie widzieli. Po długim czasie na niebie pojawiły się pierwsze promienie poranka.

– Powinniśmy odetchnąć chwilę, przygotować coś ciepłego

do picia i ogrzać się, dopóki słońce nie wzejdzie wyżej. W słońcu będzie wam się lżej szło – powiedział Sonny. Dostrzegł w oddali na rumowisku kilka dużych głazów, które zsunęły się z wyższych zboczy. – Możemy zatrzymać się tam. Kamienie osłonią nas przed wiatrem, a do tego ognisko nie będzie się tak rzucać w oczy.

Poprowadził ich przez rumowisko aż do dwóch masywnych głazów opartych o siebie, między którymi mogli wypocząć niezauważeni przez nikogo.

– Odpocznij, miałaś dzień pełen wrażeń – rzekł Sam do Kerri, okrywając ją swoim kocem, przesyconym jego zapachem oraz wonią ziemi i lasu sosnowego.

Kerri szybko zasnęła spokojnym snem pełnym obrazów domu, który teraz był tak daleko.

Sam wziął trochę drewna z zapasów, które mieli, i rozpalił ognisko. Było małe, ale mogło pomóc im wytrzymać przynajmniej te najgorsze mrozy, dopóki słońce nie wzejdzie ponad szczyty po drugiej stronie doliny.

Przygotował im gorący napój z suszonych jagód, które przyniósł, dodał do niego trochę igieł sosnowych oraz miodu, który Salli dorzuciła do ich ekwipunku. Gdy mieszał w garnuszku zawieszonym nad ogniskiem, zauważył, że Kerri, opatulona w koc, obserwuje go.

– Mmm, pachnie jak w domu – powiedziała. – Nie znacie z Caseyem innych przepisów?

Sam uśmiechnął się i podał jej drewniany kubek z naparem. Widział, jak jej twarz zaczyna znowu nabierać rumieńców, po czym sam wziął łyk ze swojego kubka. Czuł, jak słodki napój przywraca siły jego zbolałym nogom.

– Powinniśmy wkrótce wyruszać – rzekł Sonny, odmawiając picia.

– Czy on kiedykolwiek je albo pije? – Kerry zapytała Sama.

– Może po prostu nie lubi mojej kuchni – stwierdził. – Chodźmy, jeśli się sprężymy, możemy dotrzeć do miasta, zanim zapadnie wieczór.

Maszerowali wzdłuż kamiennej ściany przez resztę poranka, wchodząc powoli coraz wyżej drogą usłaną licznymi głazami. Do południa byli już na skraju płaskowyżu, który rozciągał się daleko po horyzont. Powietrze drgało od upału.

– Moje miasto jest tam, po drugiej stronie – powiedział Sonny, wskazując na połacie przed nimi.

Sam poczuł się nagle nieswojo. Obrócił głowę, rozglądając się nerwowo wokół.

– Sam, co się dzieje? – spytała zaniepokojona Kerri.

– Coś dziwnego... nie wiem, co to, nigdy wcześniej tego nie czułem – odrzekł.

Sonny również się obejrzał. Powoli zaczynał ufać instynktowi Sama, gdy w grę wchodziło potencjalne niebezpieczeństwo.

– Są chwile, kiedy trzeba uciekać i są chwile, kiedy trzeba walczyć. Teraz musimy walczyć, nie możemy dać się złapać na tym płaskowyżu. Coś się czai w pobliżu i jest bardzo blisko, musimy być gotowi – powiedział cicho Sam.

Poczuł, jak Kerri, skierowana doń plecami, ustawia się z jego lewej strony. Kątem oka widział, że unosi swój kostur i przyjmuje pozycję obronną. Zobaczył, jak Sonny, z nastroszoną grzywą, ustawia się z prawej. Zagrożenie, które wisiało w powietrzu, było wręcz namacalne.

Niedźwiedzie maszerowały przez trzy dni, krążąc wokół wyższych szczytów, żeby znaleźć się na skraju płaskowyżu – była to jedyna droga, którą można było się dostać, gdy szło się z niższych zboczy, i ich zadaniem było jej pilnować. Gdy dotarły na ustalone miejsce, były pokryte drobnym piachem i kurzem z płaskowyżu.

Naz, starszy i większy z dwójki, spojrzał na siebie i swojego kompana:

– Vin, mamy problem. Za bardzo rzucamy się w oczy, musimy jakoś przyciemnić nasze futra i wtopić się w otoczenie.

Oba niedźwiedzie wyraźnie odznaczały się na tle krajobrazu.

– Możemy jedynie wytarzać się w piachu – powiedział Naz.

Gdy już wystarczająco ubrudzili futra, wykopali dołki na skraju płaskowyżu, w których się skryli, niewidoczni dla oka.

Jako że czuwali całą noc, głodni, zmęczeni, a do tego znudzeni, mieli mnóstwo czasu, żeby porozmawiać o zbrodni, jaką była kradzież, której dopuściło się plemię kotów.

– Jak myślisz, dlaczego to zrobili? – spytał Vin.

– Pewnie z chciwości, tak sądzę.

– A widziałeś kiedykolwiek to, co zwędzili?

– Nie, ale mój wujek mi opowiadał, że sam raz widział.

– Cóż, teraz będziemy mieli szansę. Nie mamy po co wracać do domu, jeśli tego nie zdobędziemy – rzekł Vin pewnym tonem.

– Słyszałeś, że ściągnęli najemników do ochrony przełęczy? Do tego piekielnie niebezpieczni, jak słyszałem. Podobno nieźle poharatali chłopaków, którzy pierwsi próbowali się przedostać.

– Słyszałem o tym. Nie rozumiem tylko, jak oni mogą stacjonować na przełęczy tak długo i w ogóle się nie starzeć.

– Pojęcia nie mam. Będziemy mieli nielichy problem, jeśli ci goście będą tam wartować całą zimę. To wszystko wina tego łajdaka, Dumy – wszystko toczyło się spokojnie swoim rytmem, dopóki nie przyszedł. Gdyby nie on, byłbym teraz w domu z rodziną.

– Nie miał prawa tego zawłaszczyć, absolutnie żadnego.

Rozgoryczeni, obserwowali równinę.

– Czy ktoś ci mówił, jak długo możemy tu bezpiecznie przebywać? Na pewno słyszałeś opowieści o tym, jak szybko możemy się zestarzeć, prawda?

– Nie wiem, jak długo znaczy „bezpiecznie", ale za tydzień

nas zmienią. Nie sądzę, żeby miało nam to wyrządzić jakąś wielką krzywdę. Zresztą niektórym nie zaszkodziłoby kilka dodatkowych lat na karku.

– Hm?

– Nic, po prostu głośno myślę.

– Więc... Naz, jak sądzisz, skąd ci najemnicy są?

– Muszą pochodzić z południa albo z zachodu. Jak na mój gust to przybyli z południa.

– Fakt, możesz mieć rację.

– Wierzysz, że na zachodzie, no wiesz, ktoś może być?

– Za oceanem? Nie wiem, niektórzy twierdzą, że tak, ja w sumie nie jestem pewien. Widziałeś kiedyś ocean, Naz?

– Raz w życiu. Ciągnie się bez końca aż po sam horyzont. Widziałem go w czasie burzy... a te fale! Były wielkie jak mój dom, przysięgam.

– Serio?

– Serio. I nie wierzę, że ktoś wyprawiałby się przez ocean tylko po to, żeby się tu dostać.

– Wierzę ci.

– No, dlatego wydaje mi się, że ci najemnicy faktycznie pochodzą z południa, są piekielnie twardzi.

– Wydaje mi się, że mamy szczęście, że tu jesteśmy. Nie chciałbym walczyć z takim po tym, co usłyszałem od innych.

– Zgadzam się.

– Nie przeniosą nas do przełęczy, jak nas zmienią tutaj, prawda?

– Nie wydaje mi się. Mam nadzieję, że tego nie zrobią, bo te dwie warty za bardzo przyspieszyłyby proces starzenia. Ale ogólnie to chyba zależy od tego, jak się sprawy dalej potoczą.

– Więc jaki mamy plan, Naz? Otoczyć ich, zagłodzić i lać, dopóki się nie poddadzą?

– Pewnie tak. Wątpię, żeby ktokolwiek chciał otwartej wojny. Za dużo strat dla obu stron. Niemniej nie wracamy do domu bez zdobyczy.

– A oni nigdzie nie pójdą, dopóki nam tego nie oddadzą.

– Przeklęci, chciwi...

– Nie mieli żadnego prawa tego zabierać, ta rzecz jest niebezpieczna.

– Właśnie, to wszystko wina tego przeklętego złodzieja, Dumy, wiesz co, ktoś naprawdę powinien... ćśś, coś usłyszałem – powiedział Naz, wytężając nagle słuch.

– Są za nami – szepnął Vin. – Jak oni to zrobili?

– Nie wiem, ale teraz już koniec żartów, słyszę dwoje z nich. Szybko, przejdź na drugą stronę ścieżki i czekaj, aż ruszę. Wtedy ty masz się na nich rzucić i ich jeszcze mocniej nastraszyć. Szybko, idź już – powiedział Naz.

Vin przeczołgał się prędko na drugą stronę ścieżki do wcześniej przygotowanej jamy, zerkając jednym okiem to na Naza, to na ścieżkę. Wstrzymał oddech w oczekiwaniu.

Stali w pełnej gotowości, Sonny z prawej, Kerri z lewej strony. Nagle Sam usłyszał świst – Kerri zakreśliła łuk swoim kosturem. Odruchowo zrobił krok w tył, trzymając wysoko swoją laskę, i zobaczył kątem oka, że ruszyła naprzód i schyliła głowę, robiąc unik przed rozpędzonymi łapami niedźwiedzia, który się na nią rzucił.

Jej kostur trafił przeciwnika, który wydał z siebie wściekły ryk. Stanął na tylnych łapach, jakby chcąc zmiażdżyć ją swoim ciężarem. Wtedy też Kerri ruszyła ku niemu, uderzając go w bok, wzdłuż brzucha. Niedźwiedź zgiął się w pół.

Wiedziała, że zaraz za nią wyszedł inny niedźwiedź, który zaatakował Sonny'ego z zaskoczenia. Pazury niedźwiedzia sięgnęły jego boku. Sam obrócił się twarzą do drugiego z przeciwników i zamachnął się kosturem, uderzając go w plecy. Niedźwiedź zostawił lwa, kierując swoją uwagę na Sama. Powstał i wydał z siebie ogłuszający ryk, chcąc przerazić Sama, który się nie ugiął i znowu wziął zamach, tym razem kierując uderzenie w kolano. W tej samej chwili Sonny rzucił się na chwiejącego wroga, przygniatając go swoim ciężarem do ziemi.

Tymczasem po lewej stronie Kerri potężnie grzmotnęła niedźwiedzia kosturem prosto w głowę. Zatoczył się, zamroczony przez chwilę. Zadała kolejny cios, tuż poniżej ucha, nokautując przeciwnika.

Sonny wciąż zmagał się z drugim niedźwiedziem, który teraz próbował wstać. Sam huknął przeciwnika w sklepienie czaszki; dało się słyszeć głośny chrzęst. Zamachnął się jeszcze raz, powalając niedźwiedzia na ziemię.

Sonny spojrzał z podziwem na Kerri i Sama, z jaką lekkością stoczyli tę walkę. Podczas gdy on ciężko dyszał, po nich ledwo było znać jakikolwiek ślad wysiłku.

– Do takiego dryblasa nie należy podchodzić za blisko – powiedziała Kerri. – Trzeba przy nich zachować dystans. Nie mów, że mama cię tego nie uczyła.

Tym razem Sonny zaśmiał się zarówno z ulgi, jak i z kąśliwej uwagi Kerri na temat jego zdolności bojowych.

– Musimy zacząć biec, żeby jak najbardziej się od nich oddalić – powiedział Sonny.

– Musimy z nimi pogadać i dowiedzieć się, co tu robią – odparła Kerri.

– Nie da się „pogadać” z niedźwiedziem.

– A z kotem to niby można?

– Nie jestem kotem!

– Kerri ma rację, musimy się dowiedzieć, co ich tu sprowadziło – rzekł Sam. – Mam linę, możemy ich związać.

Kerri zabrała się szybko do pracy, chwyciwszy sznur od Sama, i ze znawstwem zawiązała taki węzeł, jakiego niedźwiedzie za nic w świecie nie mogłyby zerwać. Gdy skończyła, wszyscy usiedli i czekali.

. . .

Zanim niedźwiedzie się poruszyły, upłynęła dłuższa chwila. Kerri podniosła się i delikatnie oblała wodą pysk jednego z nich. Niedźwiedź gwałtownie się obudził i chciał na nią skoczyć. Kerri jednak stała nieruchomo, pewna, że więzień nie da rady się ruszyć. Kiedy zdał sobie sprawę, że jest szczelnie obwiązany, zaczął zażarcie miotać głową.

Sam podszedł bliżej, luźno trzymając z boku kostur, i niespodziewanie uderzył w tylną łapę niedźwiedzia, który wyraźnie był w szoku, że nie może się w żaden sposób ruszyć ani obronić.

– Nie zamierzam cię krzywdzić, chyba że będę do tego zmuszony – powiedział Sam. Niedźwiedź spojrzał na niego i wyraźnie się uspokoił. – Czy rozumiesz, co do ciebie mówię?

– Tak – odpowiedział niedźwiedź niskim, burczącym pomrukiem, który zdawał się dobiegać z jego trzewi. Sam i Kerri spojrzeli po sobie zadowoleni.

– Jak masz na imię?

– Moje imię nic wam nie powie – odrzekł niedźwiedź.

– Lubię wiedzieć, z kim rozmawiam – powiedział Sam.

Zwierzę milczało przez chwilę, zastanawiając się nad odpowiedzią.

– Naz. Mam na imię Naz.

– Dlaczego jesteście na mojej ziemi? – wtrącił się Sonny.

– Żeby odebrać naszą własność.

– Jaką własność? – Sonny niemal splunął tymi słowami w stronę jeńca.

– Chcemy odzyskać to, coście nam zabrali. To chyba oczywiste – rzekł, patrząc Sonny'emu prosto w oczy.

– Czy wasze dzieci zostały porwane? – spytał Sam.

– Nie, tu nie chodzi dzieci.

– Czy wy też jesteście ludźmi tak jak my? – spytała Kerri.

– Masz przenikliwe spojrzenie jak na tak młodą osobę – odrzekł Naz z uśmiechem w oczach. – Tak, jesteśmy „ludźmi", kiedy tego chcemy.

– A czy zechcesz przybrać teraz ludzką postać?

– To nie jest odpowiednia chwila.

– Macie wpływ na to, kiedy zmieniacie się w niedźwiedzie?

– Nikt nie ma na to wpływu, jesteśmy jedynie tym, co nosimy w środku.

– Czy powiecie nam, co zostało wam zabrane? – spytała.

– Przedmiot o wielkiej mocy i wielkiej wagi dla nas, a do tego szalenie niebezpieczny. Jego spytajcie – powiedział, wskazując na Sonny'ego.

– Dlaczego to zostało ukradzione? – spytał Sam.

– A jaki jest powód kradzieży w ogóle? Potrzeba? Nie! Żądza posiadania, chciwość! Powiedziałem już wystarczająco wiele, możecie teraz z nami zrobić, co chcecie – rzekł Naz.

– Powinniśmy ich natychmiast zabić – wypalił Sonny.

– Co?! – krzyknęli równocześnie zdumieni Sam, Kerri i Naz, nie dowierzając temu, co usłyszeli.

– Napadli moją ziemię! – krzyknął Sonny.

– Czy w takim razie my powinniśmy byli cię zabić, kiedy na nas napadłeś? – powiedziała Kerri.

Cała trójka popatrzyła na Naza i zdali sobie sprawę, co właśnie powiedzieli. Sam widział głęboki wstyd w oczach Kerri.

– Przepraszam, Sam... – powiedziała.

Naz obserwował wymianę spojrzeń między nimi.

– Musicie ich zabić, zanim dowiedzą się, skąd jesteście – przekonywał Sonny.

– Nie, to nie jest nasz sposób. Musimy wierzyć, że w innych też jest dobro.

– Kiedy wy się bawicie w moralizatorstwo, o moje ziemie toczy się wojna, która ogarnie też i wasze.

Sam zwrócił się do Naza.

– Mam następującą propozycję – puszczamy was wolno, wy zaś tu zostajecie i nie próbujecie nas śledzić. Przesypiacie jedną noc, a rankiem nikt już nie wie o naszym przejściu. Bądź zostawiamy was w jaskini, w której umieracie z pragnienia.

– Nie! – krzyknął Sonny. – Oni *muszą* umrzeć!

– Sonny, mylisz się – rzekła bardzo cicho Kerry, która stała między Sonnym i Samem.

– Naprawdę chcecie to zrobić? – spytał Naz.

– Zrobię wszystko, co uznam za konieczne.

Naz podniósł łapy, by dać się rozwiązać. Kerri podeszła i stanęła nad nim, trzymając kij w gotowości, podczas gdy Sam zaczął rozplątywać więzy Naza i drugiego niedźwiedzia, który wciąż był nieprzytomny. Kiedy skończył, włożył sznur do sakwy, którą zarzucił sobie przez ramię.

– Nie próbujcie nas śledzić – rzekł Sam.

– Wiemy, dokąd zmierzacie, lecz tylko ja wiem, skąd pochodzicie, i tak też zostanie – odparł Naz.

Sam skinął w stronę niedźwiedzia, który przewyższał go teraz o półtorej głowy.

– A teraz biegniemy – rzucił Sam do pozostałych, po czym wszyscy ruszyli przez płaskowyż.

Późnym wieczorem zobaczyli w końcu światła miasta Sonny'ego, które położone było na niższych zboczach nad płaskowyżem. Minęli żyzne pola, których nikt jednak nie uprawiał. Ziemia, niegdyś ciemnoczerwona, obecnie była sucha i od dawna nieorana. Na skraju miasta Sonny nakazał postój.

– Musimy poruszać się teraz ostrożnie. Wokół miasta są strażnicy, którzy mogą mnie nie poznać i zaatakować nas bez ostrzeżenia – powiedział.

Sonny prowadził, cicho stąpając łapami po polu, wyczulony na najmniejszy ruch w oddali. Wtem stanął i obrócił się w ich kierunku.

– Może lepiej będzie, jeśli wejdę sam. Wrócę i was wprowadzę, jak tylko uprzedzę strażników o naszej obecności.

Sam i Kerri usiedli w oczekiwaniu na powrót Sonny'ego, obserwując światła miasta, które stanowiły uspokajający kontrast wobec otaczającej ich ciemności. Sam zauważył, że Kerri gryzą wyrzuty sumienia.

– Nie będziemy poruszać tego, co powiedziałaś wcześniej. Zostawmy to za sobą. To, że niedźwiedzie wiedzą, skąd jesteśmy, może się okazać pomocne. Wierzę, że zaufanie i szczerość, którymi ich dziś obdarzyliśmy, pewnego dnia nam się zwrócą – powiedział.

Kerri uśmiechnęła się w odpowiedzi. Pomyślała, że Sam umie znaleźć odpowiednie słowa w każdej sytuacji.

– Nie powinnam była wtrącać się w tę rozmowę. Teraz nasz klan może być w niebezpieczeństwie – odrzekła.

– Czasami pewne rzeczy dzieją się z przyczyn, których my po prostu nie dostrzegamy. Spójrz, gdybyś nie poszła za mną, żeby dać mi kostur, niedźwiedzie mogłyby mnie dzisiaj pojmać. Zresztą doskonale się dziś spisałaś.

– Teraz po prostu usiłujesz być miły. Dobrze wiem, że poradziłbyś sobie z nimi beze mnie, nawet gdyby było ich znacznie więcej – zaśmiała się.

– Skoro Casey nie może mnie osłaniać, to nie wyobrażam sobie, żeby był ktoś, kto się do tego lepiej nadaje niż ty – powiedział Sam.

Siedzieli chwilę w milczeniu.

– Wiesz co, Sam, nie poznaję w ogóle gwiazd tutaj. Dlaczego tak się dzieje? – spytała Kerri.

– Nie wiem do końca, skąd to się bierze. Wydaje mi się, że jesteśmy znacznie dalej na północ, niż nam się wydawało, a nasze gwiazdy zostały u nas na południu. Przynajmniej tak mi się wydaje.

Upłynęło wiele czasu, zanim Sam usłyszał w oddali odgłos nadchodzących kroków.

– Sam, Kerri – powiedział głos.

Podszedł do nich Sonny. Zmienił się z powrotem w człowieka, którego znali. Miał na sobie gruby wełniany płaszcz chroniący go przed chłodem. Pozostała czwórka otoczyła ich bez słowa. Sam i Kerri czuli między nimi nieufność i napięcie.

– Pozwólcie ze mną, proszę. Zabiorę was do mojego miasta – powiedział Sonny.

Podnieśli się i podążyli za nim do serca miasta, gdzie stał wysoki budynek. W wielkiej sali, której dach, wspierający się na ciężkich dębowych belkach, pokryty był drewnianą dachówką, zgromadziło się całe miasto na wieść o przybyciu Sama i Kerri. Kiedy weszli, wszyscy w pomieszczeniu zamilkli. Sonny poprowadził ich na środek, gdzie oczekiwała ich wysoka kobieta ubrana w powłóczystą suknię. Sam i Kerri szli wyprostowani i zdecydowanym krokiem.

– Nazywam się Ella, jestem matką Sonny'ego. Pragnę powitać was na naszej ziemi. Mój mąż niestety nie może was przyjąć, gdyż obecnie przebywa w rejonie Górnej Przełęczy. Pragnę wam podziękować za bezpieczny powrót mojego syna. Sądziliśmy, że zginął, lecz oto, dzięki waszej pomocy i życzliwości, stoi przed nami cały i zdrowy.

Sam wystąpił na przód, aby przedstawić ich dwójkę.

– To jest Kerri, przybrana córka Caseya Carpentera. Ja zaś nazywam się Samuel Southerland i jestem ojcem Lucindy Southerland.

Gwar, który się podniósł, świadczył, że Sonny nie zdążył opowiedzieć o wszystkim z odpowiednimi szczegółami. Jego matka jednak nie dała po sobie poznać zaskoczenia, gdy Sam się przedstawił.

– Pragnę podziękować za przyjęcie nas – dodał na koniec Sam.

– Mój mąż powraca jutro i jestem pewna, że również zechce was osobiście powitać. Musicie być zmęczeni i głodni po długiej podróży. Pozwólcie, że mój syn zatroszczy się o wasze potrzeby do czasu, aż wróci mój mąż.

– Chciałbym wyrazić wielką wdzięczność w imieniu naszej dwójki – odrzekł Sam.

Sonny zaprowadził ich do naprędce przygotowanego pokoju. W kominku płonął wesoło ogień, a łóżka były okryte licznymi kocami, żeby przybysze nie zmarzli w ciągu zimnej nocy.

– Odpocznijcie dziś wieczór. Przyniosę wam posiłek. Gdybyście chcieli się obmyć, dajcie znać – rzekł Sonny.

Wrócił niebawem, przynosząc im chleb oraz ciepłą zupę. Sam i Kerri zasiedli do wieczerzy.

– Nie pamiętam, żebym kiedykolwiek był tak zmęczony. To chyba przez górskie powietrze – rzekł Sam, jedząc swoją zupę.

– I tak nie jesteśmy zbyt wysoko – odparła Kerri.

– Chyba jednak skończę swoją porcję później, teraz koniecznie muszę odpocząć. Biorę łóżko na dole – rzekł Sam z uśmiechem, wlokąc się w stronę posłania. Zasnął głębokim snem, jak tylko dotknął głową poduszki.

Kerri uprzątnęła jedzenie i wspięła się na górę, lecz pomimo zmęczenia nie mogła zasnąć. Przed oczami przesuwały jej się wizje, w których Holli, Carter i Lulu strzegą granicy. Bardzo chciała już przy nich być.

Rozległo się delikatne stukanie do drzwi. Zanim którekolwiek z nich zdążyło odpowiedzieć, Sonny wszedł do pokoju i otworzył okiennice. Słońce wlało się do pomieszczenia, z którego widać było teraz piękne szczyty górujące nad miastem.

– Dzień dobry! – powitał ich Sonny.

Sam nie mógł uwierzyć, że jest już rano. Przysiągłby, że dopiero przed chwilą się położył.

–Mój ojciec przybył dziś o świcie. Prosi, abyście dołączyli do niego podczas śniadania.

Kiedy Sam i Kerri przygotowali się do wyjścia, Sonny zaprowadził ich do domu, który przylegał do głównej sali. Wkroczyli do jadalni, gdzie zobaczyli mężczyznę wzrostu Sama, o szerokiej piersi i z gęstym zarostem. Siedział u szczytu dużego stołu zastawionego jedzeniem i piciem. Ojciec Sonny'ego wstał na ich przybycie. Sam zauważył, że jego długie włosy były w większości siwe. Miał na sobie futro i grube wełniane spodnie.

– Witajcie – jego głos odbił się echem po pustej sali. – Nazywam się Duma, jestem mężem Elli i ojcem Sonny'ego. Wy zaś zostaliście mi już przedstawieni. Zatem, panie Southerland, panno Carpenter, może zechcecie się przysiąść i coś zjeść? – rzekł, wskazując na puste miejsca.

Sam i Kerri usiedli naprzeciwko niego, Sonny natomiast obok ojca. Po długim śnie Sam i Kerri byli potwornie wygłodniali. Zobaczyli na stole chleb oraz sery; ochoczo pili też sok, który im zaproponowano. Duma przemówił, gdy zaspokoili apetyt.

– Mój syn opowiedział mi o tym, jak stawiliście czoła dwóm niedźwiedziom na płaskowyżu, a następnie pozwoliliście im uciec. Jesteś dla nas człowiekiem pełnym sprzeczności.

Sam nic nie mówił, widząc, że jest to człowiek, który, gdy mówi, chce, aby go słuchano.

– Chcesz bowiem żyć w pokoju, lecz w walce mało kto potrafi ci dorównać. Jesteś atakowany, po czym puszczasz napastników wolno, oczekując, że dotrzymają obietnicy i nie wspomną nikomu o waszej krainie – ciągnął.

– Wiele w swoim życiu zawierzam nadziei – rzekł Sam.

Nie wiedząc, jak na to zareagować, Duma nie zmieniał tematu.

– Dowiedziałeś się, jak korzystać z przejść, lecz przychodzisz tu w pojedynkę, a nie na czele armii. Wszystko, co robisz, jest dokładnym przeciwieństwem tego, co my byśmy zrobili.

– Jestem pewien, że twoi ludzie również pragną cichego i spokojnego życia. Nie wierzę, żeby ktokolwiek szczerze pragnął wojny – rzekł Sam, po czym wziął łyk ciepłego napoju.

– Jesteśmy ludem, który ceni sobie pokój oraz stabilność, lecz kiedy nasze granice są zagrożone, to odpowiadamy – wycedził Duma. – Stanowczo i bezwzględnie – dokończył.

Sam wyczuł w jego głosie arogancję.

– Gdzie jest moja córka? – spytał.

Zapadło milczenie. Duma patrzył uważnie na Sama i rozważał, jak teraz należy pokierować rozmową.

– Twoja córka Lulu jest teraz na Górnej Przełęczy. Zaoferowała swoją pomoc w obronie tego przejścia. Spodziewamy się, że niebawem nastąpi atak.

– Czy zaprowadzicie mnie do niej?

Duma ponownie dokładnie przemyślał swoją odpowiedź.

– Nie może jeszcze opuścić posterunku – rzekł Duma.

Kerri zauważyła, że Sam zesztywniał. Wiedziała, że to oznaka gniewu, a to bardzo zły znak. Było to jednak tak nieznaczne, że nie sądziła, aby ktokolwiek zauważył zmianę w jego pełnym spokoju zachowaniu.

– Nie przybyłem tu negocjować, kiedy moja córka może stąd odejść. Przyszedłem zabrać ją do domu – rzekł Sam.

– Dzieci są tu potrzebne – powiedział Duma.

– Dzieci są potrzebne wśród swoich rodzin.

– Przychodzisz tu, nie wiedząc nic o wojnie, która toczy się w tych górach. O wojnie, która ogarnie i twoje ziemie, jeśli my polegniemy. Tam – wskazał na odległe szczyty – czeka armia, by zaatakować nasze przełęcze, a kiedy nas podbiją, skierują się na południe.

– Nikt nie dał wam prawa wciągać nasze dzieci w waszą wojnę. To nie jest nasza walka i nie prosiliśmy was o ochronę.

– Ta wojna nie oszczędzi nikogo. Musimy tym samym użyć wszelkich dostępnych środków, by ją wygrać. Kiedy wyjaśniliśmy dzieciom, dlaczego się tu znalazły, zgodziły się zostać i nam pomóc.

– Gdyby wasze dzieci ogłosiły, że zamierzają udać się na nasze równiny bić się za naszą sprawę, pozwolilibyście im pójść?

– Wasze dzieci są inne. Mają dary, których my nie posiadamy. Lulu natomiast jest z nich wszystkich najbardziej wyjątkowa.

– Dlatego też przyszedłem zabrać je do domu – rzekł Sam.

– Chyba nie rozumiesz – odparł Duma. – Nie możemy

bronić przełęczy, dopóki nie roztopią się śniegi. Niedźwiedzie dobrze o tym wiedzą i sądzimy, że planują wykorzystać tę pogodę na swoją korzyść – ciągnął. – Wasze dzieci mają dar, którego nie były świadome, dopóki nie nauczyliśmy ich, jak go używać. Pomagają nam jako ogary bronić tych przełęczy. Niestraszne im siarczyste zimno, na którym nasi ludzie z pewnością by zamarzli na śmierć, próbując nas bronić. Zrozum, że nie mamy żadnego wyboru.

– I kiedy nadejdzie kolejna zima, przybędziecie porwać więcej dzieci? Traktujecie je jak jabłka, które sobie zrywacie, gdy przyjdzie wam na to ochota. Te dzieci to nasza rodzina, nasze życie i nasza przyszłość – rzekł Sam. – Jestem przywódcą wybranym przez mój lud. Proszą mnie, abym im przewodził, gdy nastają trudne czasy, i proszą mnie o radę, gdy tego potrzebują. Zrobię wszystko, co konieczne, by obronić mój lud i moje ziemie – kontynuował. – Dlaczego nie przyszliście poprosić o pomoc? Dlaczego nie przyszliście jako ludzie, których zamiary są jasne?

– A czy dalibyście nam swoje dzieci?

– Dostalibyście od nas naszą pomoc – rzekł Sam. – Czy zaprowadzisz mnie do mojej córki?

– Nie – rzekł w końcu Duma. – Nie zrobię tego.

Sam powoli wstał i wyszedł wolnym krokiem z pomieszczenia.

– Czy poprowadzisz nas? – spytała Kerri, zwracając się do Sonny'ego.

– Nas? Zamierzasz tam iść? Nie przeżyjesz na takiej wysokości.

– Przeżyję, jeśli mnie nauczysz.

– Młoda damo, górne przełęcze to nie miejsce dla ciebie. Nasi ludzie hartowali się latami, by móc żyć i walczyć pośród zimnych wiatrów wyjących w tych górach – rzekł Duma.

– Spytałam Sonny'ego – wypaliła Kerri, obserwując narastający gniew malujący się na twarzy władcy.

– Mój syn postąpi zgodnie z rozkazami, które otrzyma.

Kerri popatrzyła na Sonny'ego, który siedział ze wzrokiem wbitym w ziemię, niezdolny spojrzeć jej w oczy.

– Nazywacie się lwami górskimi, a wysyłacie dzieci, żeby walczyły za was. Mam w domu kocięta, w których drzemie większa odwaga niż w was.

– Młoda damo, gdybyś była mężczyzną, boleśnie odczułabyś skutki takiego zuchwalstwa.

– Wasza wysokość, proszę się nie krępować faktem, że jestem kobietą.

Ręce Dumy zaczęły drżeć, gdy ten próbował powstrzymać gniew. Wstał.

– Sonny odprowadzi was z powrotem do granicy – rzekł, po czym wyszedł, stawiając długie, ciężkie kroki.

Usiadła, patrząc na Sonny'ego.

– Chciałam, żeby wyszedł z tego pokoju. Musisz mi pokazać, jak mogę się zmieniać w ogara.

– Nie mogę mu się sprzeciwić. To mój ojciec, a do tego przywódca naszych ludzi – rzekł kompletnie rozbity i zagubiony Sonny.

– Nie zabronił ci pokazywać mi, jak mogę zmieniać postać. Kazał ci tylko odprowadzić mnie do granicy.

– Jesteś zbyt dojrzała na pierwszą przemianę. Po osiemnastym roku życia ta zdolność przepada, jeśli nigdy nie została użyta.

– Nie mam jeszcze osiemnastu lat, brakuje mi sześciu miesięcy.

– To i tak za późno. Twoje serce mogłoby się do tego nie przystosować, to zbyt niebezpieczne.

– Jestem gotowa zrobić wszystko dla Lulu.

– I co ci z tego przyjdzie? Nie uda ci się jej znaleźć.

– Znajdę ją – powiedziała Kerri, widząc niezdecydowanie na jego twarzy. Im dłużej się wahał, tym bardziej narastał w niej gniew. – Traktujecie ten świat, jakbyście byli jego władcami i mogli brać, co wam się podoba, a nie macie o nim żadnego pojęcia. Mówiłeś, że nas obserwowaliście, ale jeśli sądziliście, że ujdzie wam na sucho porwanie Lulu, to niczego się o nas nie nauczyliście. Lulu jest wyjątkowa, w jej żyłach płynie królewska krew naszych najwybitniejszych wodzów. Jest córką Samuela, syna Willarda, króla Równiny. Ojciec Plemienia rządzi nami od czterdziestu lat. Jest już stary i nie tak silny jak dawniej. Kiedy odejdzie, władza przejdzie na Sama, a potem na Lulu. Jest jego pierworodną i musi wrócić do domu – powiedziała.

Sonny upadł na krzesło, nie mogąc uwierzyć w to, co właśnie usłyszał.

– Jeśli twój ojciec zobaczył Lulu, to nie dlatego, że jest ona wyjątkowa w sposób, w jaki wam się wydawało. Ona was nie obroni.

– Dlaczego w takim razie pojawiła się w wizjach i została tu sprowadzona? – spytał Sonny.

– Na to już sam musisz sobie odpowiedzieć. Twój ojciec popełnił wielki błąd. Nic nie powstrzyma Sama przed odnalezieniem Lulu, za nic w świecie nie pozwoli, żeby ród wygasł. Żeby go powstrzymać, będziesz potrzebował znacznie więcej niż oddania twojego ludu – powiedziała.

Sonny siedział, nerwowo wykręcając sobie dłonie. Jego niepewność i wahanie jeszcze bardziej działały jej na nerwy. Wzięła głęboki oddech, żeby się uspokoić.

– Pomożesz nam? – spytała cicho.

– Potrzebuję czasu do zastanowienia – rzekł Sonny z twarzą w dłoniach. Wzdragał się przed podjęciem jakiejkolwiek decyzji.

– Wielki przywódca to ten, który jest gotów przyznać się do błędu i wyciągnąć z niego wnioski – powiedziała, wstając.

Obróciła się na pięcie i wyszła, aby znaleźć Sama.

ROZDZIAŁ 7

Sonny wciąż siedział, nie mogąc zebrać myśli, niezdolny do podjęcia konkretnej decyzji.

Muszę pomówić z ojcem. Muszę mu powiedzieć, że Lulu pochodzi z królewskiej rodziny.

Wyszedł z pokoju i zobaczył ojca rozmawiającego z matką.

– Ojcze, muszę z tobą pomówić.

– Możesz mówić teraz. Nie ma nic, czego matka nie powinna słyszeć.

Sonny poczuł się bardzo niezręcznie. Nie chciał, żeby ktokolwiek trzeci brał udział w tej rozmowie.

– Zatem? – spytał Duma.

– Ojcze, obawiam się, że popełniłeś wielki błąd – rzekł Sonny, żałując, że zaczął tę rozmowę. – Wydaje mi się, że...

– Moim jedynym błędem było pozwolić ci pójść na południe wraz z Hordą Graniczną. Wiedziałem, że jesteś na to za młody. Tak, słyszałem już, co się stało. Ty im pomogłeś? – spytał Duma.

– Zrobiłem, co musiałem, żeby wrócić do domu – odrzekł Sonny.

– Czy pokazałeś im, jak otworzyć bramę?

– Tak, to był jedyny sposób, żebym mógł się tu dostać.

– Czy pokazałeś im drogę, która prowadzi do Miasta?

– Gdybym tego nie zrobił, najpewniej by się zgubili albo ktoś by ich zaatakował.

– Ile czarnych kamieni jeszcze mają?

– Lulu należy do królewskiego rodu Ziem Południowych, to ich przyszła królowa. Zrobią wszystko, żeby ją odzyskać – wypalił Sonny. – Może wizję można inaczej odczytać?

– Może jeszcze tak, jak ty byś chciał? – spytał Duma kpiąco.

– To, że zobaczyliście Lulu, nie znaczy, że powinna tutaj zostać.

– Nie powiedziałeś mi, ile mają kamieni.

Sonny czuł się pokonany. Wiedział, że ojciec nie zamierza go wysłuchać.

– Wiem, że będą w stanie wrócić – powiedział, spuściwszy głowę.

– Pokazałeś im, jakich kamieni należy użyć?

Widział, jak bardzo ojciec chce go poniżyć. Za co? Za to, że im pomógł? Nie wrócił wraz z Hordą? Czy może po prostu przyniósł mu wstyd?

– Musiałem jakoś dostać się do domu – powiedział.

– Czy na Ziemiach Południowych można znaleźć wiele kamieni?

– Nie wiem – teraz Sonny zaczął gotować się ze złości. Nie wiedział, co innego mógł powiedzieć. Obrócił się i ruszył korytarzem, zamykając za sobą ciężkie dębowe drzwi.

Wiedział teraz, co należy zrobić. Nie umiał jedynie pojąć, jak ktoś tak młody jak Kerri mógł być tak dojrzały i dostrzegać tak wiele rzeczy.

Wrzucił do sakwy wszystkie zapasy, jakie znalazł i szybko udał się do pokoju gościnnego, gdzie Sam i Kerri szykowali się już do podróży.

Sonny wszedł do pokoju, zamykając za sobą cicho drzwi.

– Musimy odejść teraz – zwrócił się do nich.

– Właśnie zamierzamy to zrobić – odpowiedział Sam.

– Nie, *teraz*! Nie może nas tu być, kiedy mój ojciec powróci... zaprowadzę was do Lulu.

Sam i Kerri spojrzeli zaskoczeni na siebie.

– Jesteśmy gotowi – skinęła Kerri.

– Wyjdziemy tylnymi drzwiami. Dojdziemy na skraj miasta, do drogi, która prowadzi na zachód. Później odbijemy na północ, ale teraz najważniejsze, żeby nikt nas nie dostrzegł.

Pośpiesznie udali się za nim, trzymając się najpierw blisko ścian domów, a potem chat na końcu miasta. Podążyli ścieżką biegnącą ostro w górę przez pola, które uprawiano tu od pokoleń.

Dotarli do miejsc, gdzie pola ustąpiły nagiej skale, a na głazach pojawiała się już cieniutka warstwa szronu. Droga prowadziła ich tak wysoko w góry, że promienie słońca wytracały swoje ciepło. Szli niewidoczni w mroźnej gęstwinie chmur i mgieł, która osnuwała szczyty.

Sonny zarządził postój i wyciągnął futrzane płaszcze, rękawiczki i czapki, które ze sobą wziął.

– Mam tylko dwie pary. Musimy się jakoś podzielić – powiedział Sonny.

– Dzięki – powiedziała Kerry. – Dziękuję za wszystko – uśmiechnęła się, biorąc tylko czapkę. Rękawiczki zostawiła dla innych.

– Musimy się dalej wspinać, nie mamy wiele czasu. W chmurach trudno będzie nas dostrzec, ale tamci będą dobrze wiedzieli, dokąd zmierzamy. Znacznie wyżej jest jeszcze jedna ścieżka. Musimy pójść tamtędy, jeśli chcemy zgubić pościg.

Szli dalej przez mgłę, wypatrując co chwilę, czy ktoś ich nie śledzi. Nikogo jednak nie było. W końcu przestali oglądać się za siebie, skupiając się na wspinaczce przed nimi. Marsz był coraz bardziej męczący, a powietrze coraz zimniejsze i bardziej rozrzedzone.

Sonny zauważył, że Samowi coraz trudniej utrzymać tempo. Musieli zatrzymać się i poczekać na niego.

– Niedaleko stąd jest mała jaskinia. Możemy tam odpocząć i coś zjeść – powiedział Sonny.

– Idźmy dalej. Musimy znaleźć Lulu – stwierdził dobitnie Sam.

– To zbyt niebezpieczne, żebyś szedł dalej w takim stanie. Twoje ciało musi przyzwyczaić się do górskiego klimatu. Powinniśmy się napić czegoś ciepłego, żeby nie zamarznąć.

Ogarnęła ich przemożna ulga, gdy tylko weszli do jaskini. W końcu mogli schronić się przed siarczystym mrozem i chociaż na chwilę złapać oddech.

Sonny spojrzał uważnie na pozostałą dwójkę, próbując ocenić, jak bardzo zdążyli przemarznąć. Usta Sama były sine, a dłonie Kerri już popękały z zimna.

– W tym stanie nigdy nie dojdziemy do Górnej Przełęczy. Wystarczy, że zacznie wiać północny wiatr, i już po nas – rzekł Sonny. Rozpalił ognisko przy pomocy drewna, które składowano w jaskini na wypadek, gdyby ktoś zabłądził w okolicy.

Kerri trzymała ręce tuż nad ogniem, rozpaczliwie próbując je ogrzać. Wtem odciągnął ją Sonny.

– Nie stój tak blisko, spalisz sobie dłonie. Nie czujesz nic, bo twoje ręce są jeszcze zbyt zimne, żeby poczuć w ogóle cokolwiek, nie zorientujesz się nawet, kiedy się dotkliwie poparzysz. Weź te rękawiczki – powiedział Sonny.

Kerri zaczęła się trząść. O ile wcześniej podczas forsownego marszu skupiała się tylko na tym, żeby iść dalej, tak teraz, skoro mogli odpocząć, zdała sobie sprawę, jak bardzo jest wyczerpana.

– Jest sposób, żebyśmy dali radę – powiedziała. – Musisz mi pokazać, jak mogę zmienić postać. Nie będę musiała przejmować się chłodem, a dla was wystarczy ubrań.

Sonny usiadł i wlepił wzrok w ognisko.

– Sam, czy o to chodzi w dorastaniu? O ciągłe podejmowanie beznadziejnie trudnych decyzji?

– Bardziej o ponoszenie odpowiedzialności za swoje czyny – odpowiedział po chwili. – Jeśli decydujesz się coś zrobić, to rób z dobrego powodu i pamiętaj, że jakikolwiek skutek by nie był, to jest on twoim dziełem. Czasami będziesz z niego dumny, czasami będziesz się go wstydzić. Rzeczywistość żąda jednak, żebyś podjął jakąś decyzję.

Sonny popatrzył na Kerri, wiedząc już, co musi zrobić. Wyciągnął kociołek z sakwy, nalał doń wody i umieścił nad ogniem.

– Musisz wypić coś ciepłego – powiedział. – Weź mój płaszcz i się okryj. Musisz być niezwykle skupiona podczas przemiany, a na to nie ma szans, jeśli będziesz zmarznięta i roztrzęsiona.

Kerri otuliła się płaszczem i usadowiła obok ogniska, czekając, aż woda się podgrzeje.

– Sonny, cokolwiek się stanie, nie będę cię winić i wiem, że Sam powie Caseyowi, że to nie twoja wina. Wiem, że robisz to, żeby nas ocalić i uratować Lulu.

Sam wrzucił trochę igieł sosnowych i imbiru do gotującej się wody, po czym dodał mchu, który dał im doktor. Jaskinia wypełniła się ostrym, gryzącym zapachem.

– I odrobina miodu, żeby życie nie było takie gorzkie – rzekł, mieszając w kociołku.

Wlał napój do drewnianego kubka i wręczył go Kerri, która przyjęła go z wdzięcznością. Ostrożnie pijąc, czuła, jak ogarnia ją fala ciepła, a napięte mięśnie powoli się rozluźniają. Przekazała kubek Sonny'emu, który również upił łyk, po czym przekazał napój Samowi.

Sonny usiadł przy ognisku. Odwrócił się w stronę wyprostowanej Kerri; był już całkowicie zdecydowany.

– Jestem gotowa.

– Musisz zajrzeć w głąb, odciąć od siebie wszystkie myśli i wszelką świadomość tego, co dzieje się wokół. Skup się na biciu swojego serca, zobacz, jak się kurczy i rozkurcza. Oddychaj powoli i głęboko, wsłuchaj się w swój oddech. Istnieje teraz już tylko on oraz bicie twojego serca. Dostrzeż moc, która w tobie drzemie, poczuj, jak rośnie coraz bardziej, a wraz z nią twoje serce. Przyjmij tę siłę, która może cię uczynić tak potężną, że nic nie powstrzyma tego, co w tobie drzemie...

Gdy Sonny mówił te słowa, powoli sam przyjmował formę lwa górskiego. Widział, jak Kerri kładzie się i przykrywa płaszczami. Natomiast Sam obserwował zafascynowany, jak jej sylwetka robi się coraz większa, nogi i ręce wydłużają, paznokcie zmieniają w pazury, a ręce w łapy. Ciało pokryło się futrem, a pod płaszczami widać już było pysk potężnego ogara czujnie rozglądającego się wokół. Kerri podniosła się na cztery łapy, patrząc na Sonny'ego, który przybrał już z powrotem ludzką postać.

Lulu stała w głębokim śniegu. Futro chroniło ją przynajmniej przed kąsającym mrozem. Wiedziała, że nie ma wyjścia i musi bronić przejścia między górami.

Bezpieczeństwo Holly, Cartera, jej rodziny i niej samej spoczywało na jej barkach – nie mogła nikomu pozwolić tędy przejść. Co chwilę strzygła uszami i węszyła w powietrzu, obserwując okolicę w poszukiwaniu najdrobniejszego ruchu. Wszystko było ciche i spokojne.

Spojrzała na przykrytą śniegiem polanę przed sobą, która rozciągała się po horyzont między dwoma szczytami. Leżący śnieg migotał w świetle popołudnia, oślepiając Lulu swoją bielą, nietknięty niczyją stopą. *Te góry potrafią być tak piękne i niebezpieczne jednocześnie.*

Czuła się nieswojo cały dzień, lecz teraz była pewna, że coś jest nie tak. Nie umiała tego nazwać, ale nie dawało jej to spokoju. Spojrzała na północ, gdzie zbierał się wiatr, gnając ku wyższym wierchom i ściągając na dół burzę.

Widziała, jak w ciągu dnia różowe chmury szarzeją, a potem nasycają się błękitem. Wydawały się być z ołowiu, niemal przygniatały swoją obecnością. Lulu wiedziała, że wieczorem spadnie więcej śniegu, chmury przepowiadały to cały czas. Wciąż jednak dręczył ją nieokreślony niepokój.

Słońce schowało się za górami i zerwał się potężny wiatr. Obróciła się w jego stronę, czując, jak rozpędzone powietrze ślizga się po jej gęstym futrze. Zazwyczaj nie czuła chłodu, lecz burza, która nadciągała, zapowiadała się na bardziej złowrogą od pozostałych. Mróz przeszywał Lulu aż do kości. *Dzisiaj naprawdę mogę nie dać rady...*

Wycie wiatru niosło się od górnych szczytów, a jego echo pędziło przez przełęcz, odbijając się dopiero od Lulu. Odwróciła głowę, oślepiona ciągłym obserwowaniem ośnieżonej polany, ze słuchem przytępionym od huczącego wiatru. Jej nos zaczął jednak coś wyłapywać pomiędzy kolejnymi podmuchami. Zadrżała.

Zapach wydawał się obcy, ale jednocześnie znajomy; czuła go coraz wyraźniej z każdą chwilą. Coś się zbliżało w jej stronę, była tego pewna. Napięła wszystkie mięśnie, wyczekując najmniejszej oznaki intruza. Nikt nie ma prawa się przedostać. Ona musi ich ocalić.

Znowu ten zapach. Obróciła się. I znowu pojawił się za nią! Lulu była zdezorientowana – czy to coś przyszło ze wschodu i zaczęło ją okrążać? Niedźwiedzie zajęły przełęcze, których bronili Holly i Carter? *Jeśli tak, oby nic im się nie stało.* Niepewność doprowadzała ją niemal do szaleństwa.

Obróciła się na północ, skąd, jak sądziła, nadejdzie intruz, ale zapach cały czas był za nią. Nie mogła powstrzymać niskiego warknięcia, które wydobyło się z jej pyska. Wiedziała, że nie jest sama. Obróciła się znowu i akurat w momencie, gdy wiatr przestał na chwilę wiać, dostrzegła ruch w ciemności. Cokolwiek to było, planowało ją zajść od tyłu. Jej futro całe się zjeżyło, odsłoniła ostre jak brzytwa kły. Była gotowa zaatakować w każdej chwili... tylko że coś dziwnego było w tym zapachu.

– Lu, czy to ty? – usłyszała nagle.

Serce skoczyło jej do gardła. Waliło jak młot, myślała, że zaraz wyskoczy z piersi.

– Tata? – nie mogła uwierzyć, czyj głos właśnie ją zawołał.

– Lu, to ja – powiedział Sam.

Teraz go dostrzegła. Szedł w jej stronę opatulony w koc, wszystkie te barwy były jej tak bliskie, tak znajome. Znajomy zapach uderzył ją w nozdrza, aż zakręciło jej się w głowie. Czuła ojca, czuła dom.

Podchodził do niej powoli i Lu zobaczyła, że wraz z nim były jakieś dwie inne postaci. Nie obchodziło ją, kim mogą być. Teraz liczył się tylko jej ojciec.

– Dziecko, co oni ci zrobili?

Gdy zobaczyła, że jest cały w łzach, nie mogła dłużej wstrzymywać własnego płaczu. Zalała się łzami, ciężko szlochając, nie mogąc wydusić z siebie słowa. Czym prędzej podeszła i wtuliła głowę w jego pierś, pozwalając, żeby zapach ojca ją otulił.

– Co oni ci zrobili, Lu? – spytał, obejmując ją za szyję. Wziął swój koc i okrył córkę. – Muszę cię zobaczyć, muszę zobaczyć moje dziecko. Czy możesz dla mnie zmienić postać?

Lulu zatopiła się w cieple jego głosu, czując, jak opuszcza ją zmęczenie. Jej ojciec tu był i mocno ją trzymał. Lęki, niepewność, strach przed niebezpieczeństwem, walką, wszystko to było już tylko nikłym wspomnieniem. Podobnie jak ogar, którym jeszcze przed chwilą była. Stała wtulona w ojca, nakryta jego kocem. Sam przyciskał ją mocno do siebie, przysięgając sobie, że już nigdy jej nie straci.

– Lu, idziemy już do domu – powiedział.

– Ale tato, ja muszę zostać, muszę bronić tego przejścia, zaraz tu będą niedźwiedzie. Muszę je zatrzymać, bo inaczej napadną i na nas, skrzywdzą Holly i Cartera...

– Już dobrze – przerwał jej. – To wszystko nieprawda. Już

pora, żebyś wróciła do domu, wszyscy tam na ciebie czekamy – popatrzył na nią. – Gdzie się podziała moja córeczka? Wyrosłaś przez ten czas.

Sam nie mógł uwierzyć, że jego córka, porwana ledwie tydzień temu, wyglądała teraz jak młoda kobieta. Lulu popatrzyła na pozostałą dwójkę.

Kerri? –

– To ja – odrzekła.

– Wiedziałam, że to truskawki czuję, ale nie mogłam uwierzyć, że to ty! – powiedziała Lulu, wtulając się w futro Kerri. – Naprawdę tu przyszłaś! – dodała, czując, jak nadchodzi kolejna fala płaczu. Była szczęśliwa, nie czuła już cienia strachu i napięcia, które towarzyszyły jej, gdy stała na straży przełęczy. – Kto to jest? – spytała, patrząc na wielkiego kota.

– Jestem Sonny, syn Dumy, który cię tu przywiódł.

– Lu, musisz zmienić się z powrotem w ogara – rzekł Sam. – Zamarzniesz na tym wietrze.

Kiwnęła głową i skupiła się tak, jak ją tu nauczyli. Po chwili znowu była ogarem.

– Tato, ale jak to „okłamali"? O co ci chodzi?

– Wyjaśnię ci wszystko później. Najpierw musimy zejść z tej góry, znaleźć schronienie i rozpalić ognisko.

Sonny poprowadził ich na dół, wspinając się po skałach, które znajdowały się wysoko ponad ścieżką. Nie chciał ryzykować spotkania z kimś, kogo wysłali na poszukiwania. Śnieżyca wciąż szalała, śnieg ciął ich twarze. Ponieważ ledwo widzieli siebie nawzajem, musieli zaufać przewodnictwu Sonny'ego. Gdy zejście zrobiło się bardziej strome, Lulu zobaczyła, że Sam potknął się o kamień i upadł, zsuwając się na dół. Skoczyła naprzód, żeby go przytrzymać.

– Złap się mnie, tato – powiedziała.

Lulu stąpała pewnym krokiem wzdłuż mniej nachylonego zbocza, Sam zaś trzymał się mocno jej futra. Wiatr wciąż smagał góry, a czasami wiał tak mocno, że wszystkim wydawało się, iż zaraz zepchnie ich ze skały. Byli odrętwiali z zimna, śnieg wciąż zacinał, oślepiając ich. Opadali już z sił, które wysysał z nich siarczysty mróz i wiatr. Lulu się nie przejmowała, pochłonięta tym, żeby być blisko ojca. Kerri natomiast zaczynała się poważnie martwić.

Gdy zapadał zmrok, po raz pierwszy zadała sobie pytanie, czy w ogóle uda im się zejść z tej góry. Nie sądziła, że natura może wpaść w taką furię. Już odruchowo spinała się przy każdym silniejszym podmuchu wiatru, potęgując zmęczenie. Poruszała się z wielkim trudem, stawianie kroków zaczynało być ponad jej siły; ledwo ruszała ramionami. Jej ciało odmawiało posłuszeństwa w chłodzie, który przenikał ją do szpiku kości. Traciła siły i wolę walki z lodowym wichrem, z którym wiedziała, że nie wygra.

Wiatr wciąż wył ogłuszającym skowytem, izolując wszystkich od siebie. Kerri czuła, że przegrywa walkę z naturą, traciła już pewność, że uda jej się przeżyć. Spostrzegła, że jej umysł też zaczął się poddawać; miała cały czas przemożną chęć usiąść gdzieś na moment albo w ogóle się położyć i odpocząć. Może nawet przymknąć oczy i obudzić się, kiedy to wszystko już się skończy.

Prawa stopa naprzód, lewa stopa naprzód, teraz prawa...

Każdy kolejny krok był walką, którą toczyła przeciw sobie i przeciw zawierusze. Ledwie powłóczyła nogami, zupełnie nieświadoma tego, co dzieje się wokół. Każdy jej zmysł był kompletnie stępiony, jedyne, co czuła, to przeszywający każdą jej cząstkę chłód. Staczała się w ciemność.

Ktoś nią potrząsał. Ktoś coś krzyczał, ale nie rozumiała, co się właściwie dzieje. Usłyszała słaby głos Sonny'ego, który próbował przekrzyczeć rozszalałą burzę. Mówił coś do niej.

– Niedaleko jest jaskinia, w której możemy przeczekać tę nawałnicę. Chodźcie za mną.

. . .

Sonny znalazł wejście do jaskini, które kojarzył ze swoich wcześniejszych wypraw w stronę przełęczy. Poprowadził ich głębiej, aż wiatr na zewnątrz stał się ledwo słyszalnym podmuchem. Sam padł z wyczerpania. Lulu zdała sobie sprawę, że jeszcze nigdy nie wyglądał tak staro.

– Musimy cię stąd zabrać jak najprędzej – powiedziała.

– To nie góra wysysa z ciebie siły – rzekł Sonny – tylko brama.

– Co masz na myśli? – spytał Sam ledwo słyszalnym głosem.

– Przepraszam, że nie powiedziałem ci wcześniej – powiedział Sonny po chwili namysłu. – Nie przypuszczałem, że twoje objawy będą tak silne. Przejście przez bramę do innej krainy sprawia, że ciało zaczyna się bardzo, bardzo szybko starzeć. Właśnie dlatego Lulu wygląda na dużo starszą w porównaniu do chwili, kiedy ją ostatni raz widziałeś. Im zaś jesteś starszy, tym gwałtowniej postępuje cały proces, który może spowolnić tylko przemiana, a tej już nie możesz opanować – kontynuował. – Pamiętasz, jak opowiedziałem wam o nieznajomym, który wyglądał jak jeden z waszych ludzi? Był dość sędziwy, kiedy go znaleźliśmy. Powiedział, że „wpadł" do naszej doliny ledwie dwa dni wcześniej. Widzieliśmy jednak, jak starzeje się na naszych oczach; przeżył jedynie trzy dni więcej. Wydaje mi się, że po prostu zmarł ze starości.

– Więc dlatego porwaliście dzieci? Tylko one mogą was chronić wystarczająco długo? – spytała Kerri.

Sonny'emu nie przychodziły do głowy żadne słowa, którymi mógłby usprawiedliwić działania ojca.

– Tato, powiedziałeś na przełęczy, że tamci mnie okłamali. Co miałeś na myśli? – spytała Lulu.

– Powiedzieli ci, że musisz ochronić ich granice przed niedźwiedziami, bo inaczej mogą później zaatakować nasze ziemie. One chcą jednak wyłącznie odzyskać coś, co im skradziono, nie interesuje ich żaden podbój. Jestem pewien, że o wiele chętniej byłyby teraz we własnych domach – rzekł Sam, po czym dodał, patrząc na Sonny'ego: – Twój ojciec posiada coś, co do nich należy i z czym nie zamierza się rozstać. Nie wierzy w to, że on, jego koty czy też ludzie byliby w stanie powstrzymać niedźwiedzie, więc postanowił, że nasze dzieci będą bronić przełęczy, podczas gdy on będzie słodko spał.

– Nie masz prawa rzucać takich oskarżeń, nie wiesz, czy tak jest naprawdę! – krzyknął wyraźnie wzburzony Sonny.

– Wiem, kiedy ktoś kłamie – odparł spokojnie Sam.

Kerri widziała, jak napięcie rośnie między nimi.

– Najważniejsze teraz to jak najszybciej dostać się do domu – powiedziała. – Sądzę, że najlepszym wyjściem będzie, jeśli Lulu i Sonny pójdą z tobą do granicy, żeby powstrzymać to przyspieszone starzenie. Sonny może was poprowadzić.

– Nie uda ci się samej znaleźć drogi powrotnej – powiedział Sonny.

– Może przestaniesz mówić mi, czego nie mogę robić, i powiesz, gdzie są Holly i Carter? – wypaliła Kerri.

– Przydzielono ich do dwóch przełęczy, które leżą dalej na wschód. Sądzimy, że to właśnie tamtędy będą szły niedźwiedzie. Dlatego Lulu stała tutaj na straży.

– O świcie musisz mi pokazać, gdzie one są, i udać się w stronę granicy – powiedziała Kerri.

– Naprawdę sądzisz, że ci się to uda?

– Nie byłoby mnie tu, gdybym myślała inaczej. Lepiej teraz zjedzmy i odpocznijmy, rano będziemy musieli szybko się przemieszczać.

Lulu położyła się obok ojca, którego chroniła swoim gęstym futrem przed chłodnym powietrzem w jaskini. Widać było, że musi wypocząć przed podróżą do domu.

Kiedy Kerri usłyszała, że Sam zasnął kamiennym snem, przysunęła się bliżej Sonny'ego.

– Trzeba zaprowadzić Lulu do domu. Musicie dostać się do granicy, choćby nie wiem co wam stanęło na drodze. Chodzi o coś więcej, dużo więcej niż ciągłość linii królewskiej. Sam wiedział, że to może być dla niego podróż w jedną stronę, dlatego chciał przyjść tu w pojedynkę. Rozumiesz, o co mi chodzi?

– Nie – powiedział Sonny.

– Wydaje mi się, że Sam chce przyspieszyć sukcesję, żeby władza przeszła od razu w ręce Lulu. Wiemy, że posiada „dary". Wydaje nam się, że to dzięki matce. Ona nie jest jedną z nas.

– O czym ty...?!

– Ćśś! – usłyszeli hałas. – Lulu musi wrócić do domu za wszelką cenę – szepnęła.

Sonny skinął głową i zerknął na pozostałą dwójkę, która spokojnie spała. Kerri podeszła do wejścia jaskini, by pełnić wartę i oczekiwać na pierwsze światło poranka.

Jak nam się w ogóle udało to przeżyć?, pomyślała, patrząc, jak burza kontynuuje swój marsz. Wiatr już cichł, a śnieg powoli przestawał padać. Niebo w końcu się przejaśniło i po raz pierwszy mogła zobaczyć góry dookoła. Jej wzrok powędrował ku szczytom i gwiazdom, z których utkane było niebo.

Świecą mocniej niż wcześniej. Może dlatego, że się do nich zbliżyłam?

Jej oczy przeczesywały niebo w poszukiwaniu znajomych kształtów. Zauważyła lśniącą czerwoną gwiazdę naprzeciwko jasnobłękitnej, dalej jeszcze rządek trzech innych, podkreślony przebiegającą pod nim smużką. Niebo daleko na południu pełne było znajomych konstelacji.

Znam te gwiazdy. Odzyskała nadzieję na powrót, nie wszystko jeszcze stracone. Uda jej się znaleźć drogę powrotną. Na tę myśl po raz pierwszy od dawna uśmiechnęła się do siebie.

– Tu jest tak pięknie – powiedziała cicho. – Gdyby jeszcze tylko nie było tak zimno.

Kerri patrzyła, jak słońce wyłania się zza potężnych wierchów rzucających teraz na nich ogromny cień. Zarys ich sylwetek ukazywał jedynie grzbiety oraz przełęcze. Usłyszała, jak podszedł do niej Sonny.

– Właśnie tam musisz się udać – powiedział, wskazując na wschodni grzbiet i dwie przełęcze przecinające znajdujący się przed nimi łańcuch górski. – Dzieci bronią przejść tam; na południu jest miasto, za którym znajduje się płaskowyż, ale możesz obrać okrężną drogę na wschód, żeby je ominąć i potem pójść przez las na południe.

– Chciałam ci coś powiedzieć – rzekła Kerri. – Nie myśl, że zdradziłeś ojca, pomagając nam; wykonując bezmyślnie jego rozkazy i nie myśląc w ogóle o ich skutkach, doprowadzisz tylko do większego cierpienia. Musisz pogodzić się z nim i swoim ludem.

Sonny popatrzył na nią. Nie siedział obok zwierzęcia, tylko obok Kerri, która z nim i z niego żartowała, słuchała go, chroniła, uczyła... i właśnie miała odejść. Już czuł ściskającą tęsknotę. Zupełnie jakby czytając mu w myślach, Kerri położyła dłoń na jego dłoni.

– Nie będę nigdy mogła zostać w twoim świecie ani ty w moim – powiedziała. – To tutaj musisz odnaleźć spokój. Do zobaczenia na granicy.

– Nie spóźnij się tylko, nie zamierzam na ciebie czekać – Sonny chciał jak najdłużej odwlec moment, gdy Kerri cofnie swoją dłoń.

Spojrzał w jej roześmiane oczy. Obróciła się, popatrzyła na wschód i żwawo wybiegła z jaskini. Przyglądał się, jak zbiega w dół zbocza, ufna w swoje nowe umiejętności. Obserwował ją, dopóki nie rozpłynęła się pośród górskiego krajobrazu. Z ciężkim sercem odwrócił się i poszedł obudzić pozostałych.

Biegła jak jeszcze nigdy przedtem. Jej umysł zasnuwały wspomnienia i nadzieje związane z przyszłością; pędziła, nie patrząc, dokąd właściwie zmierza; jej łapy miękko lądowały na ziemi, drogę wybierała instynktownie, bez namysłu. Z każdą godziną coraz bardziej zanurzała się w obrazach przeszłości, pędząc jednocześnie w kierunku przełęczy, która majaczyła w oddali.

Była dziewczynką biegnącą przez Północną Równinę, która śmiała się, ganiając owce i wiedząc, że przecież nie chce ich dopaść. Ścigała się razem z Lulu wzdłuż brzegu rzeki, która pierwsza wróci do domu na obiad. Zawsze z nią wygrywała. Biegała wokół miejsca spotkań, a chłopcy próbowali ją dogonić; specjalnie zwalniała, żeby trochę się zbliżyli, a potem przyspieszała, roześmiana, zostawiając ich w tumanach kurzu. Czuła, że może biec tak bez końca.

Gdy już była niedaleko przełęczy, odzyskała kontakt z rzeczywistością. Miała teraz nowe zadanie; musiała zabrać dzieci z powrotem do domu, zanim zamknie się brama, pozostawiając po sobie kupkę popiołu pośród traw Północnej Równiny.

Wspinała się coraz wyżej; okolica przykryta była śniegiem, a skały skute lodem. Kerri zaczęła się zastanawiać teraz nad inną kwestią: gdzie dokładnie dzieci się znajdują? Musiały być w miejscu, z którego mogły obserwować całą przełęcz i zawczasu dostrzec nadejście intruzów. *Gdzie bym czekała, gdybym miała strzec tego miejsca?* Zwolniła, próbując wywęszyć wartujących strażników.

Stąpała po świeżym śniegu migoczącym w słońcu, który wiatr zamiótł i wygładził ubiegłej nocy. Nie było widać żadnych śladów, co było zrozumiałe po wczorajszej burzy. Nabrała powietrza w nozdrza, ale nie mogła wywęszyć nic znajomego, nic, co pachniałoby domem i jej bliskimi. Przełęcz była opuszczona. Kerri gorączkowo zastanawiała się, co robić. Myślała na początku, że dzieci będą tu czekać, znajdą się od razu i ucieszą na jej widok. W zasięgu wzroku nie było jednak ani żywej duszy. Nie wiedziała, co powinna teraz zrobić. Wtem postanowiła odwołać się do umiejętności, z której jeszcze nie korzystała.

Zawyła, a jej skowyt odbił się dalekim echem po górach.

Nasłuchiwała i nie słysząc żadnej odpowiedzi, zawyła raz jeszcze, tym razem dłużej i głośniej, aż sapnęła z wysiłku.

Tym razem góry odpowiedziały. Usłyszała dochodzącą daleko ze wschodu odpowiedź; skowyt, który mógł wydać z siebie tylko ktoś taki jak ona. Poruszyła głową, próbując lepiej umiejscowić źródło, skąd dochodził dźwięk. Ktoś wołał w ten sposób na pomoc. Wydała z siebie jeszcze jeden skowyt, pewny siebie i donośny, dając wszystkim do zrozumienia, że jest tu i że właśnie do nich idzie.

Kerri biegła w stronę drugiej przełęczy, którą wskazał Sonny; nie była daleko, ale dojście tam wydawało się wiecznością. Zawyła jeszcze raz, tym razem odpowiedź dochodziła z niedaleka; poczuła w powietrzu słaby, znajomy zapach. Carter, którego porwali tydzień temu. Znała ten zapach, tak jak znała zapach jego rodzinnego domu pachnącego ściętymi sosnami, który czasami można było czuć w całej wiosce.

Zatrzymała się przy przejściu, próbując umiejscowić, skąd mogła dochodzić odpowiedź. Znalazła go. Stał wysoko na szczycie wału pomiędzy dwiema skalnymi ścianami. Usiłował zachować czujność pomimo wyraźnego osłabienia; prawie omdlewał z wysiłku. Podbiegła do niego tak szybko, jak mogła.

– Carter, to ja, Kerri – powiedziała.

Carter spojrzał na nią, wyraźnie zszokowany.

– Kerri, co ty tu robisz? Ciebie też tu przyprowadzili?

– Nie przyprowadzili. Jestem tu, by cię zabrać z powrotem.

– Nie możesz, trzeba bronić przejścia w ciągu zimy.

– Carter, musimy natychmiast stąd odejść.

– Ale... ale przecież wtedy one zaatakują nasze ziemie i naszą wioskę. Musisz udać się do drugiego przejścia i go bronić, bo nie ma nikogo, kto by go strzegł.

– Gdzie jest Holly? Gdzie jest Holly Boatman?!

Popatrzył na nią bezrozumnym wzrokiem. Był wyraźnie wstrząśnięty.

– Jest tutaj. Nie mogłem jej ocalić, przybiegłem za późno.

Kiedy burza na chwilę przycichła, usłyszałem jej wołanie. Nie wiem, jak długo mnie wzywała; pobiegłem najszybciej, jak tylko mogłem, ale było już za późno.

– Carter, gdzie ona jest?

Wskazał na niewielki kopczyk ze świeżego śniegu.

– Tam ją pochowałem. Nie mogłem jej uratować. Gdybym chociaż miał mech ze sobą...

Kerri zadrżała ze strachu. Spojrzała w miejsce, które wskazywał Carter.

– Muszę zobaczyć na własne oczy – powiedziała, zbierając w sobie resztki odwagi.

Podeszła do kopca i delikatnie odgarnęła śnieg. Zobaczyła Holly, która wciąż była pod postacią zwierzęcia. Obwąchała ją, szukając jakiegokolwiek znaku, że oddycha. Nie poczuła nic. Dotknęła nosem jej nosa i poczuła jedynie przejmujący chłód bijący od niej. Próbowała nią potrząsnąć, ocucić ją. Holly jednak leżała dalej nieruchoma. Kerri czuła, jak nogi się pod nią uginają; chciała wrzeszczeć z rozpaczy, przygnieciona tragedią, wściekła, że zjawiła się tak późno, wściekła na te przeklęte koty, które na zawsze odebrały jej przyjaciółkę.

– To przecież była jeszcze mała dziewczynka – powiedziała. Łzy napływały jej do oczu, ale wiedziała, że nie może się teraz załamać. Musi się wziąć w garść i doprowadzić Cartera z powrotem na Równinę. Później będzie czas na łzy.

Kerri przykryła ponownie Holly śniegiem i powoli podeszła do Cartera, który nie spuszczał z niej oczu.

– Opowiedz mi, co się stało.

– Powiedzieli nam, żebyśmy stali na straży tych przejść, że podobno niedźwiedzie będą chciały tędy niedługo zaatakować. Powiedziałem Holly, żeby się nie bała, bo będę tuż obok, i żeby zawyła, gdyby zjawiły się niedźwiedzie, to przybiegnę wtedy z pomocą.

– Spędziłem całą noc, czuwając, ale nic nie widziałem w tej gwałtownej burzy, a wiatr, który wtedy wył, zagłuszał absolutnie wszystko. Dopiero kiedy zelżał na moment, usłyszałem, że Holly mnie woła. Brzmiała, jakby miała bardzo poważne kłopoty. Pobiegłem do niej od razu, ale kiedy dotarłem na miejsce, leżała już martwa na ziemi. To musiała być potworna walka, widziałem ciała przynajmniej dziesięciu niedźwiedzi, które leżały w śniegu. Holly powstrzymała połowę tej grupy, ale ich było po prostu zbyt wiele – powiedział. – Kiedy mnie zobaczyli, mocno się zdziwili. Jeden z nich, który był na czele, powiedział: „Idź do domu, nieznajomy, to nie twoja walka". Odparłem, że nie pozwolę im przejść. Stałem nad ciałem Holly, gotów ją ochronić, a oni tkwili długo w bezruchu i na mnie patrzyli. I nagle po prostu jakby zmienili zdanie – zebrali rannych i wycofali się. Gdyby nie wiatr, zdążyłbym ją uratować... ale wszystko tak wyło wokół, to było tak okropne.

– Wiem, Carter, ale musisz mi uwierzyć, że to nie jest twoja wina – powiedziała. – Musimy już ruszać.

– A co, jeśli wrócą? I co z Lulu? Wysłali ją na Północne Przejście, nie możemy jej tam zostawić!

– Sam przybył tu ze mną, znalazł Lulu i zmierzają teraz w stronę granicy, wracają do domu. Carter, ci ludzie cię okłamali. Nie bronisz w ten sposób naszych ziem, tylko tych... kotów. Ukradli coś niedźwiedziom, które teraz chcą to odzyskać. Nic nam do tego. Teraz już naprawdę powinniśmy stąd uciekać. Jesteś w stanie biec?

– Tak, nic mi nie jest, ze mną nie walczyły.

– Więc chodźmy, nie możemy się zatrzymać, dopóki nie dostaniemy się na drugi koniec płaskowyżu. Biegnij za mną.

Sam milczał, kiedy schodzili z góry. Sonny szedł z jego lewej strony, prowadząc go i wspierając, podczas gdy Lulu maszerowała z prawej, również pomagając ojcu utrzymać równowagę.

– Kiedy dojdziemy do płaskowyżu, będzie ci łatwiej oddychać, odzyskasz siły – powiedział Sonny.

Szli wzdłuż zbocza góry, omijając z daleka najwygodniejsze ścieżki wydeptane od dawna przez ludzi i zwierzęta. Maszerowali powoli i ostrożnie, świadomi wyczerpania Sama. Jak na razie dopisywało im szczęście – udało im się bez wzbudzania niczyjej uwagi minąć miasto poniżej linii grzbietów górskich, choć wystarczyło, żeby ktoś uważniej spojrzał wzwyż. Kiedy zostawili już za sobą skały i miasto, ponownie ujrzeli przed sobą piaszczyste tereny płaskowyżu.

– Powinniśmy odpocząć i czegoś się napić – rzekł Sonny. – Musimy jak najszybciej pokonać płaskowyż. Jeśli będziemy się ociągać, na pewno ktoś nas zauważy.

Sam czuł, jak wracają mu siły, ale wciąż był tak wyczerpany, że nie mógł logicznie myśleć. Popatrzył na równinę, która się przed nimi rozciągała.

Jeszcze tylko to, potem wysoka trawa... i jesteśmy w domu, pomyślał. – Już niedługo będziemy, Lu. Mama nawet teraz na nas czeka. Już naprawdę niewiele zostało – dodał na głos. Nie zapytał Sonny'ego, jak długo przejście będzie jeszcze otwarte. Nie chciał, żeby Lulu wiedziała, że ich droga powrotna może w każdej chwili po prostu wyparować.

Vin i Naz siedzieli obok siebie na skraju płaskowyżu. Po trzech dniach wartowania byli zmęczeni, głodni i do tego bardzo znudzeni. Przeciągającą się ciszę przerwał nagle Vin.

– Wiesz, cały czas boli mnie głowa i wciąż czuję, że mam guza na głowie – powiedział, masując się łapą po głowie w miejscu, w które Kerri przyłożyła mu kijem.

– Mówię ci, powinieneś był zaczekać.

– Ja tylko chciałem ich nastraszyć, tak jak sam mi kazałeś.

– Ale to była tylko dziewczynka, Vin.

– Dziewczynka! To była chodząca wredota, Naz, złośliwa wredota i tyle!

– Ciesz się, że skończyło się tylko na tym, mogło być znacznie gorzej.

– Naprawdę byłem nieprzytomny przez dwa dni?

– Serio, dwa dni. Cały czas będę twierdził jednak, że udawałeś – nikt nie chrapie, kiedy jest nieprzytomny.

– Naz, ja cierpiałem!

– Powiem tyle, nie chciałbym spotkać jej w ciemnym zaułku.

– Racja... a wyobraź sobie spotkać jej matkę.

– Jak myślisz, w jakim celu oni w ogóle tędy szli?

– Pojęcia nie mam, w co ci południowcy mogli się wpakować. Wszystko tylko jeszcze bardziej się gmatwa przez tę sprawę.

– Tym bardziej, że szli w towarzystwie jednego z kotów.

– Słyszałeś, że nazywają sami siebie lwami?

– Mhm, pewnie chcą się od tego poczuć mężniej.

– I to jeszcze lwami górskimi! – zaczęli się śmiać. Ich śmiech niósł się daleko po płaskowyżu.

– Ale poważnie – oni faktycznie bardziej przypominają koty – stwierdził Naz, kiedy mógł już złapać oddech.

– Wiesz, dlaczego oni się zmieniają w koty, a my w niedźwiedzie?

– To wszystko jest w genach. Ja tam się cieszę, że nie jestem kotem.

– Racja. Ogarem też bym nie chciał być. Podobno mają paskudny oddech – strasznie od nich czuć rybą.

– Naprawdę?

– Tak słyszałem – stwierdził Vin. – Myślisz, że kiedy nas zmienią?

– Mam nadzieję, że już niedługo, mam serdecznie dos... czekaj, spójrz tam. Kot, jeden z tych ogarów-najemników i jakiś gość w środku, który jest ranny i nie może chodzić.

– Jest z południa, ma czarne włosy, widzisz? Może po prostu jest zmęczony? Chyba jest trochę za stary na przechodzenie przez bramy.

– Mniejsza z nim, co robimy z ogarem? Powiedzieli nam, że nie możemy przepuścić żadnego kota.

– Nie zamierzam drugi raz próbować ich odstraszyć. Wystarczy mi, jak poprzednio to się skończyło.

– Racja.

– Może będziemy udawać, że dalej jesteśmy nieprzytomni?

– Nie, mamy swój obowiązek i powinniśmy go potraktować poważnie. Tu chodzi w końcu o szkatułkę. Nigdy jej nie odzyskamy, jeśli będziemy udawać nieprzytomnych za każdym razem, kiedy w pobliżu przechodzi pies.

– Trochę się zapomniałem, racja. To co robimy?

– Chwila... to jest ten sam gość, który przechodził tędy wcześniej. To ten z kosturem.

– Już nie wiem, co jest gorsze: on czy ogar. Dobra, ja biorę na siebie ogara.

– Wielkie dzięki, Vin. Słuchaj, zrobimy inaczej – rozegramy to szorstko i stanowczo.

– W porządku, to ja będę szorstki, nie umiem udawać stanowczego.

– Powiem im, że jesteśmy strażnikami. Resztę się zaimprowizuje.

– Nie ma co, świetny plan, Naz. Na pewno lepszy niż poprzedni.

– Ćśśś... już idą.

Marsz przez płaskowyż miał się ku końcowi. Ziemia delikatnie opadała na południe, ukazując w oddali ścieżkę, którą wcześniej przybyli. Lulu przeszył dreszcz, czuła, że coś wisi w powietrzu.

– Lu, co się dzieje? - spytał Sam.

– Tam przed nami coś jest.

– Możliwe, że to znowu niedźwiedzie – rzekł Sam. – Naz! Czy to wy?

Na ścieżce pojawiły się dwa niedźwiedzie, tarasując przejście. Stały na tylnych łapach, zdecydowanie górując nad przybyszami. Sam dostrzegł, że jeden z nich jest szczególnie zły, prawdopodobnie dlatego, że Kerri bardzo niedelikatnie się z nim obeszła przy poprzednim spotkaniu.

– Stójcie! Nie ma przejścia – krzyknął Naz.

– Naz, spotkaliśmy się już. To ja, Sam.

– Tato, ty znasz te niedźwiedzie po imieniu? – spytała zdumiona Lulu.

– Spotkaliśmy się po drodze – odrzekł Sam. – Naz, musimy przejść. Wracamy do naszych krain i chcemy dostać się na granicę. Proszę, przepuśćcie nas.

– Masz ze sobą ich najemnika. Ty możesz przejść, ale reszta zostaje.

– Najemnika?

– Tego ogara – wskazał Naz.

– To nie jest żaden najemnik, to moja córka.

– Twoja córka? Ta, która sponiewierała Vina kosturem?

– Nie, to była Kerri.

– Masz dwie córki? - spytał Vin, wyraźnie zmartwiony.

– Dlaczego twój lud z nami walczy i pomaga kotom? – spytał Naz.

– Nie jestem kotem, tylko...

– Ci „najemnicy" to nasze dzieci – powiedział Sam. – Porwano je i okłamano. Kerri jest teraz w górach, ma sprowadzić resztę do domu.

– Więc na górnych przełęczach nie będzie już żadnych ogarów? – spytał uspokojony Vin.

– To nie jest miejsce dla nas, my tylko chcemy wrócić do domu.

– I to jest twoja córka?

– Tak, to moja córka.

– W porządku, w takim razie może pójść z tobą. Kot zostaje tak czy owak.

– Nie jestem ko...

– To jest Sonny – rzekł Sam. – Jest synem Dumy.

– Syn Dumy? Parszywego, zapchlonego Dumy, który ukradł nam szkatułkę? – spytał zaskoczony Naz.

– Nic nie wiem o żadnej szkatułce – powiedział Sonny.

– Nie przejdzie, dopóki nie odzyskamy tego, co ukradli. Po to tu jesteśmy.

– Wyświadczył nam olbrzymią pomoc; gdyby nie on, nigdy nie znalazłbym córki, a nasze dzieci wciąż pilnowałyby przejść na przełęczach.

– Pilnowały jako ogary... – rzekł Vin. – Może ten faktycznie nie jest jak pozostali, co sądzisz, Naz? Skoro nie ma już ogarów, będziemy mogli bez przeszkód się przedostać.

– Musimy zanieść wieści szefowi.

– Naz, naprawdę z przyjemnością bym jeszcze porozmawiał, ale czas nas goni, nie wiemy, jak długo przejście będzie jeszcze otwarte, a nie mamy czasu na samodzielne poszukiwania. Sonny musi nas tam zaprowadzić.

– Dobrze, możecie przejść. Tylko się nie ociągajcie, bo przyjdą niedługo nasi zmiennicy, a oni niekoniecznie będą tak wyrozumiali.

– Miło było cię poznać, Naz. Mam nadzieję, że odzyskacie waszą zgubę.

– Odzyskamy.

– Kiedy wszystko się skończy, zajrzyjcie do nas z wizytą i poopowiadajcie. Przyjdźcie jako przyjaciele.

– Idźcie już i nie zatrzymujcie się – skinął głową Naz.

– Gładko poszło – rzekł Vin. – To co teraz robimy?

– Czekamy, a kiedy przyjdą nas zmienić, wracamy jak najszybciej i mówimy pozostałym, że przejścia są otwarte.

Maszerowali bez wytchnienia, ale pogarszający się stan Sama nieznośnie spowalniał ich chód. Nie chcąc tracić cennego czasu, nie zatrzymywali się, nawet gdy widzieli, że zachodzi słońce.

Sonny prowadził ich krętymi ścieżkami przez rumowiska, a wschodzący księżyc rzucał niebieską poświatę na usłane kamieniami zbocza.

Nie stawali nawet na sekundę, nawet posiłki spożywali, idąc. Gdy słońce boleśnie powoli wychylało się zza niższych wzgórz, oni wciąż maszerowali. Skrajnie wyczerpani i odwodnieni dotarli w końcu do wysokich traw; kres podróży nareszcie był w zasięgu wzroku. Sam, czując, że siły coraz bardziej go opuszczają, chwycił córkę mocniej, chcąc utrzymać równowagę.

– Tato, już naprawdę niedaleko, jeszcze tylko kawałek – powiedziała Lulu. – Jak się trzymasz?

– Jestem tak zmęczony... to chyba to górskie powietrze.

– Tato, jesteśmy już na równinach! Już za chwilę będziesz w domu.

Wtem Lulu zwietrzyła obecność kogoś obcego w pobliżu.

– Cicho, ktoś tu jest – powiedziała. – Czuję, że są niedaleko.

Sonny uniósł bardzo powoli głowę i zobaczył, jak w skwarze południowego słońca coś faktycznie porusza trawą i zbliża się w ich stronę.

– Może to Kerri? – szepnął Sonny.

– Nie, znam jej zapach. Tych nie znam w ogóle i wolę, żeby tak zostało. Możemy pójść na południe, oni będą dalej szli prosto, nie zauważając nas. Tato, musimy trzymać się teraz bardzo nisko – powiedziała Lulu.

Przesunęli się tam, gdzie trawy były wyższe i położyli się na ziemi, czekając, aż ktoś się zjawi. Trawy jeszcze raz się poruszyły i spojrzeli na nogi, które się z nich wyłoniły. Lulu przysunęła się bardzo blisko Sama.

– Niedźwiedzie – szepnęła mu na ucho.

Wstrzymali oddech, trzymając głowy tuż przy ziemi, w nadziei, że nikt ich nie zauważy. To nie była pora, żeby z kimkolwiek walczyć, priorytetem było dostać się do granicy. Jeden z obcych zatrzymał się tuż obok; słyszeli, jak głośno za czymś węszy.

– Co jest? – zawołał ktoś.

– Nie wiem, ale czuję coś dziwnego.

– Jedzenie? – zapytał ten sam głos.

– Tylko byś żarł! – do rozmowy dołączył się trzeci głos.

– Idziesz czy zostajesz?

– Idę, idę – ziemia drżała, gdy niedźwiedź podbiegał do pozostałych.

Wciąż leżeli pośród traw, zbyt przestraszeni, żeby nawet wziąć oddech w obawie przed ściągnięciem na siebie uwagi. Niedźwiedzie kontynuowały rozmowę trochę dalej.

– Zawsze znajdzie coś do jedzenia. Widziałem, jak wczoraj zajadał się żółtymi jagodami! Szkoda, że nie widziałeś go, jak...

Wzajemne przytyki z wolna przycichały, oddalając się w stronę płaskowyżu.

– Szybko, chodźmy – ponaglił ich Sonny.

Szli w potwornym skwarze, zmęczeni i spragnieni, a popołudniowe słońce wypalało z nich resztki sił. Sonny kierował grupą, posiłkując się wędrówką słońca po niebie. Wtem, bez ostrzeżenia, wypadli z wysokich traw na płaski teren, zupełnie jakby przebili się przez ścianę labiryntu. Równina rozciągała się daleko na południe aż po horyzont, wszystko zdawało się zlewać w jednakowy obraz.

– Już prawie – powiedział Sonny. – Teraz możemy przyspieszyć.

Szli przez kolejną godzinę, aż Sonny wskazał na widoczne w oddali wzniesienie.

– Tam! Jest wciąż otwarta!

– Gdzie? Nie widzę jej; skąd wiesz, że jest otwarta? – powiedział Sam.

– Spójrz tam, daleko – jeśli się dobrze przyjrzysz, zobaczysz, że trawy i chmury są tam delikatnie powiększone i nie komponują się z otoczeniem.

– Widzę... przeszedłbym tuż obok i nawet nie zwrócił na to uwagi, gdyby nie ty.

Pchani do przodu świadomością bliskiego powrotu weszli na wzgórze. Stanęli przed bramą, która migotała w świetle słońca.

– Za chwilę się zamknie, jej światło staje się inne, bardziej zamglone. Musicie natychmiast przejść.

– Nie, czekam na Kerri, nie mogę jej tu zostawić – powiedziała Lulu.

– Jeśli nie przejdziecie teraz, nigdy się stąd nie wydostaniecie. Twój ojciec nie przetrwa, jeśli zostanie tu dłużej. Przybył tu, żeby cię ocalić, musisz z nim wrócić do domu.

– Nie zamierzam zostawić Kerri i pozostałych na pastwę losu. Ona też po mnie przyszła, nie opuszczę jej.

– Lulu, wiem, kim jesteś. Kerri powiedziała mi o twojej rodzinie i twoim pochodzeniu. Musisz wrócić do swoich ludzi, oni nie dadzą sobie rady bez ciebie. Przysięgam, że będę czekać na Kerri. Pomogę jej wrócić, ale ty musisz stąd odejść. Brama zaraz się zamknie.

– Lu, ufam mu. Musisz do nas wrócić – powiedział Sam.

Lulu obróciła się i omiotła wzrokiem horyzont, żywiąc rozpaczliwą nadzieję, że Kerri nagle wyłoni się z traw. Na równinie jednak nikogo nie było.

– Czekaj tu na nią, powiedz jej, że po nią wrócimy. Nie porzucimy jej na tych ziemiach. Masz jej to przekazać, rozumiesz? – powiedziała do Sonny'ego.

Skinął głową i zrobił krok wstecz. Czekał na rozbłysk światła, gdy przechodzili przez bramę, na zawsze pozostawiając go za sobą.

Sonny stał, patrząc jak w transie na krąg wielobarwnego blasku, który otoczył bramę. Nagle wszystko zgasło, nie pozostawiając po sobie najmniejszego śladu. Sonny poczuł, jak ogarnia go głęboki smutek.

–Co ja właśnie zrobiłem? – powiedział głośno.

ROZDZIAŁ 8

Sam i Lulu wypadli z oślepiająco jasnego tunelu prosto na Północne Równiny. Rozejrzeli się w zdumieniu, jakby dopiero pierwszy raz w życiu zobaczyli swoje rodzinne strony. Falująca zieleń trawy upstrzona była czerwienią jaśniejących w słońcu maków i błękitem chabrów.

Dopiero czyjeś wołanie wyrwało ich z tego odrętwienia. Sam zmrużył oczy i zobaczył, że to Casey pędzi im na spotkanie, wołając ich imiona.

– Jesteśmy w domu, Lu. Udało się – Sam poczuł, że wraca do życia. Zmęczenie, które odczuwał jeszcze kilka minut temu, już niemal całkowicie wyparowało. Uśmiechnął się do nadbiegającego Caseya.

– Sam, gdzie są Lulu, Kerri i reszta? Matko, coś ty znowu ze sobą przyprowadził!

– Lu jest ze mną – powiedział Sam i dopiero teraz przypomniał sobie, że Casey nic nie wie o przemianie Lulu. Zdjął swoje okrycie i położył jej na ramionach. – Zmień się z powrotem, pokaż wszystkim, że wróciłaś.

Ogar stojący obok Sama zaczął się kurczyć, aż zniknął pod okryciem, pod którym po chwili widać było kontur dziewczynki leżącej na trawie. Lulu powoli wstała, szczelnie się okrywając, szczęśliwa, że otacza ją zapach ojca, zapach domu.

– Lulu, urosłaś! Wyglądasz... dojrzalej – powiedział Casey.

Uśmiechnęła się i objęła go w pasie.

– Tak mi przykro z powodu Kerri – powiedziała. – Ale my *naprawdę* musieliśmy stamtąd odejść. Jestem pewna, że nic jej nie jest.

Casey chwycił ją za ręce i przyklęknął, żeby znaleźć się na wysokości jej oczu.

– O czym ty mówisz? Co się stało? – spytał łagodnie.

– Musieliśmy wrócić bez niej, brama się zamykała, a tata był tak chory, no a Sonny powiedział, że na nią zaczeka i... – jej głos przeszedł w trudny do opanowania szloch.

– Już wszystko dobrze, Lulu, najgorsze za nami. Śmiało, wypłacz się – rzekł Casey, przytulając ją mocno do siebie.

Ścisnęła jego ramiona, jeszcze bardziej wciskając głowę w jego pierś. Casey gładził ją po głowie, czekając, aż minie pierwszy szok związany z utratą przyjaciółki. Sam położył rękę na ramieniu Caseya.

– Wszystko ci opowiem – powiedział.

Casey wziął Lulu na ręce i zaniósł ją do miejsca, gdzie wcześniej rozbili obóz w oczekiwaniu na powrót Sama.

– Musimy użyć drugiego kamienia i wrócić po Kerri i resztę – rzekł Sam.

– Teraz mamy dwa. Niektórzy udali się na poszukiwania podczas twojej nieobecności. Sam, co tam się właściwie wydarzyło?

– Jest źle, Casey. Bardzo źle.

– Czy Kerri nic nie jest?

– Wierzę, że wyjdzie z tego bez szwanku. Kiedy znaleźliśmy Lu, tak jakby „zachorowałem". To ma coś wspólnego z przejściem przez bramę. Twoje ciało zaczyna się wtedy gwałtownie starzeć, a im starszy jesteś, tym szybciej cały proces zachodzi. Ale mniejsza z tym na razie. W drodze powrotnej zaskoczyła nas burza tak wściekła, że nawet sobie tego nie wyobrażasz. Zaczynałem już miejscami wątpić, czy w ogóle uda nam się zejść z gór w tej nawałnicy. Byłem zbyt osłabiony, żeby pójść po pozostałe dzieci. Kerri powiedziała, że sama to zrobi. Ona też umie zmieniać postać, Casey. Staje się wtedy olbrzymim ogarem. Gdybyś nie wiedział, że to ona, wziąłbyś ją za jakiegoś demona z piekieł – powiedział Sam. – Mieliśmy się spotkać przy bramie, ale kiedy tam dotarliśmy, była już prawie zamknięta, a Kerri wciąż nie było widać. Mieliśmy do wyboru: wrócić albo utknąć tam na jeszcze dłużej. Sonny został po drugiej stronie, obiecał, że będzie na nią czekać.

– A ufasz mu?

– W tej kwestii raczej tak. Sprawy tam są znacznie bardziej skomplikowane, niż myśleliśmy. Jego ojciec, Duma, stoi na czele miasta, ale podobno całkiem sporo namącił. Skradł jakąś szkatułkę ludziom mieszkającym po drugiej stronie ich północnej granicy, którzy potrafią zmieniać się w niedźwiedzie. I teraz ci ludzie chcą odzyskać, co zostało im skradzione – wyjaśnił Sam. – Duma chciał wykorzystać nasze dzieci do obrony przed nimi. Pokazali im, jak przemieniać się w ogary, a w takiej postaci mogą wytrzymać całą zimę na Górnej Przełęczy. Wmówił im, że robiąc to, tak naprawdę będą bronić nas przed niedźwiedziami. Te jednak interesuje wyłącznie odzyskanie szkatułki. Ten człowiek to łajdak, Casey, wyrodny łajdak gardzący własnym synem. Wszystko jest tam unurzane w kłamstwach i tajemnicach, to musi skończyć się wojną. Duma nie odda szkatułki, a niedźwiedzie nie cofną się, dopóki jej nie odzyskają. Spotkaliśmy zresztą jednego z nich, miał na imię Naz, wydawał się dość rozsądny. Oni też mówią i myślą jak my. Robią tylko to, co wydaje im się słuszne – czy my postępujemy inaczej?

– Sądzisz, że Kerri wróci cało?

– Możesz mi wierzyć, Casey, że trzeba by być naprawdę wielkim idiotą, żeby zaatakować ją w jej nowej postaci. Mówiłeś, że macie więcej kamieni.

– Są tam, w beczce z wodą.

– Jeśli ruszymy teraz, będziemy mog...

– Nie ma mowy! Nigdzie nie idziesz; spójrz na siebie, człowieku. Wyglądasz jak sędziwy dziadek, który nie spał od miesiąca. Salli się nieźle wścieknie, jak cię zobaczy. Poza tym czuć od ciebie, jakbyś się przez tydzień nie mył.

– Daj mi sekundę, żeby się jakoś oporządzić. Pójdziesz tam ze mną?

– Musisz tu zostać. Mogę pójść tam sam i sprowadzić wszystkich do domu.

– Nie znasz tego miejsca, nie znasz też...

– Żeby ją przyprowadzić tutaj, potrzebuję tylko tego – rzekł, unosząc swój kij. – Mówiłeś, że Sonny tam na nią czeka?

– Obiecał, że to zrobi.

– Sam, jest jeszcze inna sprawa. Chodzi o Ojca Plemienia... zdarzył się wypadek.

– Jaki wypadek?

– Nie wiemy. Był w lesie i...

– I co?

– Teraz ty jesteś wodzem, Sam, korona jest twoja. Dlatego też wszyscy są na miejscu zgromadzeń.

Sam miał wrażenie, jakby właśnie ktoś bardzo mocno go uderzył w brzuch. Casey ujął go pod rękę i zaprowadził do koleby, którą dla niego przygotowano.

– Avi, Ben – zawołał. – Przygotujcie im coś do jedzenia i dopilnujcie, żeby odpoczęli. Ściągnijcie potem jakąś pomoc i zanieście Lulu oraz naszego nowego króla do wioski. Ja pójdę po Kerri i resztę.

– Będziesz potrzebował kogoś do pomocy, idę z tobą.

– Poradzę sobie.

– Nawet Sam miał Kerri u boku. Nie możesz iść w pojedynkę – rzekł Ben.

– Jedyną osobą, która potrzebuje tu pomocy, jest Sam. Jeden z was niech zaczeka tutaj, dopóki nie wrócę, nie spuszczajcie ich z oka. Coś dziwnego dzieje się w lesie, więc trzymajcie się bliżej rzeki – powiedział Casey. Ben, który szedł obok niego, skinął głową.

Casey wyjął z beczki kamień i wziął sakwę, którą wcześniej przygotował na wszelki wypadek.

– Tylko nie zgrywaj tam bohatera, szefie! – zawołał Ben za odchodzącym Caseyem.

– Ktoś nie śpi, aby spać mógł ktoś! – odkrzyknął Casey.

– Tylko że ty akurat lubisz sobie pospać – mruknął pod nosem Ben.

Casey wziął kamień do ręki i wyciągnął go przed siebie. Im bliżej był granicy, tym bardziej parzył go w dłoń. Nie wiedział, w którą stronę powinien iść, więc krążył, aż nie był w stanie już dłużej utrzymać odłamka i rzucił go przed siebie. Gdy kamień zbliżał się do ziemi, Casey odruchowo zamknął oczy. Okolicę rozjaśniła eksplozja światła, z której wyłonił się tunel przysłonięty delikatnym migoczącym całunem. Casey przypomniał sobie ostrzeżenie Sama o transie, w jaki się wpada, gdy pierwszy raz przekracza się tunel. Mocno zamknął oczy i ruszył przed siebie. Kiedy poczuł pod stopami stabilny grunt, rozejrzał się wokół. Nie zobaczył ani Kerri, ani, co gorsza, Sonny'ego.

– Sonny! Sonny! – krzyknął, ale jego głos ginął pośród opustoszałej, nieruchomej doliny.

Zauważył, że stoi w kręgu tlącego się popiołu. W powietrzu czuć było zapach spalonej łąki i palonego sosnowego drewna. Na wschodzie zobaczył słup szarego dymu, który unosił się nad lasem.

Niech cię diabli, Sonny. Mówiłeś, że zaczekasz.

Sonny skrył się w labiryncie wysokich traw. Nie cofał się jednak zanadto w głąb, chcąc mieć równiny i wzgórza na widoku. W cieniu wysokich łodyg przeczekał tak do końca skwarnego dnia.

Cały czas wzywał ją w myślach. *Kerri, dasz radę, WIEM, że dasz radę.*

Wspominał krótkie chwile, które spędzili razem – kiedy się z niego śmiała, kiedy walczyła w jego obronie, kiedy sprzeciwiła się jego ojcu... bardzo teraz pragnął, żeby była obok niego. Wracał pamięcią do momentu, kiedy leżeli razem u wejścia jaskini i obserwowali nocne niebo, odnajdując na nim znajome kształty. Jedyne czego chciał, to jeszcze raz to przeżyć.

Słońce kończyło już swoją wędrówkę po niebie i chowało się za górskimi szczytami, zostawiając za sobą świat pogrążony w ciemności. Sonny zaś wciąż czuwał i nie tracił nadziei. Nagle dostrzegł ruch z lewej strony. Ujrzał w oddali dwie sylwetki, które pędziły w jego kierunku. Dwa ogary tnące równinę. Sonny opuścił kryjówkę i wyszedł im naprzeciw.

Kerri i Carter gnali przez całą noc. Biegli wschodnim zboczem góry i podgórzami, zanim w końcu znaleźli się na wysokości doliny. Zostawiali za sobą grozę Górnej Przełęczy i związane z nią wspomnienia. Rozszalały wiatr, który nie pozwalał oddychać, przeraźliwe zimno przeszywające aż do kości, zacinający śnieg, który ich oślepiał, a ponad wszystko – utratę Holly. Cały koszmar miał pozostać w tych górach.

Dotarli do wschodniej części doliny, gdzie las dochodził aż do podgórza, zatrzymując się na granicy zakreślanej przez śnieg.

Gdy biegli, Kerri mimowolnie wracała pamięcią do szczęśliwszych wspomnień – do wspólnego biegania z Lulu, siłowania się z Caseyem, który zawsze „prawie" pozwalał jej wygrać, łowienia ryb z Holly. Ukochane miejsca i najbliżsi przyjaciele przewijali się przed jej oczami z całą wyrazistością.

Pomyślała o Carterze, na którego nigdy właściwie nie zwracała uwagi, gdy zbierano się w miejscu spotkań. Kojarzyła go, znała jego rodzinę, ale jako nastolatka nieszczególnie przejmowała się małym chłopcem, dopóki ten nagle nie zniknął. Teraz mogła mu się lepiej przyjrzeć – zdawał się już znacznie starszy.

To te ziemie tak na nas działają? Albo góra? Burza?, zastanawiała się.

Biegli dalej wzdłuż lasu, jednak Kerri zaczynała odczuwać niepokój. Nie umiała dociec, co mogło być jego źródłem. Na próżno usiłowała coś wywęszyć albo dostrzec jakiś podejrzany kształt, wszystko wokół wydawało się spokojne.

– Kerri, zaczekaj chwilę – Carter wyrwał ją z zamyślenia.

Zwolniła bieg, nie chcąc się zatrzymywać. Poczekała, aż się zrównają, i pobiegli dalej równym tempem.

– Mam wrażenie, że ktoś nas obserwuje.

Prawie potknęła się o własne łapy, gdy szybko obróciła głowę w jego stronę.

– Wydaje mi się, że cały czas widzę coś, co nas śledzi. Teraz jest zbyt ciemno, żeby to dojrzeć, ale jestem pewien, że nie jesteśmy tu sami.

Rozejrzała się, ale nic nie dostrzegła. Mimo to wiedziała, że Carter ma rację. Postanowiła odwrócić jakoś jego uwagę zarówno w trosce o niego, jak również chcąc ukryć własny niepokój.

– Musimy przemieszczać się tędy, dopóki nie dotrzemy do wysokich traw. Potem będziemy musieli poczekać, aż zapadnie zmrok, zanim wyruszymy do bramy.

– Kerri, znasz drogę do domu?

Uff, zapomni o tym na chwilę, pomyślała. – Muszę widzieć gwiazdy, żeby móc nas dalej poprowadzić, ale jak tylko je ujrzę, będę ci umiała powiedzieć, jak długo jeszcze musimy iść. Spróbujmy teraz pobiec szybciej, odpoczniemy potem w wysokich trawach – powiedziała. *Dobrze sobie radzi z tą sytuacją.*

Przyspieszyła i kątem oka zobaczyła, że Carter zrównał się z nią. *Nic mu nie będzie*, pomyślała.

. . .

Biegli aż do późnego popołudnia; widzieli, jak niedaleko otwiera się przed nimi dolina. Im trawa robiła się wyższa, tym bardziej, podświadomie, skręcali w prawo, oddalając się od lasu.

– Musimy udać się na zachód, ale nie wiem jeszcze jak daleko. Możemy teraz odpocząć – zawołała.

Oboje zwalniali bieg, aż przeszli w powolny spacer. Zatrzymali się i padli na ziemię z wysiłku.

– Kerri, udało nam się, naprawdę damy radę.

– Zdążysz na śniadanie do domu – zaśmiała się pomimo zmęczenia i niepokoju, jaki wzbudzał w niej las.

– Smażona ryba i ciepły sok z jagód raz, proszę.

– Dla mnie naleśniki z miodem – powiedziała.

Śmiali się dla samej przyjemności usłyszenia swojego śmiechu i żeby przekonać samych siebie, że już wkrótce opuszczą to miejsce.

Oboje leżeli na ziemi i patrzyli w niebo, mając nadzieję, że już za chwilę pokażą się na nim gwiazdy. W międzyczasie oddawali się wspominkom.

– Niezły z ciebie pływak – powiedziała Kerri, chcąc utrzymać pogodny nastrój.

– Dzięki, ty też jesteś całkiem niezła.

– Bzdury. Zresztą, wolę biegać. Pamiętam, jak wygrałeś kiedyś ten wyścig do wyspy; pokonałeś wtedy sporo starszych od siebie!

– Ten dzień był fantastyczny... Czułem się tak, jakby cała wioska w końcu zdała sobie sprawę z mojego istnienia. Wszyscy mężczyźni chcieli uścisnąć mi dłoń.

– Pamiętam to – uśmiechnęła się.

– Czułem się jak najwyższy facet w całej okolicy. Wszystkie kobiety mi gratulowały i całowały w policzek. Nawet ty!

Rzeczywiście szybko podrósł, pomyślała. – Wiesz, że dałam ci wygrać, prawda?

– Wcale nie!

– Właśnie że tak, zatrzymałam się na chwilę, a potem udawałam, że nie mogę złapać równowagi na plaży.

– Wcale tak nie było!

– Jasne, że nie, zgrywam się przecież. Naprawdę świetnie pływasz.

– Dzięki.

– Ale w biegach już jesteś słabszy.

– Gdyby na mecie czekała smażona ryba na talerzu, wygrałbym nawet z tobą.

– Może – powiedziała. – Ale gdyby obok tej ryby były naleśniki, nie miałbyś najmniejszych szans.

Śmiali się do łez, zapominając na chwilę o swoim zmęczeniu, o chwilach spędzonych na Górnej Przełęczy. Carter czuł się bezpiecznie u boku Kerri, szczęśliwy, że go uratowała. Wiedział już, że nic złego nie może się stać.

Przypomniał sobie wyścig do wyspy; to był jeden z najlepszych dni w całym jego życiu. Przez wiele tygodni ćwiczył w tajemnicy, codziennie wstawał przed śniadaniem, żeby jak najlepiej się przygotować. I każdego ranka, kiedy skończył pływać i wracał do domu, mijał Holly i Kerri, które akurat szły do szkoły.

– Cześć, Kerri Carpenter!

– Cześć, Carter! Pływasz dzisiaj? – odpowiadała mu z uśmiechem.

Pewnego razu usłyszał, jak między sobą rozmawiały.

– Kerri, co to za chłopiec?

– To Carter, umie pływać jak ryba!

Był taki dumny, że Kerri zna jego imię i wie, że umie pływać. Ta świadomość zmotywowała go do jeszcze cięższej pracy. Następnego dnia również je spotkał.

– Cześć, Kerri Carpenter!

– Dzień dobry, Carter, pływasz dzisiaj?

Pamiętała jego imię! Pamiętała, że pływa!

– Jak co dzień. Chcesz się przyłączyć?

– Zobaczymy się na wyścigu – zaśmiała się.

To też był miły dzień. Nie zauważył nawet, kiedy zrobił się senny. Po raz pierwszy od dawna spał spokojnym snem pełnym szczęśliwych wspomnień rodziny, przyjaciół i wszystkich dobrych chwil, które przeżył w miejscu spotkań.

Spokojna atmosfera udzieliła się też Kerri. Bacznie obserwowała niebo, wyczekując pierwszych gwiazd. Patrzyła na południe w nadziei, że rozpozna gwiazdozbiory, które zobaczyła zaraz po przybyciu na tej ziemie. Wieczór był przejrzysty i ciepły, trawa nieznacznie falowała, poruszana delikatnym wiatrem, lekkie podmuchy muskały twarz Kerri. Nagle w końcu je dostrzegła – trzy gwiazdy ułożone w jednym rządku, na górze jasnoczerwona. Kerri wiedziała, że niedługo wyłoni się niebieska. Potrząsnęła śpiącym Carterem.

– Carter, udało się! Widzisz to? – wskazała punkt, w którym ostatnia z trzech gwiazd stykała się z horyzontem. – To nasza droga do domu!

– Jesteś pewna?

– Do tego stopnia, że czuję już zapach naleśników.

Pędzili przed siebie, jakby goniła ich sama śmierć. Kerri biegła z przodu, Carter tuż obok, z prawej strony. Wzgórza przed nimi wydawały się nieruchome, ale właśnie tego oczekiwała Kerri. *Wystarczy trzymać się tej trzeciej gwiazdy.*

Nagle dostrzegła coś kątem oka. Widziała, że to Sonny biegnie w ich kierunku, ale jednocześnie zakręciło jej się od zapachów, które zewsząd dochodziły.

– Kerri! Spójrz w prawo, coś się kryje w trawie! – krzyknął Carter.

Czekały na nich. Koty zgromadziły się w takiej liczbie, że trudno było Kerri je zliczyć, a co dopiero myśleć o walce z nimi. Spośród wszystkich zapachów, które teraz wyraźnie czuła, jeden szczególnie się wyróżniał – ohydna, słodkawa woń, którą zapamiętała z miasta. Duma też tam był.

– Carter, szybko, brama musi być niedaleko. Sonny tam na nas czeka, pomoże nam.

Z traw wyłaniało się coraz więcej kotów pędzących w ich kierunku, lecz Kerri cały czas spoglądała w stronę Sonny'ego, który miał ich doprowadzić do przejścia. Nagle zwolnił i stanął w miejscu, spostrzegł koty zbliżające się z jego lewej strony. Wołał coś do niej, lecz Kerri nie była w stanie dosłyszeć jego głosu. Przyspieszyła bieg. Tym razem naprawdę zależało od tego ich życie.

– Carter, tędy! – zawołała przez ramię. Gdy się jednak obróciła, zobaczyła, że Carter się zatrzymał.

Stanął, żeby ostatni raz na nią spojrzeć. Wspomnieć jeszcze raz ten pamiętny wyścig, kiedy dał z siebie wszystko, by wszyscy go w końcu zauważyli, by Kerri go zauważyła. Wspomnieć, jak się do niego uśmiechnęła i pocałowała w policzek. Jak przez całą noc czuł na tym policzku przyjemne mrowienie. Przeżyć jeszcze raz chwile, kiedy go odnalazła, pocieszała po śmierci Holly, kiedy razem leżeli w trawie i patrzyli w gwiazdy, roześmiani do łez.

– Opowiedz wszystkim, co zrobili Holly. Opowiedz, co się wydarzyło – rzekł, po czym z nastroszonym futrem obrócił się w stronę swoich porywaczy. Odsłonił kły, a jego oczy zapłonęły żywym ogniem. Wydał z siebie głębokie warknięcie, które zdawało się dochodzić z samych trzewi.

– Carter, nie wygłupiaj się! Musisz ze mną wrócić!

Nie widział już jej ani nie słyszał. Czuł już tylko na języku smak zwierzyny, widział tych, którzy go okłamali, przez których zginęła Holly, opuszczona przez wszystkich wśród ośnieżonych szczytów. Nie zamierzał pozwolić im skrzywdzić Kerri. Pierwszych, którzy się na niego rzucili, rozgromił jak taran, kolejnych dosięgał potężnymi ciosami łap, ciskając nimi na boki. Interesował go jedynie Duma. Przeskoczył nad kolejną falą atakujących i dalej kroczył przed siebie. Prawie dopadł Dumę, gdy nagle poczuł potężne uderzenie z boku, które przewróciło go na ziemię – jakiś kot zaszarżował na niego, celując głową w jego żebra. Carter rzucił się na niego z pazurami. Z niezmordowaną zawziętością przebijał się przez pozostałych. Słyszał, jak Duma krzyczy „Zatrzymać go!".

Carter skoczył i poczuł, jak jego pazury zatapiają się w piersi Dumy. W tym samym momencie jednak stracił dech, boleśnie uderzony w trakcie skoku. Upadł w wysokich trawach, łapczywie chwytając powietrze. Uniósł z trudem głowę i zobaczył Dumę, który leżał na ziemi nieruchomy.

Kerri widziała to wszystko jak w zwolnionym tempie. Mogła jedynie krzyczeć, żeby Carter przestał i zawrócił, gdy zobaczyła, że staje do walki z kotami. One również stanęły, zdumione faktem, że Carter idzie ku nim w pojedynkę.

Słyszała, że ktoś w oddali woła jej imię. Była jednak zbyt pochłonięta tym, co właśnie rozgrywało się na jej oczach, żeby zwrócić uwagę na wołanie.

– Kerri! Kerri, tędy!

Widziała Cartera, który rzuca się na Dumę. Obaj uderzyli o ziemię. Żaden z nich nie wstawał.

Kurz powoli opadał, a Kerri rozpoznała głos Sonnyego, który ją wzywał.

– Przejście jest zamknięte, musimy stąd uciekać.

Otrząsnęła się z chwilowego zamroczenia i zobaczyła, że Sonny stoi tuż obok niej.

– Musimy iść – powtórzył. – Szybko, za mną!

Sonny biegł w stronę traw, oddalając się od granicy i tym samym od domu Kerri, ale wiedziała, że musi podążyć za nim. Kiedy tam dotarli, Sonny skręcał to w lewo, to w prawo, próbując zmylić tych, którzy ich ścigali; Kerri cały czas trzymała się dosłownie krok za nim. Gnali, nie patrząc za siebie, i cały czas zmieniali kierunek, zapędzając się coraz głębiej w gąszcz.

. . .

Minęło wiele czasu, zanim Sonny zwolnił i w końcu się zatrzymał, nasłuchując odgłosów pościgu. Nie było jednak słychać nic oprócz cichego szelestu trawy.

– Chyba nam się udało – powiedział, łapiąc oddech. – Co tam się wydarzyło?

– To był Carter; zaatakował twojego ojca.

– Szedł przeciwko całej Hordzie? Czy on zwariował?

– Nie! – powiedziała, z trudem zachowując spokój. – To najdzielniejszy i najgłupszy chłopiec, jakiego znam.

– Dlaczego to zrobił?

– Z powodu Holly i ponieważ chciał, żebym wróciła do domu.

– Co stało się z Holly?

– My... musieliśmy ją zostawić na przełęczy.

– Co? Jak to zostawić?

– Mam ci narysować?! – teraz była naprawdę wściekła. Wściekła na Dumę, Sonny'ego, na wszystkich, którzy zamieszkiwali te ziemie, i na Cartera, który ją zostawił.

– Kerri, tak mi przykro.

Przez chwilę nic nie mówili, próbując odzyskać oddech.

– Co stało się z bramą? Czy Lulu i Sam zdążyli na czas? – spytała Kerri, wystarczająco spokojna, żeby dalej rozmawiać.

– Zdążyli; przeszli dziś po południu, tuż zanim przejście się rozpłynęło. Musimy stąd odejść i znaleźć jeszcze jeden kamień, żebyś wróciła do domu.

– Nie, nie możemy oddalać się od granicy.

– To zbyt niebezpieczne, na pewno będą przeczesywać tę okolicę.

– *Musimy* być w pobliżu. Casey na pewno po mnie przyjdzie. Wiem, że skoro Sam i Lulu są już bezpieczni, nic go nie powstrzyma przed dostaniem się tutaj. Na pewno się zjawi, musimy być wtedy gdzieś w okolicy – powiedziała Kerri, po czym rozejrzała się wokół, węsząc w powietrzu.

– Co się dzieje? – spytał zaniepokojony Sonny.

– Dym. Coś się pali.

– Nic nie czuję – powiedział Sonny.

– Jeszcze zdążysz poczuć. Chodź tędy – powiedziała, prowadząc ich z dala od ognia.

– Pozwoliłeś im uciec. Dzieciom! Miałeś do czynienia z bandą smarkaczy, a one i tak zdołały ci się wymknąć! – ryknął Duma.

– Dobrze wiesz, że to nie są już dzieci – odparł bezczelnie Dray, przywódca Hordy Granicznej.

– Gdybyś się nie zawahał, kiedy ten dzieciak nas zaatakował, udałoby ci się złapać tamtą, która ma na imię Lulu.

– To nie była ona, jej znamiona były inne.

– Co? To też udało ci się zawalić? Gdzie ona jest?!

– Twój syn pomógł jej w ucieczce, wróciła do swoich, a przejście jest już zamknięte.

– Nie ośmieliłby się tego zrobić! – krzyknął Drayowi prosto w twarz.

– A jednak się ośmielił, bo w swojej głupocie dałeś mu zadanie, które powinieneś był dać nam.

– Nazywasz mnie głupcem, a potem jeszcze bezczelnie patrzysz na mnie tym swoim nienawistnym wzrokiem – Duma zacisnął pięści, trzęsąc się z gniewu. – Gdybyśmy nie byli rodziną, to...

– To co? Zniszczyłbyś mnie? Zniszczyłbyś jak nasz kraj i rodziny, które go zamieszkują?

– Chyba zapominasz, że to twój pomysł doprowadził do tej całej sytuacji. To ty powiedziałeś mi o szkatułce.

– Zapominasz jednak, że to ty ją zawłaszczyłeś. Chciałem tylko unieść wieczko, żeby zobaczyć, co jest w środku, a nie kraść ich największy skarb. Nie powinieneś był tego robić i dobrze o tym wiesz.

– Nie dotknąłeś tej szkatułki, nie zdajesz sobie sprawy, jaka potęga jest w niej skryta. Jaki jest sens mieć taką moc na wyciągnięcie ręki, skoro nie możesz z niej skorzystać? Po co widzieć przyszłość, skoro nie możesz jej zmienić? – krzyczał Duma.

– Wiedziałem, że będą chcieli cię odnaleźć, podobnie jak wiedziałem, że w końcu cię odnajdą. Nie musiałem do tego znać przyszłości.

– Gdybyś sam spojrzał, wiedziałbyś, jakie są możliwości.

– Czy przewidziałeś zatem ucieczkę dziewczyny? Udało ci się wyczytać, że twój własny syn cię zdradzi?

– Nie... nie jestem w stanie ostatnio nad tym panować. Zupełnie jakby szkatułką manipulował ktoś z zewnątrz.

– Zwróć ją niedźwiedziom, zanim naprawdę będzie za późno.

– Nie rozumiesz, że nie mogę? Udało nam się dojść tak daleko. Jeśli bym teraz ją oddał, zostalibyśmy na zawsze złodziejami z gór, o których nikt nie słyszał. Możemy zmienić przyszłość, posiadamy teraz tak wielką wiedzę! Możemy udać się, dokąd tylko chcemy i kiedy chcemy.

– Jak chcesz zmienić przyszłość, skoro straciłeś nad nią kontrolę?

Duma wiedział, że Dray ma rację, ale nie mógł się z tym pogodzić. Zwalczył w sobie strach przed tym, że faktycznie sprawy wymykały mu się z rąk.

– Co robimy z psami? – spytał w końcu Dray. – Są gdzieś w wysokiej trawie, odnalezienie ich zajmie wieki.

– Spalcie wszystko – rzekł Duma głuchym głosem, który wydawał się należeć do kogoś innego.

– A co z twoim synem?

– Spalcie wszystko.

– Wiatr może zaraz zmienić kierunek, spójrz na chmury. Pożar może...

– SPALCIE WSZYSTKO DO SZCZĘTU! – wrzasnął.

. . .

Ciemność rozbłysnęła zimną czerwienią ich oczu. Podążali za dwójką ogarów, które zeszły ze wzgórz i pognały wzdłuż doliny. Skąd mogły przybyć te dziwne stworzenia?

Nigdy nie widzieli ich w pobliżu swojego lasu. Kolejni intruzi, których należało zgładzić. Nadchodził jednak czas, kiedy wszyscy mieli zapłacić za to, co im zrobiono. Krwią.

Przyszłość znów była w ich rękach, ciemność lasu nie była w stanie już ich więzić. Nic nie stało im na przeszkodzie, żeby znów bezlitośnie pustoszyć tę krainę i odebrać to, co niegdyś do nich należało. Oraz zagarnąć to, co będą chcieli.

Już zbyt długo byli odcięci od świata. Uwięzieni wśród drzew, gotując się z wściekłości, mogli jedynie biernie obserwować życie, które toczyło się za granicą lasu. Coś się jednak zmieniało, czuli to. Siła, która ich trzymała na uwięzi, słabła. Została zachwiana równowaga w świecie, który widzieli. Coś się zmieniało.

– Podkładają ogień! – ktoś krzyknął!

– Ogień! Podkładają ogień! – wieść rozeszła się wśród pozostałych lotem błyskawicy, wzbudzając powszechny entuzjazm.

– Spalcie, spalcie wszystko do szczętu! – krzyczały głosy.

–Chcą podpalić łąkę – groza sytuacji dopiero teraz dotarła do Kerri. – Musimy dostać się gdzieś wyżej, byle dalej stąd!

– Tędy dostaniemy się do podnóża góry – powiedział Sonny.

– Jeśli ogień się rozprzestrzeni, nie damy rady uciec. Widziałam już coś takiego. Musimy biec pod wiatr, to nasza jedyna szansa, żeby dym nas nie zadusił – rzekła Kerri.

Rzucili się do ucieczki; gęsty dym gryzł gardła i drażnił oczy. Biegli na zachód niemal na oślep, zauważając jedynie, że ziemia delikatnie wznosi się ku górom. Ich myśli zdominowała paniczna chęć ucieczki w bezpieczne miejsce.

– Przez chwilę myślałem, że naprawdę z tego nie wyjdziemy – wysapał Sonny.

– Wiedziałam, że się uda. Jak inaczej mogłam pomóc Carterowi?

– Myślisz, że udało mu się przeżyć... tam? – spytał, wskazując na piekło, które rozpętało się niżej.

– Muszę w to wierzyć, nic innego mi nie zostało.

Stali na wzniesieniu, patrząc, jak ogień, który pochłaniał całą dolinę, rozpala nocne niebo.

– Dlaczego twój ojciec miałby zrobić coś takiego, wiedząc, że zginiesz? Nie rozumiem tego – powiedziała Kerri.

– Ja sam go nie rozumiem. Wydaje mi się, że powoli traci rozum; nie widzę żadnego sensu w tym, co robi i mówi.

Patrzyli na płonące gąszcze traw pod nimi. Wiatr zmienił kierunek, zdmuchując ogień na wschód, w stronę lasu, dokąd podążyła pożoga.

– Musimy poczekać, aż pożar sam się wypali. Dopiero wtedy będziemy mogli wrócić i poszukać Cartera – powiedział Sonny. – Odpocznij trochę, będę czuwać – dodał, nie mogąc oderwać wzroku od zniszczenia, które rozprzestrzeniało się na równinie.

Kerri położyła się, obserwując szalejący pożar. Bardzo szybko poddała się zmęczeniu i zapadła w głęboki sen bez snów.

Carter leżał przez chwilę, nie mogąc złapać tchu. Widział jednak, że wszyscy stoją nieruchomo, jakby ich ktoś zaczarował. Nikt nie wiedział, co się wydarzyło, czas jakby stanął w miejscu. Carter miał nadzieję, że na wystarczająco długo, żeby Kerri mogła uciec. Wiedział, że musi się w końcu ruszyć, jeśli też chce stąd zniknąć. Pozostałe koty zaczynały się podnosić i szukać go w gąszczu.

Dobra, teraz... BIEGNIJ, ponaglał sam siebie.

Zdobywając się na wysiłek, o który nigdy by się nie podejrzewał, zerwał się na nogi i pobiegł w stronę traw drogą, którą przebył wcześniej z Kerri. Biegł powoli, ale z każdym kolejnym krokiem znajdował w sobie jeszcze więcej sił, żeby zignorować ból. Biegł coraz szybciej, coraz bardziej oddalając się od krążących w okolicy kotów.

Poczuł podczas ucieczki gryzący zapach w powietrzu. Dym! Spostrzegł, że za jego plecami rozpętał się pożar zmierzający teraz w jego stronę. Wiedział, że zdecydowanie nie może zabawić dłużej w tym miejscu.

Muszę wydostać się z tego gąszczu, pomyślał. Skręcił na wschód, wierząc, że w ten sposób uda mu się uciec od źródła pożaru.

Pamiętał dobrze, jakich spustoszeń dokonał ogień, który wybuchł pod koniec minionego lata, kiedy piorun uderzył w ziemię na Północnej Równinie. Łąka była wtedy potwornie wysuszona po tygodniach bez deszczu. Cieszył się, kiedy zobaczył, że nadciąga burza – w końcu miał spaść deszcz. Deszczu jednak nie było; jedynie ciężkie burzowe chmury i błyskawice rozcinające niebo. Jedna z nich w końcu trafiła w ziemię z rozrywającym uszy trzaskiem.

Pożar rozprzestrzenił się z niewyobrażalną szybkością, pożerając powietrze wokół, popychany dalej przez wiatr. Udali się wtedy na wyspę – niektórzy łodzią, niektórzy wpław. Przeczekali całą noc, podczas której patrzyli, jak ogień pożera wszystko na ich oczach. Carter znał potęgę pożaru.

Zauważył w pewnej chwili, że zbliża się do lasu. Nie czuł tu już kotów, w powietrzu unosił się jedynie wszechobecny zapach dymu.

Tylko nie zbliżaj się do lasu, ostrzegł samego siebie. *Jeśli wiatr zmieni kierunek, tutaj też wszystko spłonie.*

ROZDZIAŁ 9

Naz i Vin spędzili dzień na chóralnym narzekaniu na swój los oraz próbując dociec, jak wcześniejsze wypadki wpłyną ostatecznie na ich życie.

– Skoro nie ma psów, to rzucą do walki każdego, kogo mają pod ręką; otoczymy miasto w okamgnieniu. Jak tylko zobaczą, że przyszliśmy w takiej liczbie i jesteśmy nieźle wkurzeni, to na pewno ją nam oddadzą.

– Jasne, że tak – powiedział Vin. – Uważasz, że przekonująco wypadłem, gdy miałem udawać szorstkiego?

– Cóż, jakby ci to powiedzieć, musisz nad tym jednak trochę popracować.

– Co niby było nie tak?

– Twoje oczy choćby – duże i okrągłe. Spróbuj je jakoś zmrużyć następnym razem, o tak...

– Dobra, spróbuję. Dzięki, Naz! – rzekł Vin, po czym usiadł i zaczął ćwiczyć „szorstki" wyraz twarzy. – Myślisz, że kiedy nas zmienią?

– Mam nadzieję, że niebawem. Musimy koniecznie przekazać te wieści szefowi, może wtedy uda się jakoś uprzątnąć ten bajzel. Najlepiej by było, gdyby nigdy nie tknęli szkatułki, wszyscy bylibyśmy wtedy bezpieczniejsi.

– No... nikt nie chce, żeby te stwory znowu były na wolności. Pamiętasz, co było ostatnim razem?

– Jeszcze jak! Moim dzieciom wciąż się śnią koszmary.

– Może powinniśmy...

– Cicho... ktoś idzie.

Ich szef, Jojo, przybył wraz z dwoma niedźwiedziami, które były w pełni sił i gotowe zastąpić Vina i Naza na straży płaskowyżu.

– Jak tam, Naz? Bez awantur? – spytał szef.

– Awantur? Szefie, szkoda, że cię tu nie było.

– Co takiego się stało? Vin, kto ci tak przyłożył w głowę?

– Szefie, wszyscy się tu przewinęli: koty, psy, południowcy!

– Co?! Gdzie oni teraz są?

– Daliśmy im przejść.

Jojo zdecydowanie nie spodziewał się takiej odpowiedzi. Potrzebował chwili, żeby otrząsnąć się ze zdumienia.

– Upadliście na głowę?

– Vin, może jednak ja opowiem – wtrącił Naz. – Szefie, to było tak – siedzieliśmy sobie tu z Vinem i nikomu nie wadziliśmy, po prostu zajmowaliśmy się swoimi sprawami, a tu nagle pojawia się południowiec wraz z kotem i dziewczyną, a potem...

– Szefie, nie wyobrażasz sobie, jaka ona była wredna.

– Dziewczyna?

– No, była dla nas okropna.

– Co jej powiedzieliście, że się tak zdenerwowała? – spytał Jojo.

– Ja tylko chci...

– Mniejsza o to – przerwał mu Naz. – Wygląda na to, że dzieci południowców porwał Duma, więc ruszyli je uratować. Nie uwierzysz, szefie, kim te dzieciaki są.

– Kim?

– Szefie, chociaż spróbuj zgadnąć – zachęcił Vin.

– Kolędnikami? – rzucił kompletnie zdezorientowany Jojo.

– Co?

– No... tymi, którzy pukają ci do drzwi i śpiewają piosenki.

– Nie, pudło. Jeszcze jedna próba! – powiedział Vin.

– Dość tego, przestańcie się wydurniać i powiedzcie mi w końcu, co tu się wydarzyło.

– Okazało się, że to te dzieciaki były ogarami, które strzegły przejść. Nie mieliśmy do czynienia z żadnymi najemnikami, tylko z uprowadzonymi dziećmi.

– Co za bzdura!

– Ale to jeszcze nie koniec. Południowiec wracał tędy rano. Udało mu się odzyskać córkę, która stała na straży przełęczy. Wiesz, szefie, co to oznacza?

– Przełęcz jest niestrzeżona!

– Zgadza się, a dziewczyna...

– Ta wredna! – dodał Vin.

– Dziewczyna poszła ratować pozostałe dzieci. To oznacza, że żadne przejście nie będzie obsadzone!

– Niech mnie! Trzeba o tym powiedzieć Wielkiemu Szefowi.

– Masz rację, szefie. Dlatego czekaliśmy z taką niecierpliwością.

– Nic dziwnego. Jazda, musimy o tym jak najszybciej donieść. Naz i Vin, idziecie ze mną. Caldo i Fonz, wy tu zostajecie i nie pozwalacie przejść żadnym kotom – powiedział Jojo, patrząc na zmienników.

– Nie powinniśmy poczekać do rana? Jest dość ciemno – powiedział Vin.

– Nie ma czasu do stracenia, Wielki Szef musi się o tym dowiedzieć jak najprędzej.

Gdy szli przez rumowisko, szef dopytywał ich o szczegóły.

– Co w ich towarzystwie miałby robić kot?

– Cóż – zaczął Naz. – Chyba pomagał południowcowi odbić porwane dzieci. Mówił, że nie jest kotem, ale przecież było oczywiste, że nim jest.

– Właśnie, w ogóle nie można im ufać – powiedział Vin.

– Pokazał im, jak korzystać z przejść. Najwyraźniej sami nigdy z nich nie korzystali.

– Żartujesz teraz! Nigdy nie użyli bramy? Co niby w takim razie robią w swoim życiu?

– Nie wiem, podobno często łowią ryby – wtrącił Vin.

– Naprawdę? – zapytali pozostali dwaj.

– Ale najlepsze, szefie, jest to, że ten kot to nie kto inny jak syn tej złodziejskiej kanalii, Dumy.

– Co?!

– Tak też myślałem, że spodoba ci się ta wiadomość, szefie.

– Gdzie on jest teraz?

– Pomaga im dostać się z powrotem do bramy, oczywiście.

– Oczywiście, no jasne... to, co teraz powiedzieliście, bardzo zmienia całą sytuację. Potrzebna będzie zmiana planów. Vin, udaj się do Wielkiego Szefa i opowiedz mu dokładnie o wszystkim, co się wydarzyło.

– Co? Wszystko?

– Tak. Vin, to bardzo ważne.

– Razem z tymi fragmentami o wrednej dziewczynie?

– Właściwie to nie, nie musisz im mówić, że była wredna. Nie zapomnij jednak przekazać wszystkim, że przejścia są otwarte, a ja i Naz planujemy dopaść syna parszywego Dumy.

– W porządku. To mogę już wrócić do domu?

– Jak dużo czasu tu spędziłeś?

– Prawie tydzień.

– W takim razie, jeśli Wielki Szef nie będzie miał dla ciebie żadnych zadań, możesz mu przekazać, że twój szef pozwolił ci pójść do domu.

– Ekstra! Przygotuję ciasta.

– Świetny pomysł, Vin.

Gdy Vin radosnym krokiem udał się na północ, Naz i Jojo skierowali się na południe w poszukiwaniu Sonny'ego.

– Co zamierzasz zrobić, gdy go znajdziemy? – spytał Naz. – Torturować i wyciągnąć z niego, gdzie jest szkatułka?

– Jeszcze się nad tym nie zastanawiałem.

– Albo moglibyśmy zacząć od wyrwania mu tych wąsów; koty tego nie cierpią.

– Cóż, to całkiem rozsądne na początek – przytaknął Jojo.

– Albo zrzucić z płaskowyżu na plecy i zobaczyć, czy faktycznie wyląduje na czterech łapach.

– Tego bym już nie robił. Złapiemy go i zaprowadzimy do Wielkiego Wodza. Możemy go trzymać dla okupu i wymienić za szkatułkę.

– Szefie, ty to masz dobre pomysły.

– I wtedy wszyscy będziemy mogli wrócić do domu.

– Szefie, jak długo już jesteś w okolicy?

– Zbyt długo. Robię się już za stary na tę całą bieganinę – odparł Jojo, po czym zamilkł. Chwilę wspinali się w ciszy, po czym zapytał: – To skąd Vin ma tego guza na głowie?

– Wiesz, szefie... bo to było tak, że... moment, co to za światło w oddali?

– Pożar! Ktoś podłożył ogień!

– Rany, spójrz, jak się rozrasta! Kto mógłby się do czegoś takiego posunąć?

– Nie wiem, ale jeśli ten, kto to zrobił, nie będzie ostrożny, wkrótce spłonie las – popatrzyli na siebie, z wolna uświadamiając sobie, co oznacza spalony las.

– Szefie, lepiej się pośpieszmy.

Przemieszczali się po skalnych rumowiskach tak szybko, jak mogli. Poranne słońce już wyglądało zza wschodnich szczytów, zanim dotarli do podnóża góry. To miejsce było nietknięte przez szalejący pożar tylko dzięki nagłej zmianie kierunku wiatru. Z przerażeniem dostrzegli pióropusz dymu, który wznosił się na wschodzie – na ich oczach płonął las, a płomienie lizały już szczyty drzew.

Udali się w stronę doliny w pobliże południowej granicy. Gdy dotarli na miejsce, dojrzeli ruch w oddali.

– Południowiec – rzekł Naz. – Zmierza w naszą stronę.

– To ten, którego przepuściliście?

– Nie, ten jest znacznie większy.

– W takim razie co tu robi jeszcze jeden południowiec?

– Nie wiem, szefie, ale bądź ostrożny. Facet ma ze sobą kij.

Ostrożnie podeszli bliżej.

– Czego tu szukasz, przybyszu? – zawołał Jojo z daleka.

Casey natychmiast się zatrzymał, zdumiony faktem, że właśnie usłyszał niedźwiedzia, który go woła i mówi w języku, który sam rozumie.

Niedźwiedzie zbliżyły się z nieufnością do Caseya.

– Jako ogar też musisz być słusznych rozmiarów – zauważył Jojo. – Naz, on jest tak wielki jak ty.

– Nie umiem zmieniać postaci.

– To co w takim razie tu robisz? Nie jesteś trochę za stary na przechodzenie przez bramę?

– Szukam kogoś. Chodzi o młodą dziewczynę, to moja rodzina.

– Dziewczyna z dużym kijem? – spytał Naz.

– Tak, nosi taki sam kostur jak mój – odparł Casey.

– Kiedy ją poprzednio widziałem, to go nie nosiła, tylko dość niebezpiecznie nim wymachiwała.

– Daliście jej ku temu powód?

– Nie ujmowałbym tego w ten sposób.

– Dowiem się w końcu, co się wydarzyło? – spytał Casey.

Naz popatrzył na szefa, który skinieniem pozwolił mu zrelacjonować ostatnie wydarzenia.

– Przechodziła tędy kilka dni temu. Była w towarzystwie mężczyzny o imieniu Sam oraz kota. Mężczyzna wrócił potem bez niej, powiedział, że udała się na Górną Przełęcz odnaleźć porwane dzieci.

– To ona, to na pewno Kerri.

– Tak, tamten „Sam" mówił na nią „Kerri".

– Więc rozmawiałeś z Samem.

– Tak, zaprosił mnie nawet, żebym kiedyś wpadł.

– Ty jesteś Naz?

– Zgadza się – odparł zaskoczony.

– Sam opowiadał mi, że rozmawialiście. Powiedział, że Kerri nie zdążyła dotrzeć do bramy, ponieważ zamknęła się w chwilę po tym, jak przeszedł przez nią z Lulu. Przybyłem sprowadzić ją do domu wraz z dziećmi.

– Nie widzieliśmy jej, odkąd udała się na północ.

– Czy widzieliście jeszcze jedną osobę? Ma na imię Sonny.

Zapadła niezręczna cisza.

– Szefie, to tamten kot – powiedział Naz.

– Czy kot jest twoim przyjacielem? – spytał Jojo.

– Możliwe, że wie, gdzie jest Kerri. Miał na nią czekać przy bramie – rzekł Casey.

– Również chcemy go odnaleźć.

Znowu zapadła cisza. Jojo i Casey gorączkowo myśleli, co zrobić z tą sytuacją.

– Czy wiesz, co tu się dzieje?

– Wiem, że koty mają coś, co do was należy i dlatego wmówiły naszym dzieciom, że muszą bronić ich granic.

– Czyli nie wiesz zatem prawie nic. Widzisz, co tam się dzieje? – spytał Jojo, wskazując na dym unoszący się na wschodzie. – Wiesz, co to oznacza?

– Las płonie, to niebezpieczne dla każdego, kto jest w pobliżu.

– Coś podobnego – odparł Jojo. – Byliście zbyt długo odseparowani od świata, drogi południowcze. Przyjdzie czas, kiedy będziecie potrzebować naszej pomocy, i nie tylko po to, żeby odzyskać wasze dzieci.

– Dlaczego mielibyśmy potrzebować waszej pomocy? Sami umiemy o siebie zadbać.

– Obawiam się, że zmienicie zdanie w niedalekiej przyszłości.

– Zawsze musisz mówić zagadkami? – spytał Casey.

– Tylko wtedy, kiedy próbuję wybadać, ile wiesz.

– Jedyne, co muszę teraz wiedzieć, to to, że muszę uratować czym prędzej porwane dzieci.

– Mylisz się. Grozi wam wielkie niebezpieczeństwo i to nie nas powinniście się obawiać – rzekł Jojo – tylko tych, których więził las.

– Tych, czyli kogo? Powiesz mi?

– Nie sądzę, żebym był odpowiednią osobą do tego, lecz jednocześnie nie wydaje mi się, żebyś był w stanie przeżyć podróż do Wielkiego Szefa. To on powinien ci wyjaśnić, co tu się dzieje, ale będziesz już stary i zmęczony, zanim będziesz mógł wrócić do swoich i przekazać, czego się dowiedziałeś – odparł Jojo po namyśle.

– Jeśli mój lud jest w niebezpieczeństwie, muszę wiedzieć, co nam zagraża.

– Dobrze, powiem ci o tych, którzy byli uwięzieni w lesie, ale musisz mi dać coś w zamian.

– Widzisz przecież, że nic nie mam przy sobie. Czego chcesz?

– Chcę, żebyś dał mi słowo, że kiedy znajdziemy kota, którego zwą Sonny, nie przeszkodzisz nam w pojmaniu go.

– Czy pomożecie mi wrócić razem z Kerri?

– Powiedziałbym, że to nasz obowiązek.

– Jeszcze więcej zagadek? – spytał znużony Casey.

– Musicie jak najszybciej wrócić do swojej krainy i powiedzieć swojemu przywódcy, że na wolność wydostało się wielkie zło. Twoi ludzie muszą jak najszybciej zacząć się zbroić.

Jojo przeszedł wzdłuż wznoszącej się ścieżki prowadzącej na zachód i skinął na Caseya, żeby poszedł wraz z nim. Za ich plecami rozciągały się spopielone równiny.

– Wszystkiego dowiesz się w swoim czasie. Najpierw musimy znaleźć twoją Kerri i kota, który ma na imię Sonny. Jeśli byli w pobliżu granicy, kiedy wybuchł pożar, mogli uciec tylko w jedno miejsce – podnóże góry. Na pewno nie udali się na płaskowyż, bo widzielibyśmy ich po drodze. Za tobą też ich nie widzę, więc tylko tędy mogli szukać ucieczki przed pożarem.

– Czy mogę się dowiedzieć, jak masz na imię, skoro mamy razem podróżować? – spytał Casey.

– Nazywam się Jojo. Mój kompan to, jak wspomniał ci twój przyjaciel Sam, Naz.

– Jestem Casey.

– Naz, idziesz na czele, podążaj na zachód wzdłuż grzbietu. Jeśli są tam, gdzie myślę, uda nam się zajść ich od tyłu.

– Zdajesz się dobrze znać tę okolicę.

– Jestem gwardzistą, moim obowiązkiem jest znać ziemie wroga lepiej niż on sam. Nie bez przyczyny spędziłem setki godzin nad mapami.

– Dlaczego ci ludzie to wasi wrogowie?

– Jak już mówiłem, wszystkiego dowiesz się w swoim czasie. Teraz naszym największym wrogiem jest jednak czas. Musimy pojmać kota i wrócić do Wodza, bo inaczej ten pożar upomni się też o nas.

Wspinali się po niższych wzgórzach, starając się kroczyć jak najciszej. Zatrzymali się w najwyższym punkcie, po czym bardzo ostrożnie rozejrzeli się po podgórzu, które się pod nimi rozciągało. Zgodnie z przypuszczeniami Jojo zobaczyli na półce skalnej kota i śpiącego obok niego ogara.

– To muszą być oni – szepnął Jojo.

– To przecież pies! – zaprotestował Casey.

– Uwierz mi, znasz tego psa. Jeśli to nie ona, to jest to jedno z porwanych dzieci.

– Jeśli to naprawdę oni, to powinni mnie rozpoznać. Mogę do nich zejść i odwrócić ich uwagę, podczas gdy wy podejdziecie bliżej. W ten sposób nie uciekną od razu. Jeśli to faktycznie Sonny, dam wam znak głową – powiedział Casey.

– W porządku, obejdziemy ich i przyjdziemy od północy –

Jojo wskazał punkt, w którym grzbiet, po którym szli, zakręcał, zbliżając się do półki skalnej. – Daj nam pięć minut, żeby się tam dostać.

Casey przykucnął i czekał. Widział, jak niedźwiedzie przemieszczają się na północ, po czym bardzo powoli i bezszelestnie przedostają się na półkę, która wznosiła się poniżej. Ześlizgnął się na dół, alarmując Sonny'ego i Kerri, która od razu się obudziła i zaczęła węszyć. Wiedziała, że ktoś się zbliża. Obróciła się i zobaczywszy Caseya, pognała w jego stronę.

– Casey! – krzyknęła radośnie. – Wiedziałam, że się zjawisz!

Prawie go przewróciła, okazując radość ze spotkania.

– Przez chwilę nie wiedziałem, czy to naprawdę ty. W takim futrze jeszcze cię nie widziałem! Czy możesz się dla mnie zmienić w Kerri, którą znam?

– Daj mi lepiej koc w takim razie – powiedziała.

Casey otulił ją kocem i po chwili widział wtuloną w siebie taką Kerri, jaką znał.

– Wiedziałam, że przyjdziesz – powtórzyła.

Mocno ją uścisnął, a na jego twarzy zagościł uśmiech.

– Czy znalazłaś pozostałych? Co z Holly i Carterem?

Kerri popatrzyła na niego i Casey zobaczył przeraźliwy smutek w jej oczach. Przytulił ją mocno do siebie i usłyszał stłumione szlochy. Czuł, jak się trzęsie, dając upust tłamszonym do tej pory emocjom.

– Holly nie żyje, jej ciało jest wciąż na przełęczy... Casey, była tak straszna śnieżyca, a ona była tam sama, a do tego jeszcze ubiegłej nocy Carter gdzieś zaginął – szlochała.

– Już dobrze. Jestem tu, żeby cię zabrać z powrotem – powiedział, ściskając ją jeszcze mocniej.

– Czy Sam i Lulu są już bezpieczni? – spytała, ocierając łzy. W końcu mogła złapać oddech.

– Tak. Sam chciał po ciebie wracać, ale mu nie pozwoliłem. Czy to Sonny? – spytał Casey, zmieniając temat.

– Tak, czekał na nas, kiedy biegliśmy do granicy.

Casey popatrzył na półkę skalną na północy i skinął głową.

– Casey, kto tam jest?

– Niedźwiedzie, ale przyjazne. Jednego zresztą chyba znasz.

– Dlaczego przyprowadziłeś tu niedźwiedzie?

– Pomogli mi cię odnaleźć i mają jakieś ważne wieści do przekazania.

Podszedł do nich Sonny.

– Dobrze pana widzieć, panie Casey. Udało wam się otworzyć nowe przejście?

– W istocie. Widzę, że trochę tu się zdążyło wydarzyć, odkąd Sam wrócił.

– To prawda; czekałem cały dzień, ale Kerri wciąż nie było widać na horyzoncie. Zjawiła się dopiero ostatniej nocy i wtedy...

– Ostatniej nocy? Sam mówił, że nie zdążyłaś wrócić, kiedy przechodził przez bramę – rzekł zdziwiony Casey do Kerri.

– Chodzi o noc po tym, jak Sam do was powrócił. Przy korzystaniu z przejść pojawia się dziwna anomalia czasowa – godzina po jednej stronie może być całą dobą po drugiej, wszystko jakby zwalnia – wyjaśnił Sonny.

– Szukają cię dwa niedźwiedzie – rzekł Casey.

– Dlaczego miałyby mnie szukać?

– Sam spytaj. Są tutaj – rzekł Casey, skinąwszy głowę w stronę Naza i Jojo.

– Ponieważ jesteś synem Dumy – powiedział Jojo.

Duma patrzył, jak wiatr karmi piekło, które nakazał rozpętać. Gałęzie były wysuszone na wiór po długim i skwarnym lecie; niebo rozjarzyło się krwistym blaskiem, kiedy rozżarzone popioły dotknęły górnych gałęzi. Pożoga szła lotem błyskawicy, pożerając kolejne drzewa. Patrzył, nie dowierzając, co właśnie nakazał zrobić. Dopiero teraz dostrzegł, jak bardzo nie panuje nad samym sobą oraz nad szkatułką. Widział też oczy. Dziesiątki par rozżarzonych oczu, ukrytych w lesie, patrzących na niego. Zdawały się krzyczeć z radości, kiedy płomienie zaczęły lizać drzewa. Duma poczuł nagle obezwładniający strach. Działo się już zbyt wiele rzeczy, nad którymi nie był w stanie zapanować i których nie rozumiał. Zawołał swojego szwagra, Draya, który pełnił teraz rolę jego straży przybocznej.

– Czy znaleźliście jakieś ślady Sonny'ego albo dzieci?

– Niestety wciąż nic.

– Zmarnowaliśmy tu już wystarczająco dużo czasu – rzekł z niecierpliwością Duma. – Zwołaj wszystkich, zabieramy się stąd natychmiast.

Ucieczka przed pożarem przywiodła Cartera na północ. Wiedział jednak, że będzie musiał prędzej czy później znaleźć drogę z powrotem do granicy.

Wydawało się, że jedyna droga prowadzi przez las, ale ten pomysł Carter zdecydowanie odrzucał. Spacer wśród tych drzew jawił mu się jako coś znacznie bardziej przerażającego niż atak całego stada niedźwiedzi, a ponieważ nie wiedział, co właściwie może się tam kryć, jego wyobraźnia bardzo szybko zaczęła podsuwać mu różne, mało przyjemne sugestie. Oczy łzawiły mu od gęstego dymu, nie mógł złapać powietrza, nie krztusząc się. Jego jedyną szansą było zawrócić i spróbować ominąć zarówno pożar, jak i koty, czyli przejść przez las.

Nie mając innego wyboru, zdecydował się pójść ścieżką. Był jednak tak przerażony perspektywą tej wędrówki, że przez chwilę nie mógł zrobić kroku przed siebie, zupełnie jakby strach przykuł go ciężkimi łańcuchami do ziemi. Zamknął oczy, wziął wdech, rozpędził się i rzucił pomiędzy drzewa. Upadł na ziemię, ale tutaj mógł już swobodniej oddychać, co nieznacznie go pokrzepiało.

Na razie nie jest źle, pomyślał.

Chciał trzymać się możliwie blisko skraju lasu na wypadek,

gdyby nagle musiał z niego uciec. Przemieszczał się od drzewa do drzewa, plecami do granicy. Szedł powoli, chcąc sobie dać możliwie najwięcej czasu na dostrzeżenie potencjalnego niebezpieczeństwa.

Wtem po lesie rozległ się głuchy grzmot i trzask płonących gałęzi.

Carter nie był w stanie nic dostrzec przez całun dymu, dopiero po chwili uzmysłowił sobie, że las również płonie.

Drzewa i ich gałęzie zapaliły się, rozrzucając wokół gorącą poświatę. Nie mógł już iść ani kroku dalej w głąb lasu. Między łąką i lasem była niewielka wyrwa, przez którą pożoga się przedostała. Carter mógł spróbować wydostać się w ten sam sposób, ale wiedział, że w pobliżu wałęsały się koty, odcinając mu tym samym drogę na południe. Pozostawało więc się wycofać. Widział, że ogień jest coraz bliżej; ogarnięty pożarem las wydawał z siebie niemy krzyk z każdym pochłoniętym przez płomienie drzewem. Carter wiedział, że jeśli nie ucieknie teraz, wkrótce spłonie żywcem.

Chciał już wrócić drogą, którą przybył, kiedy spostrzegł rozpędzonego kota, który przeskoczył przez wyrwę w stronę płonącego lasu. Carter błyskawicznie padł na ziemię, uważnie obserwując, co tamten planuje zrobić. Leżał na skraju lasu, zbyt przestraszony, żeby się ruszyć. Chciał poczekać, aż kot się oddali, ale nadciągający pożar coraz boleśniej dawał o sobie znać.

Rusz się, pomyślał. *Błagam, rusz się! Jeśli pobiegnę teraz, dostrzegą mnie.*

Kot jednak stał nieruchomo, jakby na coś czekał. Carter gorączkowo zastanawiał się, co powinien dalej zrobić. Żar stawał się nie do wytrzymania, wiatr palił już jego futro.

Wtem dostrzegł ich więcej. Przez wyrwę przeskoczył kolejny kot. Po nim jeszcze jeden i kolejny, i kolejny. Widząc to, Carter błagał w duchu, żeby już się oddalili; ogień był już naprawdę blisko, czuł, jak pali go twarz. Koty wciąż stały, obserwując rozszerzającą się pożogę. Nagle zerwały się do biegu i pognały na północ.

Carter nie mógł czekać ani sekundy dłużej. Koty wciąż były w zasięgu wzroku, ale odwrócone plecami do niego. Wyskoczył z lasu i popędził w stronę wyrwy, przez którą przed chwilą przeskoczyły koty. Gdyby nie zrobił tego wystarczająco szybko, na pewno spaliłby mu się ogon. Czuł jednak, że futro zdążyło się już mocno przypalić, a jego ohydny zapach zmieszał się z gryzącym dymem unoszącym się znad spopielonej roślinności. W końcu jednak udało mu się wydostać z labiryntu dymu i ognia; droga do granicy stała otworem.

Biegł wzdłuż dopalającej się trawy do miejsca, gdzie ostatni raz widział Kerri. Wiedział, że podążała za trzema gwiazdami zwróconymi w stronę horyzontu. Jeśli ona była pewna, że przejście jest tu w pobliżu, to Carterowi zupełnie to wystarczało.

Gdyby udało mu się znaleźć bramę, oznaczyłby ją i potem poszukał Kerri. Zjawiła się, by go uratować i nie zamierzał teraz odchodzić bez niej. Szedł powoli, nie wiedząc właściwie, czego powinien szukać, wierzył jednak, że Kerri ma rację. Brama musiała gdzieś tu być.

Naz przygniótł Sonny'ego do ziemi.

– Pójdziesz z nami zamienić słówko z Wielkim Szefem. Jeśli obiecasz, że nie będziesz próbował uciekać, będziesz mógł iść jak wolny człowiek... czy tam kot – rzekł Jojo.

– Nie jestem kotem, tyl...

– A nie mówiłem, szefie? – spytał retorycznie Naz.

– W przeciwnym razie zostaniesz przywiązany w obecnej postaci do drąga i zaniesiony. Jeśli spróbujesz uciec, złapiemy cię i zaniesiemy do obozu jako związanego kota i...

– Nie jestem kotem, jestem...

– Łże, widać przecież, że jest kotem – powiedział Naz. – Szefie, nie daj się nabrać.

– Dlaczego ten wasz Wielki Szef chce ze mną rozmawiać? – spytał Sonny, tracąc dech przygnieciony ciężarem Naza.

– Bo jesteś synem Dumy, parszywego złodzieja. Resztę wyjaśni ci Wielki Szef.

– W porządku, niech wam będzie. Wrócę z wami, ale nie zrobię nic, czym mógłbym zdradzić mojego ojca – powiedział Sonny.

Naz wstał i wdał się w ożywioną rozmowę z Jojo. Rozmawiali zbyt cicho, żeby pozostali mogli cokolwiek usłyszeć. Po chwili doszli do porozumienia; Naz zrezygnowany wzruszył ramionami.

– Wszyscy słyszeli, że dałeś nam swoje słowo. Jeśli je złamiesz, odpowiesz za to przed każdym z nas – rzekł Jojo.

Naz podszedł do Kerri i Caseya.

– Ten, na którego mówicie „Sam", zaprosił mnie do waszej krainy – powiedział. – Mam nadzieję, że będę mógł skorzystać z zaproszenia, gdy nadejdą spokojniejsze czasy. Przekażcie mu, że my również z przyjemnością go przyjmiemy w naszych progach jako osobę, którą darzymy niezwykle wielkim szacunkiem.

– Cieszy mnie, że tak ciepło wypowiadacie się o naszym przyszłym królu – rzekł Casey.

Wszystkich zamurowało.

– Król... zaprosił mnie król – wymamrotał wstrząśnięty Naz.

– Jak to? – spytała Kerri.

– Opowiem ci później.

– Nasi ludzie zrozumieją, dlaczego wasze dzieci z nami walczyły. Nikt nie będzie miał wam tego za złe – rzekł Naz. Wciąż kręcając głową z niedowierzania, ruszył biegiem na północ.

– Zaprowadzę was do granicy i pokażę, gdzie znajduje się przejście. Potem jednak musimy niezwłocznie udać się do Wielkiego Szefa. Mam nadzieję, że jeszcze nie jest na to za późno – powiedział Jojo.

– Za późno na co? – spytał Casey.

– Chodźcie, opowiem wam w drodze – odparł. – Za późno na to, żeby odzyskać klejnot, który wykradł jego ojciec, Duma – dodał Jojo, spoglądając na Sonny'ego.

– Nie wiem nic o żadnym krysztale – powiedział Sonny, lecz po chwili uświadomił sobie, że jest wręcz przeciwnie.

Było to niedługo po tym, jak jego ojciec wrócił do domu. Zaciekawiły go stłumione głosy, które rozbrzmiewały w nocy. Zakradł się tam, skąd dochodziły i zobaczył, że drzwi do kuchni były uchylone. Przy stole siedział jego ojciec, a naprzeciwko niego Dray. Choć świeczka, która stała na stole, rzucała bardzo słabe światło, twarz ojca lśniła dziwnym blaskiem. Gdy Sonny uważniej się przyjrzał, dostrzegł, że to szkatułka, którą miał w rękach, roztaczała tę poświatę.

Najbardziej jednak wstrząsnął Sonnym wyraz twarzy ojca, którego w tej chwili z trudem poznał. Czy to chciwość malowała się na jego twarzy? Zacierał ręce, jakby z zachwytu na widok tego lśniącego *czegoś*, co znajdowało się w szkatułce. Jeszcze nigdy nie widział ojca w takim stanie, bał się go w tej chwili.

Sonny wycofał się w ciemność, nie chcąc dać się zauważyć, i bezszelestnie wrócił do swojego pokoju. Spytał później wuja Draya o wyprawę, na której był z ojcem, ale nie chciał o niej opowiadać. Sonny dopiero teraz zrozumiał, dlaczego ojciec tak bardzo się zmienił, odkąd wrócił z Północnej Granicy. Cokolwiek znajdowało się w tej szkatułce, opętało go; to dlatego przeżarła go chciwość.

Pozostała trójka zatrzymała się i spojrzała na niego. Dopiero Kerri przerwała milczenie.

– Na pewno nic sobie nie przypominasz? – spytała.

Zobaczyli po jego twarzy, że Jojo rzeczywiście mówił prawdę.

– Kiedy mój ojciec i wuj wrócili do miasta, powiedzieli, że to była kolejna nieudana wyprawa i nie mogli znaleźć granicy.

Powiesz nam, co się wydarzyło, kiedy wtargnęli na waszą ziemię?

Jojo zamilkł na chwilę, szukając w pamięci, od czego zacząć opowieść.

– Jeśli macie zrozumieć wagę tych wydarzeń, musicie poznać całą historię od samego początku – rzekł. Spojrzał pustym wzrokiem w dal, przenosząc się myślami do swojej krainy, gdzie wszystko się zaczęło.

–Byli niegdyś ludźmi tak jak my – zaczął. – Wielkimi odkrywcami, wynalazcami, eksperymentatorami. Posiedli ogromną wiedzę o otaczającym ich świecie. Powiadają, że podróżowali przez miesiące czy nawet lata na wschód, gdzie natknęli się na prymitywny w ich mniemaniu lud. Jego członkowie nie budowali domów, nie tworzyli sztuki, ich mowa zawierała niewiele słów. Czas spędzali w prowizorycznych szałasach, wędrując po swoich ziemiach w poszukiwaniu zwierzyny łownej bądź krzewów owocowych. Byli wymierającym ludem, który skrywał jednak pewien sekret – rzekł Jojo. – Posiadali bowiem pewien święty przedmiot, któremu wszyscy oddawali cześć. Mówili, że to dar, który wręczyły im gwiazdy. Przybył ponoć na ziemię otulony ognistym płaszczem. Był to klejnot, który promieniował ciepłym blaskiem. Każdy, kto na niego patrzył, czuł się przezeń przyciągany, każdy czuł potrzebę, żeby go dotknąć i już nigdy nie puszczać. Mówili, że właśnie z tego powodu zawsze jest przykryty skórami zwierzęcymi. Nawet wtedy jednak jego blask jest widoczny nocą. – Zrobił pauzę, by zebrać myśli. – Podróżni oczywiście zapragnęli zobaczyć klejnot na własne oczy. Jak zapewne się domyślacie, nie wyrażono na to zgody. Jeden z nich zakradł się w nocy do namiotu, gdzie przetrzymywano klejnot i podniósł skóry, pod którymi był schowany. Według zapisków podróżnych powtarzał potem zawsze, że nie mógł się oprzeć tej pokusie. W każdym razie tutaj, jak sądzę, nasze kłopoty biorą swój początek. Ów ciekawski zobaczył klejnot, a skoro to zrobił, zapragnął wziąć go w ręce. Gdy go chwycił, do namiotu wpadli strażnicy, którzy biorąc podróżnego za złodzieja, zaatakowali go. Jego towarzysze pospieszyli mu z pomocą i rzucili się na strażników. Przybyszów zaatakowali też pozostali członkowie plemienia – utarczka przerodziła się w rzeź, w wyniku której do rana zginęła połowa walczących. Podróżni, którym udało się przeżyć, zbiegli z klejnotem na zachód ścigani przez rozwścieczony tłum. Nikt nie umie wyjaśnić, jakim cudem nie zginęli; udawało im się utrzymać dziesiątki kilometrów przewagi nad pościgiem. Pewnego dnia odkryli, że klejnot wydaje z siebie ciche buczenie, które narastało wraz z upływem dnia. Wtem, bez ostrzeżenia, rozległ się ogromny błysk i znaleźli się z powrotem w swojej krainie, przeszedłszy, jak się okazało, przez to, co my zwiemy bramami. Klejnot, który ukradli, był kluczem, który je otwierał. W przeciwieństwie jednak do tych, z którymi mieliście styczność, ten nigdy się nie rozpadał. Mogli przekraczać bramę w tę i z powrotem, kiedy tylko zapragnęli. Przyszło im jednak zapłacić za to wszystko cenę – zmienili się.

– W co takiego? – spytała Kerri.

– Tu zaczyna się smutniejsza część tej historii – odparł Jojo. – Przemienili się w coś, co przypominało małpę i jednocześnie zatracili wszelkie znamiona człowieczeństwa. Stali się niezwykle okrutni, zepsuci, źli i... cóż, nie muszę chyba was dalej przekonywać, że nie chcielibyście się spotkać z jednym z nich. Podobno zmiana wzięła się stąd, że opętał ich klejnot; wszyscy zapragnęli go posiąść i toczyli o niego walki między sobą, straciwszy resztki zdrowego rozsądku. Szybko nauczyli się zmieniać na powrót w ludzi, ale ich zachowanie nie miało już w sobie nic ludzkiego.

– Cały czas powtarzasz, że „mówi się” albo że „podobno tak było”. Skąd wiesz, że cała ta historia nie została po prostu zmyślona? – spytał Casey.

– Wszystko zostało spisane, a zapiski z ich podróży przetrwały po dziś dzień. Po prostu sam nigdy nie miałem okazji ich zobaczyć – wyjaśnił Jojo.

Dotarli na spaloną łąkę i spostrzegli, że przejście musiało już być zamknięte. Na wschodzie nad płonącym lasem unosił się gęsty pióropusz dymu. W powietrzu czuć było zagrożenie.

– Musicie wiedzieć, że im częściej ci ludzie używali klejnotu do otwierania bram, tym bardziej zatracali się w szaleństwie. Z coraz większym trudem przychodziło im na powrót przybierać ludzką formę, aż w końcu nastał dzień, kiedy nie było już mężczyzn ani kobiet, ani dzieci. Zamiast nich zaś – stado złych i okrutnych małp – powiedział Jojo. – O tyle niebezpiecznych, że same zatraciły zdolność rozpoznawania niebezpieczeństwa. Nie boją się niczego; zaatakują każdego, kogo napotkają.

– Zdarzyło ci się kiedyś walczyć z jednym z nich? – spytała Kerri.

– Nie i wolałbym, żeby tak zostało. Znaleźli granicę z naszą ziemią i otworzyli przejście. Zaatakowali nas dla samej przyjemności siania zniszczenia. Nie mieliśmy nic drogocennego, co mogliby zrabować. Zdawali się pragnąć jedynie chaosu i spustoszenia. Mówi się, że chcieli wówczas ukarać wszystkich za ich własne przewiny – rzekł Jojo. – Całe lata mijały w ten sposób, aż w końcu jeden z naszych gwardzistów, imieniem Ran, zdecydował się stawić im czoła. Był o wiele większy niż Naz – był tak wielki, że trzeba było specjalnie dla niego produkować większe drzwi. Podążył za nimi i zobaczył, jak posługują się klejnotem, żeby przejść przez granicę. Doszedł do wniosku, że gdyby zdołał zabrać im klejnot, nie mogliby wtedy powrócić na nasze ziemie. Zatem po następnej napaści, kiedy małpy, dotarłszy już do swojej krainy, oddaliły się wystarczająco od wciąż otwartej bramy, Ran przedostał się na drugą stronę. Granica znajdowała się w lesie, więc z łatwością ukrył się przed ich wzrokiem. Podążył za nimi do miasta, które już wtedy było rozpadającą się ruiną. Od dawna nikt się o nie nie troszczył. Trafił na budynek, który niegdyś musiał robić kolosalne wrażenie; opowiadał później, że w skale wykute były przedstawienia ludzi. Kamienie na posadzkach układały się w barwne obrazy, a ponadto było mnóstwo książek, które Ran był w stanie przeczytać.

– Wtedy właśnie ze zdumieniem odkryliśmy, że te stworzenia niegdyś były ludźmi takimi jak my. Mówili tym samym językiem, używali tego samego pisma – jedynie ich technika była znacznie bardziej zaawansowana od naszej. Ran wziął zatem księgi, które u nich zdążyły już popaść w zapomnienie. Nie zapomniał jednak o zadaniu, które go tam przywiodło. Tej samej nocy obezwładnił jedynego strażnika, który pilnował klejnotu, i zbiegł ze zdobyczą. Zdołał niezauważony dotrzeć do granicy i wrócić do domu. Nie wiedzieliśmy wcześniej, że przez bezpośredni kontakt i długie obcowanie z klejnotem małpy zyskały pewne zdolności. Nauczyły się czegoś w rodzaju jasnowidzenia – umiały spoglądać przez granicę i dowiedzieć się, co robimy, ale oczywiście nie były już w stanie przedostać się na nasze ziemie. Wciąż grasowały w pobliżu przejścia, lecz teraz mogły tylko bezsilnie obserwować. Podobno jedyny inny zmysł, który im pozostał, to umiejętność wyczuwania, gdzie klejnot znajduje się w danej chwili. Jednak świadomość, że nie mogą go odzyskać, doprowadzała je do szału.

– Czy Ran również oszalał? – spytała Kerri.

– Nie, był człowiekiem o wielkiej sile ducha, dlatego właśnie jest wśród nas uważany za bohatera. Dobrze wiedział, że moc klejnotu doprowadzi nas wszystkich do upadku – dotknął klejnotu, ale na bardzo krótko. To jednak wystarczyło, żeby zdał sobie sprawę z jego ogromnej mocy. Odkryliśmy później, że szkatułka wykonana ze złota może unieszkodliwić działanie klejnotu. Jakkolwiek nie chcieliśmy go mieć, tak też nie chcieliśmy, żeby wpadł w ręce małp, które znowu by nas wtedy zaatakowały.

– Czy właśnie tę szkatułkę ukradł mój ojciec? – spytał Sonny.

– Tak. Twój ojciec oraz jego towarzysz, Dray, przybyli na nasze ziemie; byli pierwszymi przedstawicielami waszego ludu, których poznaliśmy. Ugościliśmy ich, pokazaliśmy im naszą kulturę, prezentowaliśmy im naszą muzykę. Usłyszeli opowieści o naszych bohaterach i ich dziejach. Opowiedzieliśmy im o księgach. Podobno twój ojciec, czytając je, natknął się na wzmianki o krysztale. Chciał zobaczyć szkatułkę, jak mówił, po to, żeby przekonać się, że jest prawdziwa. Potem jednak chciał zajrzeć do środka. Na to nie mogliśmy się zgodzić, zbyt dobrze wiedzieliśmy, jakie to niosło niebezpieczeństwo – rzekł Jojo. – Nasi ludzie byli niewrażliwi na działanie klejnotu umieszczonego w szkatułce, więc nie widzieliśmy powodu, żeby ktokolwiek musiał go strzec. Rano spostrzegliśmy, że zniknął – podobnie jak twój ojciec. Zobaczyliśmy też, że małpy przestały się gromadzić w lesie; przemieściły się na południe. Wiedzą więc, że klejnot został skradziony, czują jego bliskość, a to je jeszcze bardziej rozjusza – Jojo kontynuował, patrząc na Sonny'ego. – Dlatego Wielki Szef chce z tobą pomówić.

– Zdaję sobie sprawę, jak niewiele może to dla ciebie znaczyć – powiedział Sonny. – Ale przepraszam za to, że mój ojciec odrzucił waszą gościnę i zdradził wasze zaufanie. Chcę jedynie, żebyś wiedział, że to nie jest ojciec, jakiego znałem całe życie. Mój lud taki nie jest.

Jojo poczuł nagle uczucie żalu, widząc syna, który pojął, że stracił ojca.

– Nie rozumiem tylko jednej rzeczy – wtrącił się Casey. – Myślałem, że granica jest czymś, czego nie można zobaczyć ani tym bardziej zniszczyć.

– Ogień może ją zniszczyć – odparł Jojo.

– Więc skoro las płonie, to znaczy, że granica przestanie istnieć? – spytała Kerri.

– Zgadza się. Właśnie dlatego wysłałem Naza, żeby ostrzegł wszystkich, że las płonie. Ich więzienie właśnie runęło i wkrótce będzie się tu roić od złych istot pragnących wyłącznie zemsty. Nie możemy pozwolić, żeby klejnot znowu wpadł w ich ręce. Obawiam się, że przejdą przez wyrwę w lesie, gdzie las już zdążył spłonąć. Gdy uda im się wydostać, te ziemie będą skazane na zagładę. Nie to jest jednak najgorsze – jeśli las nie przestanie płonąć, potwory będą mogły splądrować zarówno moje, jak i wasze ziemie – rzekł Jojo do Caseya. – Musicie jak najprędzej wrócić i powiedzieć swoim ludziom o tym, co tu widzieliście. Powiedzcie im, że muszą szykować się do wojny.

– Sam jest teraz naszym przywódcą, uwierzy w twoje ostrzeżenie – powiedział Casey.

– Przekażcie mu, że rozumiemy już, dlaczego wasze dzieci broniły przejść. Nie mamy im za złe, że z nami walczyły. W najbliższym czasie nie ma miejsca na podziały, musimy działać jak jedno plemię – powiedział Jojo.

Dotarli na łąki. Kerri i Casey zaczynali w pełni rozumieć grozę sytuacji. Zbliżała się prawdziwa wojna.

– Powiedzcie również swojemu królowi, że ani ty, ani on nie powinniście więcej przechodzić przez bramę – powiedział Jojo. – Jeśli nie posiedliście umiejętności przemiany, bardzo szybko staniecie się starzy i niedołężni, możecie tego nie przeżyć następnym razem. Jeśli będziecie musieli wysłać posłańca, wybierzcie spośród was kogoś, kto umie wezwać swój wewnętrzny głos.

Casey rozpoznał znacznik, który zostawił zaraz po tym, gdy przeszedł przez bramę.

– Jesteśmy na miejscu – powiedział.

– Wasze drzwi do domu są tutaj – powiedział Sonny, wskazując na krąg migoczącego światła.

– Ale co w takim razie z czarnymi kamieniami? – wypaliła Kerri. – One też są niebezpieczne? Skąd się wzięły?

– Tego możecie dowiedzieć się przy innej okazji – odparł Jojo. – Nie musicie się ich obawiać. Idźcie już, ostrzeżcie swój lud.

Sonny i Jojo stali, patrząc, jak Kerri i Casey wracają na swoje ziemie. Gdy rozległ się ostatni błysk, Jojo zwrócił się do Sonny'ego.

– Nie mamy czasu do stracenia. Ruszamy.

Kerri i Casey skierowali się razem do świetlistego tunelu. Mieli już zrobić ostatni krok, kiedy Kerri szarpnęła Caseya do tyłu. Wokół nich tańczyło i migotało światło, nie widzieli jednak jeszcze swojego domu.

– Co ty robisz? – spytał.

– Wracam. Nie mogę zostawić Cartera.

– Kerri, musisz iść ze mną. Możemy później zorganizować więcej ludzi, wysłać pomoc. To zbyt niebezpieczne, żebyś szła sama.

– Nie będę sama, będę z Carterem. Ocalił mnie wczoraj, a ja nie zamierzam zostawić go tu na pastwę losu.

– Kerri, ściągnijmy najpierw jakąś pomoc.

– Chciał, żebyś wiedział, co wydarzyło się na przełęczy. Wróć do domu i powiedz wszystkim, co się święci. Musimy przygotować się do obrony.

– Przestań, wracam z tobą w takim razie.

– Nie! – powiedziała. – Nie możesz tu zostać, widziałeś, co się stało z Samem. Casey, tak bardzo jestem ci wdzięczna za to, że zawsze mnie wspierałeś, że byłeś dla mnie silnym, starszym bratem, kiedy nie miałam nikogo na świecie. Jestem już dorosła, musisz pozwolić mi pójść. Przysięgam, nic mi nie będzie.

– Nie możesz tego obiecać. Wiesz, że nie wybaczę sobie, jeśli coś ci się stanie.

– Wiem, że nie mogę, ale wiem też, że nic mi się nie stanie – powiedziała, po czym go pocałowała w policzek. – Casey, pozwól mi odejść.

Zrobiła krok wstecz, zostawiając go samego w tunelu tańczącego światła.

. . .

Gdy Casey wyszedł z tunelu, spojrzał w zachwycie na Północne Równiny, zupełnie jakby widział je po raz pierwszy w życiu. Obrócił się na dźwięk swojego imienia. Zobaczył Bena, który biegł w jego stronę.

– Gdzie jest Kerri? – spytał.

– Nic jej nie jest. Chce odnaleźć Cartera, rozdzielili się w pewnym momencie. Czy Sam dotarł na miejsce spotkań?

– Zjawił się tam niedługo po tym, gdy wyruszyłeś. Nie pozwolił jednak, żebyśmy go nieśli, a ja nie miałem najmniejszego zamiaru się z nim wykłócać.

– W porządku. Ben, musisz tu zostać, żeby pomóc Kerri i Carterowi, kiedy przejdą przez bramę. Muszę jak najszybciej udać się na miejsce spotkań. Po tamtej stronie dzieje się naprawdę źle, Sam musi się o wszystkim dowiedzieć.

– Powiesz mi, o co chodzi?

– Powiem, ale nie mogę teraz. Wyjaśnię ci wszystko, jak tylko wrócę. Wyślę tu gońca, daj mi znać, kiedy stamtąd wrócą.

– Jasne. O rany, Casey, wiesz, co się tam dzieje? – Ben wskazał odległy punkt na północy, gdzie widać było gęsty dym unoszący się ku niebu.

– Nie sądziłem, że to tak blisko... – rzekł przerażony Casey.

– Co jest blisko?

– Las... pożar się wciąż rozprzestrzenia. Jeśli pożoga dojdzie tutaj, rozpęta się tu prawdziwe piekło – powiedział Casey. – Obserwuj ją, spróbuj ocenić, jak szybko się przemieszcza. Wrócę jak najszybciej – dodał, po czym pognał w stronę miejsca spotkań.

ROZDZIAŁ 10

Biegli całą noc bez wytchnienia, ufni w siłę, jaką im zapewniała liczebność Hordy. Podążali wschodnią częścią doliny i skręcili na zachód, żeby dotrzeć do podnóża góry. Pędzili do domu przez ścieżkę prowadzącą ku Górnej Przełęczy. Dotarli na miejsce, gdy słońce wyszło już zza szczytów na wschodzie i opromieniało zbocze przeciwległej góry. Złociste światło zalało miasto, zwiastując ciszę, która miała poprzedzać nadchodzącą burzę.

– Wszystkich postawić na nogi, wysłać strażników do głównej sali. Wszyscy mają się tam natychmiast zjawić – rozkazał Duma.

Wstąpił do swojego domu. Gdy wszedł do kuchni, zastał tam żonę, która na niego czekała.

– Gdzie jest Sonny? – tylko to ją interesowało.

– Zdradził mnie – warknął wściekły.

– Co mu zrobiłeś? Gdzie jest nasz syn?

– Syn? Ja już nie mam syna – powiedział głosem ociekającym jadem.

– Kim ty jesteś?! – wrzasnęła. – Jesteś zwykłym potworem, a nie moim mężem!

– Z drogi – krzyknął. – Masz się stawić w wielkiej sali za pięć minut.

Obrócił się do niej plecami i prędko wszedł do swojego pokoju, zdejmując klucz, który nosił na łańcuchu zawieszonym wokół umięśnionego karku. Ściągnął dywan, pod którym ukryty był zamek umieszczony w podłodze. Był dobrze naoliwiony i ustąpił bez oporu – Duma korzystał z tej kryjówki za każdym razem, kiedy potrzebował popatrzeć na klejnot. Zabrał złotą szkatułkę i włożył ją do kieszeni długiego płaszcza.

Wkroczył do sali, w której zgromadzili się wszyscy mieszkańcy. W powietrzu czuć było napięcie i wyczekiwanie. Rozstąpili się, robiąc mu miejsce na środku; oczy wszystkich skierowane były na Dumę.

– Zostaliśmy zdradzeni – jego głos był mocny i pełen niezachwianej wiary we własną potęgę. – Południowcy opuścili nas. Przejścia są niestrzeżone, niedźwiedzie mogą nas zaatakować w każdej chwili. – Wszyscy wokół wstrzymali oddech w przerażeniu. – Będziemy na nich czekać, nie odbiorą nam naszej ziemi. To miejsce należy do nas i nikt go nam nie wydrze.

Spodziewany wybuch radości i entuzjazmu nie nastąpił; ludzie zaczęli nerwowo szeptać między sobą. Duma, całkowicie pogrążony w swojej chciwości, patrzył na zgromadzony tłum.

– To dla was staję na czele walki, a dla naszych dzieci kładziemy życie na szali. Nie poddamy się stworom, które boją się stawić nam czoła jako ludzie. Przepędzimy ich raz na zawsze za góry, przez pustynię, aż do ich wynędzniałej krainy. Nikt ani nic nie oprze się naszej sile. Przygotować się do walki! – rozkazał.

Odpowiedziała mu cisza.

– Rozesłać patrole straży. Chcę wiedzieć, kiedy niedźwiedzie będą zbliżać się do przejść.

– Już je opanowały – odezwał się głos z tłumu. Duma obrócił się, próbując znaleźć tego, który to powiedział.

– Nikt już tam nie przeżyje – krzyknął ktoś inny.

– Tutaj stawką jest dalszy los miasta – ryknął Duma. Obrócił się jeszcze raz, wciąż nie mogąc znaleźć tych, którzy toczyli z nim dialog.

– *Twój* los, a nie miasta – skwitował kolejny głos.

– Rozpocznijcie przygotowania. Strażnicy, za mną – rzekł Duma, tym razem już opanowany, po czym opuścił zgromadzenie.

Zrównał się z nim Dray, który wyszedł za nim z sali.

– Prosisz o zbyt wiele – powiedział. – Nie zgodzą się, mogą cię przejrzeć.

Duma groźnie łypnął na Draya.

– Jestem gotów oddać życie za tych ludzi – wycedził przez zęby.

– Chcesz, żeby to oni oddali życie za ciebie i za to, co ukradłeś – odparł Dray z pogardą w głosie.

– Jestem ich przywódcą. Pójdą za mną.

– Dokąd? Na pewną śmierć? Wciąż nie jest za późno – nadal możesz im to zwrócić.

Duma zatrzymał się w pół kroku. Obrócił się i zmierzył Draya wzrokiem.

– Straż – zawołał przez jego ramię. – Pójdźcie z nim do Centralnej Przełęczy i dajcie znać, kiedy niedźwiedzie znajdą się w górach.

– Dopóki nie ukradłeś tej szkatułki, nie potrzebowałeś nigdy strażników! Doprowadzisz nas do zg...

– Masz się natychmiast udać na przełęcz – ryknął Duma, skazawszyDraya na niemal pewną śmierć, po czym odszedł.

Vin podróżował całą noc – tym razem bez obawy, że natknie się podczas powrotu do obozowiska na grupę kotów. Miał misję, którą traktował szalenie poważnie; teraz już nie było czasu na cierpliwe chowanie się po krzakach, sprawa była pilna.

Dobrze znał drogę do lodowych jaskiń, sam pomagał je wydrążyć. Gdy dotarł, z zadowoleniem zauważył, że są bardzo dobrze zaopatrzone. Zaraz po tym, jak dowiedzieli się, że klejnot został skradziony, wysłali tu ekipę zwiadowców. Mogli stąd niezauważeni obserwować Śnieżne Wierchy i próbować określić, dokąd klejnot został zabrany. Ustalili, że najprawdopodobniej znajduje się w domu Dumy, zaś pozostała część miasta jest nieświadoma tego, co zrobił. W przeciwnym wypadku wszyscy by się garnęli, żeby obejrzeć zdobycz.

Vin zobaczył, że Szef rozmawia z jednym ze swoich gwardzistów. Obrócił się na dźwięk kroków nadchodzącego Vina.

– Cześć, Vin. Co tu robisz?

– Pilna wiadomość od szefa, Szefie – powiedział Vin.

– Przyszedłeś tak całkiem sam? – spytał zaskoczony Szef

– Się zgadza. Szefie, szef wysłał mnie, żebym przekazał ważną wiadomość. Nie zgadniesz, Szefie, co się stało.

– No więc?

– Dalej, Szefie, spróbuj zgadnąć.

– Vin, nie teraz. Powiedz po prostu, co się wydarzyło.

– W porządku. – Vin wyprostował się i wziął głęboki wdech. – Wszystkie przejścia stoją otworem – obwieścił uroczystym tonem.

– Co?! Vin, chcę znać całą relację – powiedział Szef.

– Całą? – spytał zakłopotany Vin.

– Przynajmniej te ważniejsze fragmenty.

Vin odetchnął z ulgą.

– Szefie, ta sfora, która broniła przejść, to nie byli żadni najemnicy, tylko dzieci z południa porwane przez te koty. Nakłamały im, że broniąc tych przejść, będą również bronić swoich ziem *przed nami*.

– Skąd to wszystko wiesz?

– Widzisz, Szefie, staliśmy sobie spokojnie na straży, jak gdyby nigdy nic. W sumie to nie staliśmy, tylko raczej leżeliśmy przyczajeni. I nagle widzimy, że ktoś się zbliża, to wstaliśmy pokazać, że co jak co, ale z nami to nie warto zadzierać. W każdym razie okazało się, że przez płaskowyż szedł południowiec w towarzystwie jednego z tych ogarów oraz kota. Naz zamienił z nim kilka słów; ma na imię Sam i dowiedzieliśmy się, że pies, który z nim idzie, to tak naprawdę jego córka, która wcześniej strzegła przejścia! Mówił, że chcą wrócić do domu – powiedział niemal jednym tchem Naz. – Byłbym zapomniał. Wspomniał jeszcze, że taka inna dziewczyna, strasznie wredna, ruszyła w inną stronę odbić pozostałą dwójkę, która wciąż strzegła przełęczy. Tamte dzieciaki też mają wrócić do domu. Wszyscy powinni teraz być już w drodze na południe. Wychodzi na to, Szefie, że koty okłamały wszystkich, nie można im ufać.

– Jak to się w takim razie stało, że podróżowali w towarzystwie jednego z nich?

– Eee... to ja zacznę od tego może, że ten kot ma na imię Sonny i jest synem tego złodzieja, Dumy. Pomagał im znaleźć przejście do ich krainy. Wyobraź sobie, Szefie, że próbował nam wmówić, że nie jest kotem! Mniejsza z tym... szef i Naz postanowili go odszukać i tutaj sprowadzić.

– Rany – powiedział Szef – Na nudę z pewnością nie mogliście narzekać!

– Tylko wypełnialiśmy rozkazy, Szefie.

– W porządku. Zjedz coś, posil się po podróży.

– Szef powiedział, że jeśli Szef nic dla mnie nie ma, to mogę wrócić do domu. Jest coś dla mnie do zrobienia, Szefie?

– Jak długo byłeś w terenie?

– Ponad tydzień.

– W takim razie zjedz coś, tylko nie ociągaj się za bardzo. Idź potem do domu i powiedz Wielkiemu Szefowi, żeby wysłał oddziały do przejść, bo nikt już ich nie broni.

– Przejść nikt nie broni, wysłać oddziały. Robi się, Szefie.

– Vin, dobra robota.

– Dziękuję, Szefie. W takim razie się zmywam.

– Vin, swoją drogą, skąd masz tego wielkiego guza na głowie? – spytał Szef Vina, który kierował się już do wyjścia jaskini.

– Potknąłem się.

Vin z lekkim sercem udał się do domu drogą przez Wysoką Przełęcz.

–Witaj, Naz – powiedział Szef. – Vin wyszedł dosłownie przed chwilą. Przyprowadziłeś syna Dumy ze sobą?

– Nie. Mam złe wieści.

– Zbiegł?

– Gorzej. Las płonie.

– Co takiego?!

– Po tym, jak szef odesłał Vina, żeby tu przybył, udaliśmy się na poszukiwanie syna tego przeklętego Dumy...

– Sonny'ego, dobrze pamiętam?

– Tak. Vin już o nim wspomniał?

– Powiedział, że łże tak jak jego ojciec.

– Zgadza się. W każdym razie, kiedy szukaliśmy śladów Sonny'ego, natknęliśmy się na południowca, który zmierzał na północ. Szukał dzieci. Czy Vin o nich też opowiadał?

– Porwano je i kazano im pilnować przełęczy.

– Tak, to o nie chodzi. Nagle zobaczyliśmy w oddali, że łąki są całe w płomieniach, a pożar właśnie ogarnął las. Ten południowiec, Casey, powiedział, że zna Sonny'ego. Szef doszedł do wniosku, że może on być teraz tylko w jednym miejscu, więc zawarliśmy umowę z południowcem. W zamian za pomoc przy schwytaniu Sonny'ego mieliśmy go zaprowadzić z powrotem do bramy. Tak też udało nam się złapać Sonny'ego, a Casey znalazł dziewczynę, której poszukiwał.

– Tę, która miała odnaleźć pozostałe dzieci?

– Kolejna porcja złych wieści. Jedno z nich nie żyje, z drugim urwał się kontakt. Jesteśmy jednak pewni, że nikt nie pilnuje teraz przełęczy.

– Jesteś pewny, że las jest w ogniu?

– Tak jak tego, że teraz tu jestem.

– W takim razie mamy kłopot, i to poważny.

– Co robimy dalej?

– Wysłałem Vina do Wielkiego Szefa z prośbą o wysłanie gwardzistów. Jak tylko tu dotrą i uda nam się pojmać Sonny'ego, ruszamy na ich miasto. Interesuje nas tylko to, żeby wymienić go za klejnot. Nie są głupi, na pewno się na to zgodzą, kiedy dowiedzą się, że las stoi w ogniu.

– Szef pomyślał, że tak właśnie zrobisz, Szefie. Mam jeszcze jedną rzecz do przekazania. Chodzi o człowieka, który przemierzał płaskowyż.

– O Sama?

– Tak. Nie zgadniesz, Szefie, kim on jest.

– Kim?

– Królem ziem południowych, który na dodatek powiedział mi, że mogę przyjść z wizytą, kiedy to wszystko się skończy!

– Niewiarygodne! A my tylko tutaj siedzieliśmy i patrzyliśmy, jak śnieg pada. Żałuję, że się z wami nie wybrałem.

– Szefie, mogę pójść coś zjeść?

– Jasne, gwardziści pewnie niedługo tu przybędą, możesz ich wtedy zaznajomić z sytuacją? Bądź tylko później gotów, kiedy Jojo wróci.

Tymczasem po drugiej stronie przełęczy Vin wrócił do obozowiska stawić się przed Wielkim Szefie.

– Witaj, Vin. Co cię tu sprowadza?

– Nie zgadniesz, Wodzu, co się stało.

– Nikt nie stoi na przełęczach.

– Skąd wiesz?

– Inaczej by cię tu nie było.

– Szef przesyła wiadomość, prosi o dosłanie gwardzistów, skoro przełęcze są otwarte.

– Dobra robota. Widzę po tobie, że miejscami było naprawdę gorąco.

– Szefie, Szefuniu Wielki, oni naprawdę byli wredni.

– To oni ci nabili tego guza?

– Tylko wykonywałem rozkazy.

– Ale już wszystko w porządku?

– Jak zjem kilka ciast, na pewno mi się poprawi.

– Vin, świetnie się sprawiłeś, rozwiązując problem tych przełęczy. Dostajesz awans!

– Co?!

– Awans, Vin! Chcę, żebyś poprowadził gwardzistów przez tamte rejony. Znasz okolicę i wiesz, na co trzeba tam uważać. Szykuj się, zaraz wyruszacie.

– Ale Wódz mówił, że mogę...

– Zmiana planów. Tylko ty tutaj posiadasz niezbędne do tej wyprawy doświadczenie. Zjedz coś i bądź gotowy do wymarszu za dziesięć minut. Pójdę tymczasem poinformować gwardzistów.

Wszyscy już czekali na miejscu spotkań, kiedy przybiegł zziajany i zasapany Casey. Ktoś wręczył mu kubek wody, który przyjął z wdzięcznością, zbyt zdyszany jednak, żeby zdobyć się na coś więcej niż skinięcie głową. Wszystkie rodziny zebrały się w środkowym kręgu, którym było duże, oczyszczone z krzaków pole ubitej ziemi. Miejsce to było świadkiem wielu szczęśliwych chwil w ich życiu; dziś jednak miało być inaczej.

Sam siedział ze swoją rodziną. Był odwrócony plecami do nadbiegającego Caseya, więc z początku nie rozumiał, skąd się wzięło to nagłe zamieszanie. Domyślił się, że ktoś za nim stoi. Obrócił się i nie mógł ukryć radości na widok Caseya, który szedł w ich kierunku. Ta jednak szybko go opuściła, kiedy dostrzegł zaniepokojenie w oczach Caseya, który nie mógł uwierzyć, jak bardzo Sam się zmienił, odkąd ostatni raz się widzieli. Wyglądał teraz na bardzo starego i wyczerpanego. Casey zauważył, że Sam wyprostował się w ramionach, kiedy wyciągał do niego rękę na powitanie.

– Casey, wróciłeś! Czy jest z tobą Kerri?

– Nie. Jeśli pozwolisz, pragnę opowiedzieć o mojej podróży – odparł Casey. Sam milcząco przytaknął. – Poproś Salli, żeby stanęła blisko Boatmanów – szepnął Casey, zbliżywszy się do Sama.

– Nie... – Sam jęknął, domyślając się, co oznacza ta prośba.

Casey wkroczył w środek kręgu, złapawszy już oddech po swoim szaleńczym biegu do miejsca spotkań. Odchrząknął i wziął jeszcze jeden łyk wody, chcąc dać sobie więcej czasu, żeby ułożyć myśli.

– Przynoszę wieści, które każdy tu obecny powinien znać i na które każdy musi się przygotować. Od niezliczonych pokoleń zamieszkiwaliśmy te ziemie, ciesząc się panującym tu spokojem. Nie mieliśmy pojęcia, że istnieją koty – rzekł z pogardą w głosie – czy też niedźwiedzie. Musicie jednak wiedzieć, że jest tam jeszcze inny rodzaj stworzeń – powiedział Casey, wskazując na północ. – Stworzeń będących wcieleniem najczystszego zła, których jedynym celem jest siać zniszczenie i nieść śmierć temu, co spotkają na swojej drodze. Właśnie ten los nam teraz grozi.

Opowiedział zgromadzonym historię, którą podzielił się z nimi Jojo – o tym, jak Duma ukradł klejnot i wykorzystywał dzieci do własnej obrony; o stworach, które śledziły Kerri i Cartera. Na koniec wspomniał o pożarze, który trawił las i był widoczny nawet z Północnych Równin. Kiedy skończył, padło pytanie, na które najbardziej bał się odpowiedzieć.

– Casey, co z naszymi dziećmi?

Rozejrzał się wokół i dostrzegł Harriego Boatmana siedzącego wraz z żoną. Zobaczył, że Salli przysunęła się do nich i stała teraz tuż obok. Podszedł do nich i położył ręce na ich ramionach. Żona Harriego wydała z siebie tłumiony szloch.

– Nie.... nie... – powtarzała, kręcąc głową z niedowierzaniem. Jej mąż spuścił głowę, jakby uszło z niego wszelkie życie.

– Holly... ona... coś jej się przydarzyło – Casey nie wiedział, jak ubrać w słowa tragedię, którą miał obwieścić. – Tak mi przykro, Harri... ale ona nie wróci – zdołał z siebie wydusić. Salli otuliła Boatmanów i wraz z ich sąsiadami odprowadziła ich do domu.

Sam stał obok Caseya w miejscu spotkań i w zamyśleniu obserwował chmurę gęstego dymu, która unosiła się na północy.

– Moglibyśmy utworzyć jakiś pas przeciwogniowy, wyciąć wśród drzew na tyle szeroką przerwę, żeby ogień nie mógł się rozprzestrzenić, i potem spróbować się bezpośrednio z nim uporać; zrobilibyśmy to wszystko jak najbliżej granicy – zaproponował Casey, przełamując ciszę.

– Czy to nie będzie miało takiego samego skutku jak pożar? Nie przygotujemy w ten sposób ścieżki dla tych potworów?

– Nie wiem. Nic już właściwie nie wiem, Sam. Świat wokół za bardzo się zmienił. Jeszcze nie tak dawno wszystko wydawało mi się znajome, teraz jednak czuję się... obco? Koty, niedźwiedzie, bestie z lasu – istniały wokół cały ten czas, a my nie mieliśmy o nich pojęcia.

– Wiem, co czujesz. Nagle z dnia na dzień okazuje się, że mam poprowadzić klan przeciw demonicznym bestiom, jakimś gorylom, o istnieniu których nie mieliśmy pojęcia, które spalą ten las do szczętu, żeby nas dopaść. Tylko dlatego, że żyjemy. Dlaczego tak się dzieje?

– Chciałbym znać odpowiedź – odparł Casey.

– Musimy szybko podjąć jakieś działania. Czy Jojo mówił, ile jest tych małp?

– Nie, mówił tylko, że wszystkie dotknęło szaleństwo – również kobiety i dzieci mogą się okazać niebezpieczne. Nie wiem, czy będę umiał skrzywdzić dziecko, które mnie zaatakuje.

– Jeśli dobrze pamiętam słowa Jojo, trudno je od siebie odróżnić – rzekł Sam. – Dobra, zajmijmy się priorytetami.

– Chodzi ci o nasze dzieci? – spytał Casey.

– Tak. Zakładam, że skoro te stworzenia spędziły lwią część

swojego życia w lesie i zapomniały wielu umiejętności, to wobec tego mało prawdopodobne jest, żeby wciąż umiały pływać. Powiedz ludziom, że wszystkie łodzie mają być gotowe przy pomoście; gromadzimy tyle zapasów, ile możemy i wysyłamy je na wyspę z kobietami i dziećmi na pokładzie.

– Sam, dobrze wiesz, że dzieci mogą być naszą najlepszą obroną. Widziałem Kerri, jak się zmienia i...

– Owszem, wiem, ale wolałbym, żebyśmy nie osiągnęli punktu, w którym to dzieci są naszą pierwszą linią obrony – rzekł Sam.

Casey milczał przez chwilę, próbując uporządkować myśli.

– W najgorszym razie będziemy musieli ewakuować wyspę. Jeśli to ich nie powstrzyma, wsiadamy do łodzi i pozwalamy, żeby prąd rzeki załatwił sprawę – powiedział Sam.

– Dobra, nie ma co dłużej zwlekać, idę powiedzieć reszcie. A co z ceremonią? - spytał Casey.

– Nie zgadzam się, żeby odbyła się teraz. Jeśli formalnie zostanę królem, ludzie będą chcieli chronić niewłaściwą osobę. Nie pora na coś takiego, niebezpieczeństwo grozi nam wszystkim. Sukcesją możemy się zająć dopiero, kiedy się to wszystko skończy.

– Rozumiem – przytaknął Casey. – Sam, jak się czujesz? Doszedłeś już do siebie po wyprawie? – spytał, spoglądając na północ. Kerri wciąż tam była i miał z tego powodu potworne wyrzuty sumienia. Wiedział jednak, że miała rację. Ochrona klanu była teraz najważniejsza.

– Jak się czuję? Jestem niewyobrażalnie zmęczony, czuję się jak stulatek. Nie wiem, skąd wezmę siły, żeby temu wszystkiemu podołać – przyznał Sam.

– Zawsze możesz na mnie liczyć – powiedział Casey z uśmiechem.

– Nie chciałbym nikogo innego na twoim miejscu – odparł Sam z uśmiechem, klepiąc Caseya po ramieniu.

– Roześlę gońców po Północnych Równinach. Dadzą nam

znać, jeśli dostrzegą coś podejrzanego i będą mieć oko na dalszy rozwój pożaru.

Obrócili się i zobaczyli, że obserwuje ich Lulu.

– Nie chciałam się wtrącać – powiedziała. Obaj patrzyli na nią, jakby spotkali ją pierwszy raz w życiu. Wyglądała znacznie doroślej i wiedziała, że to dlatego przyglądają się jej z takim niedowierzaniem.

– Przechodzenie przez te bramy wiąże się z naprawdę dziwnymi skutkami ubocznymi – powiedziała, próbując choć odrobinę rozweselić nastrój.

– Nie mogłem się po prostu nadziwić, jak bardzo wydoroślałaś – powiedział Sam.

– Ja tak samo – dodał Casey.

– Wiem, widać było po was – odparła. – Tato, chcę pomóc.

– Oczywiście, możesz nam pomóc sprowadzić dzieci i zapasy na wyspę – powiedział Sam.

– Chodzi mi bardziej o„czynną" pomoc. – Wzięła wdech i stwierdziła, że najlepiej będzie jednak zagrać w otwarte karty. – Pomyślałam sobie, że mogłabym na wszelki wypadek nauczyć przemiany tych, którzy nie mają jeszcze osiemnastu lat – powiedziała.

Teraz z kolei Sam wziął głęboki wdech.

– Lu, zdaję sobie sprawę, o co ci chodzi, ale jestem pewien, że poradzimy sobie bez korzystania z twoich nowych „zdolności". Kiedy to wszystko się skończy, chciałbym, żeby wszystko było już po staremu.

– Tato, nic nie będzie „po staremu". Nie możemy udawać, że te wszystkie krainy, inne ludy, nasze „zdolności" po prostu nie istnieją. Wszystko już się zmieniło.

– Wiem... – rzekł Sam z rezygnacją w głosie. – Po prostu miałem nadzieję, że będę mógł jeszcze chwilę nacieszyć się odzyskaniem mojej małej córeczki – dodał. – Pozwól, że jeszcze to przemyślę, zanim zaczniesz uczyć dzieciaki tych swoich sztuczek. Niektóre z nich mają jeszcze mleko pod nosem.

Uśmiechnęli się oboje. Ujęła go za ramię i razem poszli w stronę rzeki, aby zorganizować obronę.

Kerri miała wrażenie, że tylko na chwilę weszła do tunelu. Dolina była jednak pusta, nigdzie nie było śladu ani Sonny'ego, ani szefa. Nie przeszkadzało jej to jednak, lubiła działać w pojedynkę. Już wcześniej złapała trop Cartera, ale wolała nic nie mówić. Najważniejsze było dla niej, żeby Casey wrócił do domu, zanim zmieni się w starca.

Teraz musiała znaleźć Cartera. Wracała po swoich śladach, aż w końcu znalazła to, czego szukała. Carter na pewno tędy przechodził.

Jako że spędziła z nim tyle czasu, doskonale pamiętała jego zapach, który teraz próbowała umiejscowić. W powietrzu wisiała ostra i charakterystyczna woń jego potu po tym, jak biegł przez cały dzień i całą noc; czuć było jednak coś jeszcze, coś mniej wyraźnego. Rzeka! Przypomniał jej się widok Cartera ściskającego nagrodę za zwycięstwo w wyścigu pływackim. Musiał teraz spędzić dużo czasu w wodzie, miał mokrą sierść, a przynajmniej łapy.

Dlaczego od razu skojarzyłam ten zapach z nim?, zastanowiła się. *Cytryny. Jego zapach zawsze miał w sobie jakąś cytrynową nutę.* Przypomniała sobie, jak pocieszała go po tym, gdy pokazał, co się stało z Holly, jak leżeli w trawie, marząc o smażonej rybie i naleśnikach. Mignął jej przed oczami nawet ten moment, kiedy pocałowała go w policzek, gdy wygrał wyścig. *Ten malec zdecydowanie pachnie cytrynami*, powiedziała sama do siebie.

Kerri biegła przed siebie, szczęśliwa po raz pierwszy od... od kiedy? Zdała sobie sprawę, że czuła radość po raz pierwszy, odkąd zaśmiewali się razem z Carterem w trawie.

Szybko uczyła się wykorzystywać nowe możliwości, które dawały jej wyczulone zmysły; wiedziała teraz, że musi wychwycić zapach cytryn pośród ciężkiej woni spalonej trawy i dopalających się sosen. Trop prowadził na zachód; Carter musiał minąć bramę, gdy próbował ją znaleźć. Nie mógł jednak wiedzieć, czego właściwie szuka. Rzuciła się do biegu, przekonana, że jest już na właściwej drodze. Zapach stawał się coraz silniejszy.

Puścił się zbyt daleko na zachód, pomyślała. *Ale nie może być już zbyt daleko.*

Zdumiała ją łatwość, z jaką była w stanie wytropić każdy krok Cartera. Wyczuła w trakcie biegu zmianę w zapachach, które do niej dochodziły. Zapach spalonego bądź dopalającego się drewna był wszechobecny, lecz Kerri nauczyła się już nie zwracać nań uwagi. Woń Cartera była dla niej równie czytelna jak odciski w śniegu. Wiatr zmienił kierunek, przynosząc nieznany i odstręczający zapach; był to bardziej przyprawiający o mdłości zgniły odór, bardzo charakterystyczny, który jednocześnie trudno dopasować do czegokolwiek. Kerri zostawiła tę kwestię na później, skupiając się na poszukiwaniach.

Carter nie mógł pozbyć się wrażenia, że w gruncie rzeczy gania za własnym ogonem. Poszedł za zapachem, który zostawili za sobą Lulu i Sam. Trop jednak nagle się urwał i nie można go było nigdzie znaleźć. Czuł, jakby odbijał się od ściany.

To gdzieś tutaj brama musiała się zamknąć, pomyślał.

Nigdzie nie było jednak śladu Kerri.

Na pewno dała radę zbiec. Grupa wynędzniałych kotków nie miała szans jej powstrzymać, to oczywiste.

Czuł gniew na myśl o tym, jaki los spotkał Holly z ich powodu – zostawioną samą w ciemnościach na pastwę własnego strachu, burzy i wszystkiego, co mogło się wyłonić z mroku. A on sam? Również zabrany od rodziny, od przyjaciół oraz rzeki, którą tak kochał; jemu także sprzedano kłamliwą bajkę o złych niedźwiedziach. Teraz chcieli dopaść Kerri. Carter czuł rodzącą się w sercu nienawiść do Dumy.

Biegł przed siebie, nie wiedząc, czego szuka. Wiedział tylko, że im szybciej biegnie, tym łatwiej jest mu ugasić, przynajmniej na chwilę, dławiącą go wściekłość.

Zatrzymał się, gdy poczuł, że wiatr wieje w innym kierunku. Obrócił się i wystawił na jego podmuch; wyczuł to, czego tak bardzo szukał. Kerri. Powietrze, które go muskało, było niemal przesycone jej zapachem. Tak, na pewno była niemal tuż za nim. Zaczął wracać drogą, którą uprzednio przybiegł. Był tak podekscytowany i szczęśliwy, że chciało mu się wyć z radości. Carter również poczuł mdły zapach, który wplótł się w wiejący wiatr i też nie wiedział, co może być jego źródłem.

Czuł, że Kerri jest coraz bliżej, ale nie mógł pozbyć się wrażenia, że coś ją śledzi. Serce biło mu szybciej jednocześnie na myśl o spotkaniu i wiszącym w powietrzu niebezpieczeństwie. Skrył się w trawie, próbując dostrzec źródło niepokoju. Słyszał w oddali trzask suchych łamanych łodyg i nagle dostrzegł Kerri, która pędziła przez łąkę; zbliżała się bardzo szybko w jego kierunku. Chciał wyskoczyć, zatrzymać ją i uściskać, po prostu po to, żeby usłyszeć jej głos. Intuicja jednak podpowiadała mu coś innego: „coś ją ściga... coś groźnego".

Przyklęknął i czekał w bezruchu. Ruszał jedynie oczami, śledząc jej bieg. Wstrzymał oddech w oczekiwaniu. W końcu! Poczuł znajomy już dziwny, mdły zapach, tym razem niezmieszany z zapachem Kerri – był tak silny, że Carterowi zakręciło się w głowie. Z każdą sekundą był coraz bardziej intensywny. Ponownie rozległ się trzask łamanych łodyg. Cokolwiek to było, było już bardzo blisko, a Kerri wciąż nie wiedziała, że jest ścigana.

Carter dostrzegł, jak to coś wystaje ponad chaszcze. Było kilka długości za Kerri. Biegło w dziwny sposób – to na czterech, to na dwóch łapach, sadząc potężne susy. Miało potężne ciało pokryte krótkim futrem, na piersi i twarzy widać było gładkie plamy. Znowu skoczyło naprzód. Carter mógł się teraz lepiej przyjrzeć masywnym kończynom, które, wydawało mu się, poruszały się w zwolnionym tempie. Widział teraz wyraźnie długie kły wystające z groźnego pyska, z którego skapywała ślina. Najbardziej jednak przeraziły go lśniące złowieszczą czerwienią oczy; przez chwilę się wahał, czy wyjść z ukrycia. Bestia znów skoczyła naprzód.

Była już tuż obok. Carter napiął wszystkie mięśnie i rzucił się na bestię, gdy ta była w górze, uderzając w żebra. Słyszał powietrze uciekające z jej płuc oraz obrzydliwy trzask łamanych kości. Potwór boleśnie upadł i potoczył się po ziemi.

Muszę wstać pierwszy.

Stał już na czterech łapach i obrócił się w kierunku przeciwnika. Nikogo jednak nie widział, nie było po nim żadnego śladu.

Carter zaczął nerwowo rozglądać się wokół, próbując go znaleźć. Nagle poczuł, jak ogromny ciężar przygniata go do ziemi. Bestia chwyciła jego szyję swoimi potężnymi łapami i zaczęła go dusić. Rozrywający ból odebrał dech Carterowi, gdy małpa zacisnęła swój chwyt. Próbował ją z siebie zrzucić, ale ona cały czas go trzymała, szarpiąc i wyrywając mu futro. Rzucił się na plecy, starając się poluzować chwyt, bestia jednak nie dawała za wygraną. Ból w karku stawał się nie do zniesienia, gdy małpa gwałtownie nim szarpała. Carterowi zaczynało brakować tlenu, umysł przytępiły ból i oszołomienie, zaczynał widzieć mroczki przed oczami.

Muszę ją ostrzec, pomyślał, czując, że zaraz kompletnie straci przytomność. Przednie łapy odmówiły posłuszeństwa; resztkami sił Carter próbował ostatni raz złapać powietrze – tym razem, żeby ostrzec Kerri.

Wiedziała, że Carter jest blisko. Biegła szybciej, sądząc, że w każdej chwili może wyskoczyć z gąszczy. Po pewnym czasie jednak spostrzegła, że coś jest nie tak. Od przeciwnej strony dochodził inny, silniejszy zapach, zupełnie jakby Carter biegał w kółko. Stanęła, chcąc przeanalizować sytuację, i wtedy właśnie usłyszała głuchy łomot, tąpnięcie o ziemie i trzask trawy. Zawróciła i pobiegła po swoich śladach w miejsce, skąd dochodził hałas. Dostrzegła Cartera próbującego zrzucić z siebie jakieś ohydne, przeraźliwie silne monstrum, które przywarło do jego pleców. Wyglądało jak coś pomiędzy człowiekiem i małpą.

Zaatakowała, gdy Carter padł na ziemię. Wgryzła się z całej siły w kark bestii i mocno szarpnęła. Rozległo się głuche pęknięcie; małpa bezwładnie osunęła się na ziemię ze złamanym karkiem. Kerri zeskoczyła z niej z wyraźnym obrzydzeniem; czuła w ustach ohydny posmak, od którego robiło jej się niedobrze. Dysząc, spojrzała na Cartera, który próbował wstać z ziemi.

– Dlaczego wciąż popełniasz takie głupstwa? – spytała, kiedy mogła już złapać oddech.

– Kiedy na nie wpadam, nie wydają mi się takie głupie – odparł Carter. – Wiem, że zrobiłabyś to samo dla mnie.

Kerri zaczęła dygotać. Czuła mdłości od posmaku bestii, który wciąż miała w ustach i od tego, co przed chwilą musiała zrobić.

– Kerri, chodź – powiedział. – Zabierajmy się już stąd do domu.

Mogła jedynie kiwnąć głową i pójść jego śladem. Ruszyli w stronę granicy.

– Carter, muszę się zatrzymać na chwilę. Nie mogę iść dalej, nogi się pode mną uginają – powiedziała Kerri po pewnym czasie.

– Nie ma sprawy, mogę stanąć na warcie. Leż, dopóki nie poczujesz się lepiej.

Padła na ziemię. Miała potężne zawroty głowy, wszystko wokół wirowało. Próbowała kontrolować oddech, ale nic z tego nie wychodziło – łykała powietrze jak ryba wyrzucona na brzeg. W końcu się poddała i zamknęła oczy; czekała, aż cała adrenalina z niej wyparuje. Carter czuwał przy niej, węsząc. Nie czuł jednak nic oprócz spalonej trawy i płonącego w oddali lasu.

– Cieszę się, że wróciłaś.

Kerri potrzebowała dłuższej chwili, żeby dojść do siebie. Dała radę wstać, choć wciąż targały nią silne mdłości.

– Co to było? – spytał.

– Jedno ze stworzeń, które nas śledziły, gdy mijaliśmy las. Sam je wtedy dostrzegłeś.

– Było o wiele silniejsze, niż bym kiedykolwiek przypuszczał.

– Skutki opętania – powiedziała. – Chodźmy, opowiem ci wszystko po drodze. Musimy być jednak ostrożni; jeśli w okolicy pojawiła się jedna z tych bestii, równie dobrze gdzieś mogą grasować kolejne.

Powoli udali się na wschód, do bramy, do domu.

ROZDZIAŁ 11

– Cześć, Vin. Nie spodziewałem się, że cię tu spotkam – powiedział Naz.

– Dostałem awans – odpowiedział ponuro.

– Gratulacje! Jeszcze zrobimy z ciebie gwardzistę – rzekł Naz. – Czym sobie na to zasłużyłeś?

– Nie mam pojęcia, ale według Wielkiego Szefa najlepiej nadaję się do poprowadzenia gwardzistów przez góry.

– Ruszamy na miasto, gdy tylko szef przyprowadzi syna tego zawszonego kłamcy, Dumy. Idziesz z nami?

– W sumie czemu nie, skoro już tu jestem – powiedział Vin.

Gdy rozmawiali, Naz dostrzegł Jojo i Sonny'ego nadbiegających ze szlaku. To był dziwny widok, niedźwiedź i wielki kot biegnące obok siebie.

– Przynajmniej ten kot dotrzymał słowa – rzucił Naz do Vina.

– Witaj, szefie. W samą porę! – powiedział Naz. – Szef chce z tobą porozmawiać, czeka w środku. Idź do niego, gdy tylko złapiesz oddech.

Jojo ruszył do jaskini wraz z podążającym za nim Sonnym.

– Hej, Szefie, ten tu to Sonny, syn tego zł... syn Dumy – zawołał, uważając jednocześnie na niski strop.

Szef odwrócił się w ich stronę z zainteresowaniem.

– Jojo, jak wygląda sytuacja w lesie?

– Ogień szybko się rozprzestrzenia. Nie jestem pewny, ile mamy czasu.

– Wiesz, co się stanie, gdy las całkowicie spłonie? – rzucił w kierunku Sonny'ego. Ten skinął głową.

– Zdajesz sobie również sprawę, że te stwory przyszły tu po klejnot, który ukradł twój ojciec?

Sonny znów przytaknął.

– Zanim las zajął się ogniem, mogliśmy przenieść klejnot do naszej krainy i ukryć go przed nimi. Twoi ludzie byliby bezpieczni. Te stwory po prostu podążyłyby za nami na północ. Ale wkrótce, gdy las spłonie, droga stanie przed nimi otworem. Najadą wasze ziemie, a nie wierzę, żeby twoi ludzie byli dość silni, by ich powstrzymać.

– Nasza gwardia to potężni wojownicy trenowani od lat. Obronią naszych ludzi – odrzekł dumnie Sonny.

– Twoi ludzie nie byli w stanie *nam* dać rady; nie łudź się, że zrobią jakiekolwiek wrażenie na bestiach, które tu przybędą. Są obłąkane, mają tylko jeden cel w życiu, którym jest zdobycie klejnotu. Zniszczą każdego, kto wejdzie im w drogę, nic ich nie powstrzyma; gdy zaś zdobędą klejnot, wtargną na nasze ziemie oraz te na południu, bo będą miały klucz do bram pozwalający im na przekraczanie granic krain, kiedy tylko będą chciały.

– Nie potrafię wytłumaczyć działań mojego ojca ani też za nie przeprosić – powiedział Sonny.

– Czas na tłumaczenia i przeprosiny już dawno minął. To nasza ostatnia szansa na naprawienie tego, co się stało – odparł Szef.

– Zatem czego ode mnie oczekujesz? Mój ojciec...

– Oczekuję? – Szef przerwał Sonny'emu ze złością. – Oczekuję, że zrobisz wszystko co w twojej mocy, by uratować swoich ludzi. Oczekuję, że powiesz im, że zabierzemy klejnot na północ i zamkniemy granicę. Musisz im wytłumaczyć, że *wraca w nasze ręce*. Jeśli zdecydują się go znam zwrócić, mogą liczyć na naszą pomoc; w przeciwnym razie użyjemy siły. Cokolwiek postanowią, muszą przyjąć do wiadomości, że te ziemie są zgubione. Nie będziecie tu dłużej bezpieczni.

– Nie możesz wymagać od nas, żebyśmy zwyczajnie porzucili nasze terytorium, zostawili za sobą wszystko, dla czego żyliśmy i na co pracowaliśmy, i dobrowolnie udali się na wygnanie – powiedział Sonny.

– Nie, nie sądzę, że mogę tego wymagać – rzekł Szef spokojniejszym tonem. – Musisz wytłumaczyć swoim ludziom, że jeśli nam pomogą, my pomożemy ocalałym w ucieczce z tego miejsca.

– Ocalałym? Naprawdę wydaje ci się, że mój lud się ugnie przed nimi?

– Bynajmniej tak mi się nie wydaje, ja tego jestem po prostu pewien.

Sonny spojrzał na niego zmieszany.

– Rozumiesz, o co cię proszę? – zapytał Szef.

– Nie zdradzę mojego ojca – odparł Sonny.

– Musisz przestać myśleć o nim jako o twoim ojcu. Straciłeś go w chwili, w której spojrzał na klejnot. Teraz to człowiek opętany przez chciwość i żądzę. Niedługo stanie się dokładnie taki jak bestie, które was zaatakują. Różnić ich będzie jedynie to, że oni są małpami, a on kotem.

– Nie jesteśmy kotami, jesteśmy...

– Czym jesteście?

– To nie ma już znaczenia – powiedział zrezygnowany Sonny.

– Nasi gwardziści już tu są. Pójdziesz z nimi i przemówisz do swojego ludu. Powiedz im, żeby oddali klejnot w ciągu godziny, inaczej zupełnie niepotrzebnie poleje się krew. Klejnot musi do nas wrócić *dzisiaj*. Nie ma więcej czasu.

– Chodź, idziemy już – powiedział Jojo.

Na zewnątrz czekała gotowa do drogi gwardia. Stali zniecierpliwieni, orząc łapami w śniegu. Naz zapoznał ich ze szczegółami planu; każdy nasłuchiwał z dumnie wypiętą piersią. Ich białe futra lśniły w świetle słońca, sprawiając, że Naz i Vin wyglądali ponuro i przygnębiająco w futrach wciąż utytłanych w brudnym, szarym pyle, którego użyli jako zaimprowizowanego kamuflażu.

– Gwardia, za mną – zawołał Jojo. – Naz, miej oko na Sonny'ego, żeby się od nas nie odłączył. Vin, idziesz?

– Mam ciasto, szefie – odparł Vin.

– Dobrze. Mam nadzieję, że nie będziemy go potrzebować – powiedział, kierując grupę w dół szlaku.

Ziemia była pokryta głazami, które spadły z wyższych zboczy i tworzyły teraz nierówne osypiska. Wijąca się między nimi ścieżka powstała przez lata szukania najłatwiejszej drogi. Gdy dotarli do wyjątkowo dużego głazu, szef podniósł rękę, aby się zatrzymali. Napięcie pośród gwardzistów było wyczuwalne, od paru godzin rozprawiali o nadchodzącej akcji.

– Na szlaku przed nami są dwa koty – szepnął Jojo do najbliższego niedźwiedzia. – Weź dwóch ze sobą i okrążcie ten głaz. Gdy dam wam znać, wyskoczycie zza niego.

Nieświadomy obecności niedźwiedzi Dray i jego towarzysz szli w górę szlaku, kierując się w stronę przejścia, którego mieli strzec.

– To misja samobójcza – powiedział Dray. – Jestem tu tylko dlatego, że wiem, co jest przyczyną tego bałaganu; on chce się mnie po prostu pozbyć.

– O jakiej przyczynie mówisz i co to ma wspólnego ze mną?

– Byłeś po prostu w złym miejscu o złym czasie – rzekł Dray, kiedy okrążali szczególnie wielki głaz.

– Mógłbym to samo powiedzieć o dwóch kotach, które wybrały złą drogę w górach – powiedział Jojo wchodząc na szlak. – Możecie już wyjść – rzucił do swoich ludzi.

Na twarzach kotów pojawił się strach. Wodzili oczami po otaczających ich skarpach w poszukiwaniu drogi ucieczki.

– Nawet nie myśl o ucieczce. Jest tu ktoś, kogo zapewne zechcesz zobaczyć. Naz, przyprowadź go.

Naz wyprowadził Sonny'ego zza skały i ustawił go przed Drayem.

– Myśleliśmy, że zginąłeś w ogniu – powiedział Dray.

– Udało mi się wymknąć.

– Czemu zdradziłeś swojego ojca i swój ród? Teraz pracujesz dla nich? – zapytał Dray.

– Nikogo nie zdradziłem. Chcę wszystko naprawić.

– Nie możesz niczego naprawić. To zaszło za daleko.

– Znam cię – powiedział zdumiony szef. – To ty przybyłeś wraz ze złodziejem Dumą na nasze ziemie.

– Tak, byłem tam.

– Wszedłeś do biblioteki z tym oszustem. Byłeś tam, gdy on to ukradł!

– Tak, byłem tam, ja...

– Przyjęliście naszą pomoc, naszą gościnność i ukradliście nasz klejnot! – złość w głosie Jojo spotęgowała podniecenie innych gwardzistów, szmery i pomruki niezadowolenia przybrały na sile.

– Nie miałem nic wspólnego z kradzieżą. Nic nie wiedziałem, dopóki nie dotarliśmy do naszej granicy. Myślałem, że tylko spojrzał na klejnot. Powiedziałeś, że to klucz do przyszłości, a my także chcieliśmy poznać własną, chcieliśmy...

– Ty nędzny łajdaku. Nawet teraz zdradzasz swojego wodza tymi kłamstwami. To prawda, że nigdy nie wolno ufać kotom – powiedział Jojo ku głośnej aprobacie ze strony innych niedźwiedzi, które gromadziły się coraz bliżej, chcąc usłyszeć ich wymianę zdań.

Okazywana wrogość coraz bardziej onieśmielała Draya i jego towarzysza.

– On już nie jest moim wodzem, nie poznaję go. Nie jest już

tą samą osobą, z którą udałem się na wasze ziemie. Zmienił się nie do poznania.

– To prawda! – zgodził się drugi kot. – Cały czas jest na coś zły, zwykle na mnie.

– Nie mamy czasu na te łgarstwa. Wy dwaj idziecie z nami. Powiecie Dumie, że mamy jego syna i dotkliwie go zranimy, jeśli nie odda nam szkatułki.

– To nic nie da. Wyparł się ciebie, Sonny. Nie chce nawet słyszeć twojego imienia.

– Co, wyparł się własnego syna? Nigdy nie ufaj kotu!

– Nie ufaj! – zagrzmieli pozostali, głośniej i groźniej.

– Gwardia, upewnijcie się, że ci dwaj za nami nadążają i niech nawet nie myślą o ucieczce. Musimy natychmiast ruszać.

Szef ruszył w dół stoku, kierując się w stronę miasta.

Widziane z grzbietu góry miasto było ciche i spokojne. Ludzie zajmowali się beztrosko swoimi codziennymi sprawami, dopóki nie nadeszły niedźwiedzie.

Stały dumne w pełnym blasku słońca, czekając, aż zostaną zauważone. Chciały wystraszyć mieszkańców swoją liczbą i posturą. Panika błyskawicznie rozprzestrzeniła się, gdy tylko je dostrzeżono.

– Oto, co zrobimy – powiedział Jojo. – Naz, twoja grupa idzie za Sonnym, upewnijcie się, że mieszkańcy go widzą, ale jednocześnie nie pozwólcie mu uciec. Druga grupa, wy róbcie swoje dookoła miasta i zablokujcie drogę ucieczki. Nikt nie może się wydostać.

– Reszta idzie ze mną na główny szlak. Spróbujemy wynegocjować wymianę. Gdyby sytuacja zaczęła się wymykać spod kontroli, wszyscy biegiem do mnie. Klejnot powinien być w domu w środku miasta, na północy. Nie wracamy bez niego – powiedział szef.

– Szorstki i tajemniczy, Vin; i pamiętaj, co ci mówiłem o

oczach. Zmruż je groźnie, o tak – Naz zademonstrował, jak powinien wyglądać szorstki niedźwiedź.

– I bez niepotrzebnej przemocy. Ograniczyć liczbę ofiar do minimum – przypomniał szef.

Dray wystąpił naprzód.

– Czy mogę zamienić słówko z Sonnym, zanim wyruszymy?

– Mów tak, żebyśmy wszyscy mogli usłyszeć, co masz do powiedzenia – powiedział szef.

– Dobrze. Nie mam powodu, by walczyć przeciwko wam. Chcę, żeby to wszystko się skończyło, tak samo jak wy.

– Skończyło? To dopiero początek!

– Sonny, chcę żebyś wiedział, że nawet jeśli ojciec się ciebie wyparł, to wielu, tam w dole, pragnie twojego powrotu. Twój ojciec traci władzę. Ludzie nie aprobują tego, co robi i mówi. Nikt nie rozumie, czemu ich życie nagle się rozpada. Przemów do nich, Sonny. Ojciec spróbuje cię powstrzymać, ale oni cię wysłuchają.

– Pamiętaj, żeby powiedzieć im dokładnie to, co przekazał ci Szef – rzekł Jojo. – To nie my jesteśmy ich zmartwieniem, tylko to, co wypadnie rozwścieczone z lasu.

– Zrobię, co w mojej mocy – powiedział Sonny, po czym skierował się w dół zbocza z podążającą za nim grupą niedźwiedzi.

To był imponujący widok: oddział groźnie wyglądających niedźwiedzi maszerujących na tylnych łapach przemierzał uliczki miasta. Matki gnały na oślep, zgarniając w popłochu dzieci i kryjąc je w domach. Mężczyźni, już w zwierzęcej postaci, biegli w ich kierunku, chcąc zablokować drogę.

– Jesteśmy wystarczająco blisko – powiedział szef do Sonny'ego. – Jak stąd krzykniesz, wszyscy cię usłyszą.

Sonny dał krok naprzód, rozpoznając swojego wuja na czele grupy kotów.

–Wujku, niedźwiedzie przyszły tylko po to, by odzyskać złotą szkatułkę ukradzioną przez mojego ojca, kiedy...

– Ukradzioną! – rozległ się ryk Dumy wyłaniającego się

naprzód kolumny. – Kto ośmiela się oskarżać mnie o kradzież czegokolwiek? Ty? – krzyknął z pogardą w głosie.

– Czemu nie powiedziałeś nam, że znalazłeś północną granicę, ojcze?

– Czy muszę ci teraz odpowiadać?

– Czy nie powiedziałeś nam tego, by ukryć przed nami kradzież ich skarbu?

– Jak mogłem ukraść coś, co nie należy do nich? W jaki sposób ci z północy znaleźli się w posiadaniu tego skarbu? Sami zabrali go ludziom ze wschodu. Jakie mają więc prawo do jego posiadania? – ryknął.

– Skarb był strzeżony, aby chronić nas wszystkich przed tymi stworami – rzekł Sonny wskazując na wschód.

– Aby nas chronić? – roześmiał się kpiąco. – Nie masz pojęcia, jak potężny jest ten skarb, co może sprawić i jak potężny jestem, posiadając go. Jaki jest sens chować go przed wszystkimi? Istnieje po to, żeby go używać!

– Klejnot przejmuje władzę nad tobą. Zniszczy ciebie i wszystkich dookoła.

– A więc jesteś znawcą skarbu, którego nawet nigdy nie widziałeś? – znów pogardliwie się roześmiał. – Skąd niby wiesz takie rzeczy? Od wroga, którego zaprosiłeś w nasze progi? Od wroga, z którym sobie przysiadłeś, biesiadowałeś i któremu powiedziałeś o wszystkich naszych sekretach?

– Ojcze...

– Nie jestem twoim ojcem, a ty nie jesteś moim synem, zdrajco!

– Muszę przemówić do naszego ludu.

– Gdybyś był wystarczająco silny, by wziąć ode mnie skarb, to...

– Wystarczająco silny, by kraść i okłamywać własnych poddanych? Wystarczająco silny, by porywać dzieci z innych krain, by chronić CIEBIE? – wściekły głos Sonny'ego niósł się po całym mieście.

– Odejdź stąd, zdrajco, zanim pożałujesz, że w ogóle tu przyszedłeś.

– Mam prawo przemawiać do moich ludzi. Proszę, wysłuchajcie mnie – zwrócił się do mieszkańców. – Zgraja przerażających bestii zmierza ku dolinie...

– NIE! – ryknął Duma. Ruszył w kierunku Sonny'ego, chcąc go powstrzymać.

– Daj mu mówić – Dray przepchnął się pomiędzy niedźwiedziami i stanął obok Sonny'ego. Duma zatrzymał się.

– Więc ty również zdradziłeś swoich ludzi?

– Ma prawo, by wszyscy go usłyszeli – Dray zwrócił się w kierunku miasta.

Sonny zauważył, że kobiety wyszły z domów i stanęły u boku mężczyzn. Odchrząknął i przemówił do zgromadzonych ludzi:

– Ze wschodu zmierza w tę stronę wataha potworów szukających klejnotu, który ukradł mój ojciec z krainy leżącej na północy. Te stworzenia są opętane przez zło, z którym nigdy się nie spotkaliśmy. Jeśli odnajdą klejnot, ani my, ani mieszkańcy sąsiednich krain nie będziemy bezpieczni. Musimy go zwrócić i...

– Nie! – wrzasnął Duma, ruszając na Sonny'ego.

Sonny dojrzał tylko mignięcie szarego futra, gdy niedźwiedź skoczył w powietrze, zwalając Dumę z nóg. Vin podniósł się na pełną wysokość i ryknął ogłuszająco prosto w twarz Dumy, który leżał rozdygotany na ziemi. Pozostałe koty zastygły w miejscu, nie wiedząc, jak zareagować.

– Musimy zwrócić klejnot niedźwiedziom i przygotować się na stawienie czoła nadchodzącemu złu – zakończył Sonny.

– Ja go zwrócę – Dray wysunął się naprzód i spojrzał na grupę kotów, które czekały w gotowości, choć nie wiedziały, na co.

– Pomogę ci – dobiegł głos spośród tłumu.

– I ja – powiedział kolejny, i kolejny.

– Tu nie ma zdrajców, nikt nie opuści tego miasta w potrzebie – Dray zwrócił się do mieszkańców.

Koty odsunęły się, robiąc przejście Drayowi.

– Dobra robota, Vin – rzucił cicho Naz. – Zaczynasz być dobry w te klocki.

– Dzięki, Naz – odszepnął Vin kącikiem ust. Vin stał nad Dumą, wydając z siebie warkliwe odgłosy. Rozchylił szczęki, ukazując białe, ostre zęby; z pyska kapała mu ślina.

Dray wrócił, niosąc złotą szkatułkę. Trzymał ją jak najdalej od siebie, jakby była zbyt gorąca, by trzymać ją w rękach. Szedł w stronę niedźwiedzi, lecz przystanął, wahając się przez chwilę, patrząc w dal. Ci, którzy stali najbliżej, zauważyli, że wpatruje się w grań na wschodzie i podążyli za jego wzrokiem.

–Są tutaj – powiedział. Wszyscy obrócili się w tamtą stronę.

Duma leżał na ziemi, wyjąc z żalu po stracie klejnotu. Gdy tylko próbował się podnieść, Vin przygniatał go mocniej. Wyrywanie się i zawodzenie nie pomagało mu w wydostaniu się spod łapy Vina, wbijającej się w jego klatkę piersiową i przygważdżającej go do ziemi.

Dray podszedł do szefa, trzymając przed sobą szkatułkę, i z wyraźną ulgą mu ją wręczył. Szef skinął głową w podzięce. Stał, wpatrując się w szkatułkę w swoich dłoniach, czując bijące od niej ciepło. Przez moment wydawało się, że Jojo kusi możliwość otworzenia szkatułki i ujrzenia jej zawartości. Lecz po chwili jego wyraz twarzy zmienił się; nieomalże się uśmiechnął, wiedząc, że może trzymać szkatułkę i przezwyciężyć pokusę jej przywłaszczenia. Wyglądało na to, że wygrał swoją wewnętrzną bitwę.

–Proszę, nie osądzajcie nas po czynach jednego chciwego człowieka. Są tu też dobrzy ludzie.

Jojo powrócił myślami na ziemię.

– Teraz to widzę – rzekł, patrząc znów na kobiety i dzieci z miasta, czując ogromny smutek na myśl o tym, co zaraz nastąpi.

– Sonny – zawołał szef. – Powiedz im wszystko. Będziesz

potrzebował pomocy. Nie sądzę, żebyście byli tu bezpieczni. Musicie natychmiast opuścić miasto.

– Nie mamy dokąd pójść – powiedział Dray.

– Najważniejszą rzeczą jest jak najszybsze dostarczenie klejnotu za granicę waszej krainy. Gwardia! Zabierzcie go z powrotem do Szefa najszybciej, jak możecie – powiedział, przekazując szkatułkę z klejnotem. – Powiedzcie mu, że widziano małpę na grzbiecie góry niedaleko miasta. Choćby nie wiem co się działo, nie zatrzymujcie się!

Wyruszyli, wzniecając tumany kurzu, i skierowali się w stronę szlaku prowadzącego do lodowych jaskiń.

– Vin, puść go – rozkazał szef.

– Precz – powiedział Vin, patrząc z góry na wciąż drżącego Dumę, który leżał na ziemi. Gdy odszedł, szef puścił oko do Vina.

– Dobra robota, Vin, wspaniały pokaz własnej inicjatywy.

– Dzięki, szefie. Wiedziałem, że koniec końców to zwykły zbir.

– Dostajesz awans. Odtąd służysz w gwardii.

– Naprawdę? Dzięki, szefie!

– Skoro mamy już klejnot, Szef planuje wycofać wszystkich z powrotem za granicę. Wy dwaj możecie z nimi iść, jeśli chcecie. Jak ruszycie teraz, to wkrótce ich dogonicie.

– A co z tobą? – zapytał Naz.

– Ci ludzie będą potrzebować wsparcia. Zamierzam zrobić wszystko, co w mojej mocy.

– Ale dlaczego?

– Spójrzcie na kobiety i dzieci, już wyglądają na przerażone.

Naz wahał się tylko przez chwilę.

– Zostaję z tobą.

– Naz, mnie też dopisz – powiedział Vin.

– Tam, gdzie idziemy, nie będzie placków.

– Chyba już nadmiernie dogodziłem sobie w obozie – rzekł Vin, szczerząc zęby w uśmiechu.

– Dzięki, chłopaki – uśmiechnął się. – Ci ludzie nie są wyszkolonymi wojownikami. Nie mają pojęcia, co ich czeka. Powinniśmy przekonać ich do opuszczenia tego miejsca.

– Dokąd mieliby pójść?

– Małpy podążą za klejnotem na północ aż napotkają granicę; wydaje mi się, że później zawrócą, niszcząc wszystko na swojej drodze. Ci ludzie mogą przedostać się w międzyczasie do południowej granicy, jeśli dopisze im szczęście. Nie mam pojęcia jednak, czy to rzeczywiście się uda.

– Słyszałem, że w tej krainie nie ma już czarnych kamieni, ale jedno przejście jest nadal otwarte. Pozostanie tam jeszcze przez dzień lub dwa. Obawiam się, że to ich jedyna szansa.

– Południowcy mogą ich nie wpuścić. Nie wiem, czy sam bym ich wpuścił, gdyby porwali moje dziecko – powiedział Naz.

– Dlaczego nie pójdziesz ich spytać?

– Co masz na myśli?

– Mówiłeś, że ich król zaprosił cię w odwiedziny do tamtej krainy. Dlaczego nie miałbyś pójść tam teraz?

– To jest plan, szefie – odrzekł Naz.

– Jedyny plan, jaki przychodzi mi do głowy. Pora wziąć się do roboty.

Podczas gdy Naz i Vin przemierzali płaskowyż, Jojo wziął Draya na stronę.

– Gdzie są te małpie stwory? – zapytał Dray.

– Podążają za gwardią na północ, ale wkrótce nadejdą kolejne. Najwyższa pora odłożyć na bok różnice między nami – powiedział Jojo. – Musimy działać wspólnie, by powstrzymać te stwory, jeśli świat, jaki znamy, ma przetrwać.

– Co proponujesz zrobić?

– Czy Sonny powiedział ci o tym, co przekazał mu szef?

– Tak. Sugerujesz, że powinniśmy opuścić nasze ziemie bez walki?

– Jeśli chcecie uratować swoich ludzi, powinniście opuścić to miejsce jak najszybciej. Moja gwardia dostarczy klejnot w okolice granicy przed zmrokiem. Wówczas będzie poza zasięgiem małp. Gdy tylko się zorientują, co się stało, zemszczą się na każdym, kto pozostanie w tej krainie.

– Nie mamy przywódcy. Duma obrócił się przeciwko sobie. Zachowuje się jak szaleniec, kołysząc w przód i w tył i płacząc jak dziecko.

– Widziałem to już wcześniej. Nie ma już dla niego nadziei. Gdy tylko dotknął klejnotu, stracił kontrolę nad swoim życiem. Ktoś musi przejąć dowodzenie.

– Sonny jest za młody, zbyt niedoświadczony.

– Myślałem o tobie.

– O mnie? Nie sądzę, by ludzie...

– W te chwili twoi ludzie potrzebują przywódcy i myślę, że pójdą za każdym, kto przejmie inicjatywę.

Jojo patrzył na Draya, który schował twarz w dłoniach, niepewny, czy da radę udźwignąć tak wielką odpowiedzialność.

– Nie...

– Możesz i musisz – przerwał jego próbę protestu Jojo. – Pomogę ci, ale musi to wyglądać tak, jakby wszystko wychodziło od ciebie.

– Co powinienem zrobić?

– Zbierz wszystkich, powiedz im prawdę i powiedz, że mają iść na południe najszybciej, jak mogą.

– Ale moi ludzie porwali ich dzieci. Nigdy nie wpuszczą nas na swoje ziemie.

– Ci południowcy są wyrozumiali. Są również bardzo miłosierni. Naz już udał się w kierunku granicy, aby przedstawić im sytuację i sprawdzić, czy pozwolą wam wejść. Byle tylko kierować się jak najdalej na południe lub nawet zachód...

– Na zachodzie jest tylko woda.

– Jesteś pewien?

– Cóż, niezupełnie, zawsze tak uważaliśmy.

– Tak jak zawsze wierzyliście, że wasza Północna Pustynia jest bezkresna?

Dray podrapał się w głowę, tak jakby dręczące go pytania były tak pokrętne, że swędzi od nich mózg.

– Czy na zachodzie są jakieś ziemie?

– Słyszałem pogłoski, że tak.

Dray wyglądał na tak zdezorientowanego, że Jojo aż poczuł przykrość z tego powodu.

– Dlaczego to robicie? To Duma i ja zapoczątkowaliśmy to wszystko – machnął ręką, wskazując chaos dookoła nich.

– To prawda, zaczęliście to i wasza kraina poniesie tego konsekwencję, ale nie chcę, żeby twój lud został unicestwiony przez chciwość jednego człowieka.

Dray wziął głęboki oddech, by oczyścić umysł.

– Zrobię to – zdecydował w końcu.

– Powiedz im, by wyruszyli szybko i bez zbędnego balastu.

Na płaskowyżu przyciemnione futra Vina i Naza sprawiły, że z daleka byli niedostrzegalni. Idąc, starali się trzeć stopami lekki piasek, wzniecając wokół siebie tumany kurzu, by łatwiej dopasować się do zmieniającego się krajobrazu. Naz odczytywał ze sposobu, w jaki brwi Vina poruszały się w górę i w dół, że od paru minut gryzie go jakiś problem.

– Co ci chodzi po głowie?

– Naprawdę zamierzasz przejść przez bramę i poprosić o widzenie z królem?

– Nie wiem, czemu miałbym tego nie zrobić, Vin. Przecież nas zaprosił.

– To raczej było zaproszenie na ciasto i pogaduszki niż „Hej, znajdzie się miejsce dla całego tabunu ludzi, którzy będą waszymi nowymi sąsiadami?".

– Oczywiście nie zamierzam przecież przyjść tam i poprosić ich o zaopiekowanie się tłumem kobiet, dzieci oraz, byłbym zapomniał, gromadą parszywych kotów, które porywały ich dzieci. Są na to inne sposoby, Vin. Najpierw ciasto, a właściwa rozmowa dopiero, gdy będą już szczęśliwi i zrelaksowani. To się nazywa dyplomacja. To jedna z umiejętności, które musisz nabyć, skoro jesteś w gwardii.

– Jak mam się tego nauczyć, Naz?

– Najlepiej będzie, jeśli będziesz obserwował, słuchał i próbował robić to, co ja.

– Myślisz, że przejście jest wciąż otwarte?

– Nie szedłbym tam, gdybym myślał inaczej. Liczyłem dni, odkąd ten cały Casey przez nie przeszedł. Sądzę, że mamy jeden dzień zapasu. Ale lepiej się pospieszmy tak na wszelki wypadek. Dawaj, dodajmy trochę kroku.

Vin zaczął truchtać.

– Wstrzymaj się, Vin. Dostosujmy swoje tempo.

– Jesteśmy zbyt odkryci tu, na płaskowyżu, któryś z tych stworów mógłby nas zobaczyć z tamtej drogi. Im szybciej stąd znikniemy, tym lepiej. Możemy zwolnić, kiedy dotrzemy do wzgórz – odparł Vin. Przerwa między nimi wydłużyła się.

Naz uśmiechnął się do siebie. *Vin okazuje się być cennym nabytkiem, myśli naprzód. Będzie z niego dobry gwardzista.*

Naz zaczął biec, aby dogonić, a następnie wyprzedzić Vina, lecz ten także przyspieszył. Od tej pory obaj biegli sprintem, ich krok się wydłużył, wręcz galopowali, ścigając się, który pierwszy zejdzie z płaskowyżu, śmiejąc się jak głupki z całej sytuacji.

Zanim się spostrzegli, dotarli do miejsca, w którym wcześniej trzymali wartę, i wpadli na swoich dwóch zmienników, dysząc i śmiejąc się.

– Idioci, co wy wyprawiacie, ścigając się tutaj? Ja i Fonz słyszeliśmy, jak przybywacie aż stamtąd – powiedział Caldo, odganiając chmurę kurzu, która pojawiła się razem z Nazem i Vinem.

Vin jako pierwszy złapał oddech.

– Wiadomość od szefa: wy dwaj macie jak najszybciej wracać

na granicę, ale zanim to zrobicie, musicie jeszcze zajrzeć do miasta i pogadać z szefem.

– Mamy klejnot – powiedział Naz. – Gwardia odnosi go na miejsce. Och, a tak w ogóle to małpy już zaczęły inwazję.

– Co?!

– Niestety widzieliśmy jedną z nich na grani niedaleko miasta, ale najprawdopodobniej ruszą za klejnotem, więc lepiej trzymajcie się zachodnich rejonów.

– Na waszym miejscu już bym stąd zmykał – powiedział Naz.

Caldo i Fonz rzucili się do biegu, wzniecając swoją własną chmurę kurzu.

Naz i Vin odpoczęli chwilę, zanim ruszyli w dół ku dolinie.

– Musimy przemieszczać się teraz ostrożnie, Vin. To osypisko robi straszny hałas, kiedy się po nim nieostrożnie stąpa.

– Masz rację. Chcesz prowadzić, Naz?

– W porządku, staraj się chodzić po moich śladach.

Idąc w dół zbocza, mogli zobaczyć piekielny pożar lasu w oddali.

– Wygląda znacznie gorzej, niż kiedy widziałem go ostatnio – powiedział Naz. – Myślę, że dorzucają do ognia i w ten sposób dalej się rozprzestrzenia.

– Spójrz, Naz, spalili całą wysoką trawę, nie ma się gdzie ukryć.

– Trzymajmy się zachodu i idźmy powoli w stronę granicy, aż ją znajdziemy. Musimy zdać się na szczęście, Vin.

– Możesz na mnie liczyć. – Po raz pierwszy Naz był wdzięczny, że mógł.

Gdy znaleźli się w dolinie, przeżyli szok. Niegdyś pokryte zielenią tereny były teraz wypalone i sczerniałe. Ruszyli w stronę, gdzie jak przypuszczali, znajdowała się granica i wolno poruszali się w kierunku lasu, trzymając się wschodniej strony. Dotarłszy na szczyt niewielkiego wzniesienia, Vin zauważył dużą skałę niepasującą do tego miejsca. Zauważył, że na ziemi nie było żadnego wgłębienia.

– To nie pochodzi stąd, Naz.

– Masz rację, może to znacznik?

– Zostawiony przez południowca, żeby wskazywał granicę – powiedział Vin, uśmiechając się.

Gdy popatrzyli na południe, dostrzegli lśnienie i lekkie powiększenie chmur w oddali.

–Ty pierwszy – powiedział Vin.

–Jakże się cieszę, że was widzę – Ben wystąpił naprzód, aby ich powitać, gdy tylko pojawili się po drugiej stronie.

Ben rozwinął koce, które dla nich przygotował, i otulił nimi Kerri i Cartera.

– Wy dwoje faktycznie jesteście groźnymi kundlami – zażartował Ben.

– Nie mogę uwierzyć, że jestem w domu – powiedział Carter.

– Przyjrzyjmy się wam, a później czeka was prawdziwe powitanie.

Oboje usiedli ciężko na ziemi, zmęczeni i pełni ulgi, że dotarli do domu. Otulili się ciaśniej kocami i skupili na swoim wnętrzu, przyjmując znów ludzką postać.

– Carter, ale wyrosłeś! – w głosie Bena brzmiało zaskoczenie.

– Twoja matka cię nie pozna – powiedziała Kerri z powagą w głosie.

– Tego się obawiam – odrzekł.

– Zgaduję, że marzycie teraz o kąpieli i świeżych ubraniach.

– Czy to instrukcje od Caseya? – zaśmiała się Kerri. – Widzę, że zostawił dla mnie swój koc.

Wciągnęła w nozdrza zapach, którym przesiąknięte było ubranie; to była woń, która kojarzyła się z bezpieczeństwem. Poczuła przejmującą potrzebę znalezienia się teraz obok niego, usłyszenia jego głosu i pogrążenia się we śnie ze świadomością, że jest obok i nad nią czuwa.

– Wyślę mu wiadomość, żeby wiedział, że wróciłaś. Odkąd odeszłaś, zachowywał się jak owca, która straciła swoje jagniątko. Jesteście głodni?

– Myślałam, że nigdy nie spytasz – zaśmiała się Kerri. – Co jest do zjedzenia?

– Naleśniki, oczywiście, a dla Cartera chłopaki upiekły rybę.

– Nie ma to jak w domu – wymruczał Carter, opadając wolno na ziemię i zapadając w sen bez snów.

– Musieliście przejść przez piekło.

– To było okropne, Ben, ale on przeżył jeszcze więcej – spojrzała w dół na wyczerpanego Cartera leżącego obok niej. – Większość czasu spędził samotnie. Chyba nigdy nie widziałam równie silnego chłopca.

– Nie jest już chłopcem, Kerri. Jak to się stało, że oboje tak bardzo wyrośleliście w tak krótkim czasie?

– Nie rozumiem tego. To ma coś wspólnego z przechodzeniem do innej krainy, ale nie pytaj mnie, czemu tak się dzieje.

Znów spojrzała na Cartera. Wydawało jej się jednak, że widzi go po raz pierwszy. Odgarnęła mu włosy z twarzy, spoglądając na niego w zadumie i zastanawiając się, jak ktoś, kto był porwany jako mały chłopiec, mógł dać sobie radę z takim niebezpieczeństwem. Samotność w górach, niedźwiedzie, okropna burza, a miał jednak dość odwagi, by ryzykować dla niej swoje życie, i to dwukrotnie! *Powinnam poznać cię na nowo.*

–Ben, czy przeniesiecie go razem z innymi do cienia i rozłożycie mu łóżko? Myślę, że będzie tak spał przez tydzień.

Rozsiedli się dookoła ogniska, w zgodzie ze światem, jedząc naleśniki i pijąc ciepły sok z jagód. Kerri chłonęła miłość i ciepło swojego klanu cieszącego się z powrotu jej i Cartera.

Spokojna noc dawała obietnicę ulgi i koiła z każdym podmuchem wiatru, który delikatnie w nich uderzał.

– Myślicie, że tego roku doczekamy się deszczu? – rzucił w przestrzeń Avi.

– Pamiętam rok, kiedy go zabrakło – powiedział Ben. – Czuliśmy się wtedy podobnie, a krajobraz odpowiadał dzisiejszemu. Wszystko uschło i zrobiło się brązowe. To było długie lato.

Zadrżała, przypominając sobie widok płonącego w oddali lasu. Na horyzoncie widać było słaby blask, nad którym unosił się dym odpływający na wschód.

– Dopóki wiatr wieje z zachodu... – Ben jakby czytał w jej myślach. – Trzymaj, więcej naleśników dla podróżniczki powracającej do domu.

Z uśmiechem przysunął w jej stronę kolejny talerz. Siedząc obok niej, miał ochotę ją objąć i mocno trzymać, aby już nigdy nie odeszła, tak jak robił to Casey. Wiedział, że reszta klanu też o tym myśli od czasu do czasu.

Co w niej takiego jest, że wszyscy ją kochają i tak bardzo się o nią troszczą?, myślał. – Dobrze, że jesteś znów w domu, Kerri – powiedział w końcu. – Brakowało nam ciebie – znów się uśmiechnął. – I dzięki za uratowanie Cartera.

– Było zupełnie odwrotnie, Ben. To on uratował mnie, i to *dwukrotnie.*

– Co tam się wydarzyło?

Kerri nabrała jedzenia na łyżkę, delektując się każdym kęsem dzięki powracającemu zmysłowi smaku.

– Nie wiedziałam, że robisz tak dobre naleśniki, Ben – powiedziała, starając się odwlec w czasie moment, w którym będzie musiała opowiedzieć o minionych wydarzeniach i raz jeszcze to wszystko przeżyć.

– Zbyt długo cię tu nie było po prostu.

– Nie, naprawdę, to najlepsze naleśniki, jakie kiedykolwiek jadłam.

– Cóż, dzięki, Kerri; nie sądzę jednak, żeby były aż tak dobre. Jeśli chcesz najlepszych naleśników, spróbuj tych, które robi Sam.

– Sam? Sam nie umie gotować – powiedziała Kerri z niedowierzaniem.

– Ach, to mówi akurat swojej żonie, żeby jej nie przyćmić. Ale gdy wybieramy się na wędrówkę, jest niezastąpiony. Zawsze umie znaleźć coś do jedzenia i zawsze wie, jak to przyrządzić. Spróbuj kiedyś jego pieczarek, smaży je na maśle ze świeżym czosnkiem. Nawet zwierzęta przychodzą, węsząc, bo liczą na swoją porcję, kiedy Sam gotuje!

– Będzie wspaniałym królem – powiedział Avi.

– Nie chce tego, przynajmniej nie w tej chwili. Na razie odwołał ceremonię.

– Co się stało z Ojcem Plemienia? – spytała.

– Nikt tego nie wie. Najprawdopodobniej był w lesie, kiedy coś go zaatakowało. Nie było to nic, co byśmy znali. Ludzie gadają, że to było jakieś dzikie zwierzę. Gdy go znaleźli, zdołał się już przeczołgać przez większą część drogi prowadzącej z powrotem ku równinom. W pobliżu leżała połowa jego kostura. Wszyscy zastanawiają się, co się stało z drugą połową.

– Ben, co masz na myśli, mówiąc „ludzie gadają"?

– To po prostu wydaje się dziwne, nawet nieprawdopodobne według mnie, że gdy tak osobliwe rzeczy dzieją się dookoła nas, Ojciec Plemienia udaje się na przechadzkę do lasu, zostaje zaatakowany przez dzikie zwierzę, którego nikt nie potrafi nazwać, toczy walkę tak zaciętą, że jego kij pęka wpół i nikt nie potrafi znaleźć drugiej połowy. Czy ktokolwiek z was pamięta walkę, z której Ojciec nie wyszedłby zwycięsko? Czy wygląda to wam na zbieg okoliczności?

Pytanie zawisło w wieczornym powietrzu; Ben wstał, by dorzucić do ognia. Wszyscy siedzieli głęboko zamyśleni, nieskorzy do zaryzykowania odpowiedzi w obawie, że mogłoby to doprowadzić do potwornych opowieści.

Kerri siedziała wpatrzona w ogień, obserwując żarzące się węgle i iskry wędrujące ku nocnemu niebu. Znów przeżywała swoją podróż, widziała ją w łunie nad zwęglonym drzewem i dopiero co powstałymi płomieniami. Zalały ją wspomnienia.

– Wiecie, w jaki sposób udało mi się znaleźć drogę do domu, kiedy tam byłam? – spytała.

– Po zapachu smażonych naleśników? – zgadywał Avi.

Wszyscy roześmiali się na chwilę, wiedząc, jak bardzo przepada za ich smakiem. Spojrzała na północ i odpowiedziała.

–Rozpoznałam te trzy gwiazdy, gdzie na końcach jest jedna jasnobłękitna i jedna czerwona. Ale nie potrafię tego zrozumieć, leżały przecież na południu, blisko horyzontu. Jak to jest możliwe, że istnieje tam inna kraina, do której nie można się dostać. Gdzie ludzie żyją w innych czasach, gdzie walczą o przeżycie w śniegu i wichrach, podczas gdy ja jestem tutaj, patrzę na to samo niebo i jem naleśniki.

Poczuła, że już więcej nie zniesie. Po jej policzkach popłynęły łzy, a pierś zadrżała od szlochu. Ben i Avi usiedli po obu stronach i mocno ją przytulili.

–Już w porządku, dziecko, nie musisz tego tłumić, jesteś już w domu – powiedział jeden z nich, a ona w końcu poczuła się bezpiecznie i ciepło.

Zapach pieczonej ryby wdarł się z impetem w nozdrza Cartera. *Ryba! Ryba!* wołała jego podświadomość z głębi snu. Powoli powracał do rzeczywistości i zmusił się do połowicznego otwarcia oka. Czuł go nie bez przyczyny. Zapach ryby zmieszany z aromatem ziół unosił się w jego kierunku, ponieważ była to jedyna metoda wywabienia go z kokonu, który zbudował ze swojego koca. Nadludzkim wysiłkiem uniósł drugą powiekę. Błękitne niebo, wczesny poranek, pusty żołądek, pieczona ryba, dom. Wszystkie te informacje powoli docierały do jego budzącej się świadomości, przepełniając go poczuciem ulgi. Spróbował wstać, ale zakołowało mu się w głowie i opadł znów na składane łóżko, aż dolegliwość minęła. Carter pomachał innym na powitanie, niezdolny do wydobycia z siebie głosu.

– Mam nadzieję, że jesteś głodny, Carter.

– Umieram z głodu, Ben. Gdzie jest Kerri?

– Wciąż śpi. Nie kładła się aż do rana. Myślę, że to z przemęczenia. W zasadzie wciągnęliśmy ją siłą do łóżka.

Carter znów spróbował wstać, tym razem z powodzeniem. Chwiejnie poszedł się obmyć. Gdy powrócił, Kerri i pozostali siedzieli wokół ogniska. Ben podał mu talerz z upieczoną rybą.

– Dla naszego bohatera, który w końcu wrócił – Ben wyszczerzył zęby w uśmiechu.

– Dzięki, ale jeśli to dla bohatera, powinniście dać ją Kerri.

– Bohaterowie nie jedzą naleśników – uśmiechnęła się, sprawiając, że jego serce przyspieszyło. Pałaszowała zawartość kolejnego podsuniętego jej talerza.

– Nie wiem jak ty, ale ja czuję się, jakbym zjadł wiadro żółtych jagód, ledwo mogę stać.

– Nie wydaje mi się, bym była w stanie spać w tej chwili – odpowiedziała.

Carter na wpół przytomnie wpatrywał się w przestrzeń. Światło poranka powodowało migotanie powietrza na horyzoncie.

Może to przez słońce?, zapytał sam siebie.

W oddali widać było wbity w ziemię znacznik wskazujący miejsce, w którym znajdowała się brama. Powietrze wokół niej migotało.

–Ben, myślę, że powinniście spojrzeć za siebie – powiedział Carter.

Obróciwszy się, ujrzeli jasny błysk. Avi i Ben natychmiast skoczyli na równe nogi z kijami w dłoniach.

– Niedźwiedzie – powiedział ze strachem Carter.

– Cofnijcie się – rzucił w ich stronę Ben. – Damy sobie z nimi radę.

– Widziałam tych dwóch już wcześniej – powiedziała Kerri.

– Czego oni tu szukają? – spytał głośno Ben.

Przybysze potrzebowali chwili, żeby się zorientować, gdzie wylądowali.

– Znów machają tymi patykami, Naz – powiedział cicho Vin.

– Widzę, zostaw to mnie – odpowiedział Naz kącikiem ust.

– Och nie! To znowu ta wstręciucha. Bądź ostrożny, Naz.

– Nie chcemy zrobić wam krzywdy – zawołał Naz.

– Nie dacie rady nas skrzywdzić. Jeszcze raz pytam: co tu robicie? – odkrzyknął Ben.

– Przybyliśmy tu na zaproszenie waszego króla, Sama.

Bena i Aviego zamurowało; nie wiedzieli, co zrobić w takiej sytuacji. Kerri puściła swój kij i stanęła między nimi. Idąc w stronę niedźwiedzi, wydawała się bardzo drobna w porównaniu do ich potężnych ciał.

– Nazywasz się Naz – powiedziała.

– Tak, cieszę się, że mnie pamiętasz. Czy mogę wkroczyć na wasze ziemie jako przyjaciel?

Kerri wróciła do Bena.

– Nie są zagrożeniem, Ben, znam jednego z nich, ale pozostańcie czujni – powiedziała bardzo cicho.

Ben popatrzył na dwa masywne niedźwiedzie.

– Możecie wejść, jako że zaprosił was Sam – zawołał do nich.

Naz i Vin podeszli do nich. Kostury trzymali teraz niżej, ale ich twarze pozostały napięte i czujne. Kerri cofnęła się za Bena i Aviego.

Zauważyła, że Carter wciąż trzyma swój kij wysoko w geście obronnym. Kerri złapała go za rękę i delikatnie popchnęła ją w dół, by opuścił broń.

– Będzie dobrze, obiecuję. To wina Dumy, nie tych niedźwiedzi.

– Ale Holly wciąż tam jest.

– Ciii... wiem, ale nic na to nie poradzisz – odwróciła się do niego i po raz pierwszy zdała sobie sprawę, że musi zadzierać głowę, by spojrzeć mu w oczy. Kerri uniosła rękę i dotknęła jego twarzy, delikatnie zwracając jego uwagę na siebie.

– To już przeszłość, to nie była ich wina – pocałowała go w policzek, chcąc zatrzeć w nim wspomnienie koszmaru, którego był świadkiem.

Odwrócił wzrok w jej stronę i spojrzał głęboko w oczy.

– Nie umyję go przez tydzień – uśmiechnął się do niej.

Zaśmiała się; częściowo, by ukryć rumieniec, który pojawił się na jej twarzy z nie wiadomo jakiego powodu.

Wstała i znalazła dwa kubki. Nalała soku jagodowego i wręczyła je niedźwiedziom.

– To wy pilnowaliście wejścia na płaskowyż, prawda?

– Zgadza się – powiedział Naz.

Vin odchrząknał.

– Przepraszam, że się na ciebie rzuciłem. Nie wiedziałem, kim jesteś – powiedział.

Naz puścił do niego oko w ramach zachęty.

– Widzę, że wciąż masz tego guza na głowie... ale wielki! Mogę dotknąć? – spytała z niewinnym uśmiechem.

– Może lepiej nie.

– Koniecznie musicie mi opowiedzieć tę historię – zaśmiał się Ben. – Może coś zjecie, skoro już czekamy?

– Nie trzeba, dziękujemy.

– Pokażecie nam się w ludzkiej postaci? Mogę wam pożyczyć koc – poprosiła Kerri.

– To nie jest właściwa pora.

– To samo usłyszałam poprzednim razem – odparła.

– Nie jesteśmy u siebie. Gdybyśmy zmienili postać, nasze ciała błyskawicznie się zestarzeją. Jako niedźwiedzie możemy ten proces znacznie spowolnić. Odmawiam więc ze względu na nasze bezpieczeństwo.

– Co się stanie z waszą misją, jeśli Sam nie zdąży przybyć przed zamknięciem bramy? – spytała.

Vin spojrzał na Naza; obaj nie wiedzieli, jak powinni zareagować.

– Nie rozważaliśmy tej opcji. Sądziliśmy, że będzie tutaj.

– Chyba niespecjalnie przemyśleliście tę misję – powiedziała Kerri ze słodyczą w głosie.

– Faktycznie... to mogło być dość porywcze z naszej strony, ale powód, który nas tu sprowadza, bynajmniej nie jest błahy.

– W takim razie może powinniście opowiedzieć o swojej misji Benowi, tak na wszelki wypadek?

– Czy coś takiego nie byłoby odebrane jako brak szacunku dla króla?

– Nasz klan nie przykłada wielkiej wagi do ceremoniału. Nawet kiedy formalnie będzie królem, wciąż będziemy mówić do niego „Sam".

Kerri na chwilę wstała i udała się do pakunków leżących przy zaimprowizowanych leżankach. Podczas gdy je przetrząsała, pozostali siedzieli w milczeniu, zerkając to na bramę, to na siebie.

– Tu się schowałeś! – powiedziała i wyciągnęła z sakwy niewielki przedmiot. Wyraźnie zadowolona wróciła do siedzących przy ognisku. – Mówiłeś, że jak masz na imię?

– Vin.

– Ja jestem Kerri. Proszę, Vin, przyłóż to sobie do głowy – powiedziała, wręczając mu zawiniątko z zielonym mchem w środku. – Pomoże zmniejszyć obrzęk. Czuję się... winna – dodała po chwili, jakby szukając właściwego słowa.

Vin położył mech na nabitym guzie i usiadł w oczekiwaniu na rezultaty.

– Wasza misja musi być naprawdę ważna, skoro ryzykujecie podróż aż tutaj – powiedział Carter.

– Przybywamy na zaproszenie Sama – powiedział Naz.

– Które otrzymaliście, zanim dowiedział się o śmierci Holly?

Atmosfera natychmiast zrobiła się nieprzyjemnie gęsta. Kerri położyła rękę na ramieniu Cartera i lekko go ścisnęła. Niezręczna cisza wciąż się boleśnie dłużyła. Vin spojrzał na chłopaka i dostrzegł gniew płonący w jego oczach.

– Holly musiała być twoją przyjaciółką – zaczął Vin. – Tą, która, jak słyszałem, poległa na Górnej Przełęczy, broniąc jej przed nami. Nie wiedzieliśmy, kim jest ani skąd przybyła. Była jednak przeszkodą w wykonaniu naszego zadania, które miało powstrzymać zniszczenie tamtych, jak i naszych oraz waszych ziem przez małpy – powiedział. – Pośród naszych gwardzistów krąży opowieść o jej bohaterskiej śmierci. Śmierci jednocześnie niepotrzebnej i bezcelowej, do której doprowadził skończony kłamca, jakim jest Duma. Przyjdzie dzień, kiedy za to zapłaci... Jesteśmy gwardzistami, podstawą naszego życia jest walka; liczymy się więc z tym, że możemy stracić w bitwie kogoś bliskiego. Mój przyjaciel poległ podczas walki z Holly i sam bardzo ciężko to przeżyłem pomimo mojego wyszkolenia. Lecz stracić, w dodatku na próżno, bliską przyjaciółkę, która musiała w mroku stanąć do walki, zupełnie osamotniona... nie umiem sobie nawet wyobrazić bólu, który towarzyszy takiej stracie. Zwłaszcza gdy umiera ktoś tak młody, niedoświadczony i nieświadomy tego, co może nadejść – kontynuował. – Opłakujemy każdą śmierć, a jej śmierć bez wątpienia wspominana będzie z wielkim smutkiem. Nigdy jednak nikt z nas nie pojmie w pełni żalu, który teraz czujesz.

Wszyscy wpatrywali się w rozżarzone węgle, niezdolni spojrzeć sobie w oczy. Kerri dostrzegła w oddali górską przełęcz i zadrżała na wspomnienie siarczystego mrozu i zacinającego śniegu. Carter widział w ogniu na wpół spaloną świeczkę postawioną na dębowym stole, której rozedrgany płomień z trudem rozjaśniał mrok pokoju. Słyszał w głowie niski, przekonujący głos Dumy: *Twoi rodzice cię tu wysłali. Musisz obronić przełęczy przed najeźdźcami. Inaczej twoje ziemie i twoją rodzinę czeka zguba.* Znów widział zapłakaną, szlochającą Holly, która uczepiła się jego ramienia w przerażeniu i mocno ściskała. Widział samego siebie, jak nieświadomie wspina się na wyżyny odwagi, przysięgając chronić Holly.

Będzie dobrze, mówił. Będę tuż obok, przybiegnę, jak tylko coś złego zacznie się dziać.

Nie było dobrze. Nie przybiegł.

Pozostali patrzyli w płonące ogniko i widzieli klan, który gromadzi się i świętuje urodziny Holly. Wszyscy tańczą i śpiewają. Każdy pogrążał się coraz bardziej we wspomnieniach.

Naz spojrzał na Vina i kiwnął głową w uznaniu jego nowo odkrytego talentu dyplomatycznego.

Ponurą ciszę przerwał Ben.

– Sądzę, że Sam nie poczuje się urażony i podejmie te same decyzje bez względu na to, czy usłyszy wieści od was, czy ode mnie. Wątpię, żeby zjawił się tu przed zmrokiem, a nie wydaje mi się, żeby brama miała jeszcze długo zostać otwarta.

Niedźwiedzie milczały, zastanawiając się, jak rozwiązać ten problem. Naz wziął głęboki wdech, dając do zruzmienia, że decyzja została podjęta.

– Przybywamy prosić o pomoc. Nie dla nas jednak, lecz dla mieszkańców miasta, które zdradził Duma.

Ben westchnął z wyraźną ulgą, że zdecydowali się nie czekać na Sama.

– Proponuję przenieść się do cienia. Opowiedzcie mi wszystko w najdrobniejszych szczegółach.

Rozmawiali aż do poźnego popołudnia. Ben zadawał co jakiś czas pytania, a Naz ze szczegółami wyjaśniał, skąd wziął się zamęt, w którym wszyscy teraz tkwili. Pod koniec upalnego popołudnia Ben oznajmił:

– Przekażę Samowi całą tę opowieść oraz waszą prośbę. Powiem mu również, że uważam waszą misję za niezwykle zaszczytną, a wy sami jesteście niewątpliwie godni zaufania. Po drugiej stronie tunelu, na wzgórzu, umieściliśmy znacznik, który pokazuje , gdzie znajduje się przejście. Gdyby brama zapadła się przed przybyciem Sama, starajcie się trzymać jak najbliżej tego punktu. Otworzymy kolejne przejście w tym samym miejscu i poślemy kogoś, kto przekaże jego odpowiedź.

– Ten plan brzmi całkiem rozsądnie.

– Na pewno rozsądniej niż wasz – dodała Kerri, rozładowując panujące między wszystkimi napięcie.

– Pamiętajcie tylko, że czas będzie dla nas różnie płynąć. Krótka chwila tu może rozciągnąć się do kilku dni i nocy po tamtej stronie. Postaramy się jednak trzymać możliwie blisko znacznika, o którym mówisz.

– Chyba powinniście niedługo wracać – powiedział Carter. – Jeszcze chwilę temu wyglądało to trochę inaczej.

–Wszyscy się obrócili i zobaczyli, że brama mieni się wielobarwnym światłem.

Tak, już najwyższa pora – powiedział Naz.

– Czy mogę was o coś poprosić, zanim odejdziecie? – spytała zaniepokojona Kerri, obawiając się odpowiedzi, jaką mogłaby usłyszeć. – Nie wiem jednak, czy mam nawet do tego prawo.

– Masz prawo prosić o cokolwiek, co was dotyczy – odrzekł Naz.

– Proszę, pochowajcie Holly gdzieś, gdzie jest ciepło i zielono, nie pozwólcie, żeby została w tych górach sama, zapomniana...

– Postaram się tego dopilnować. Obiecuję.

Nikt nie wiedział, jak należałoby się w tej sytuacji pożegnać. Stali niepewni, patrząc po sobie.

– Musicie iść – powiedział Ben.

Niedźwiedzie ruszyły w stronę bramy.

– Vin! Przepraszam, że cię uderzyłam w głowę! – krzyknęła za nimi Kerri.

Pomachał łapą na pożegnanie.

Zanim Sam dotarł na Północne Równiny, był już wieczór. Przybył w eskorcie tuzina ludzi, na czele których stał Casey. Kerri i Carter zauważyli, że nadchodzą i wybiegli im na powitanie. Casey uniósł ją w górę jak małą dziewczynkę, kręcąc się dookoła. Była szczęśliwa; znów czuła się jak dziecko – otoczona opieką i bezpieczna. Ben wziął Sama na stronę podczas tego głośnego spotkania.

– Stosunkowo niedawno musieli odejść. Jak widzisz, przejście się zapadło – rzekł Ben, wskazując na znacznik na wzniesieniu w oddali. – Początkowo nie mówili, co ich sprowadza, twierdząc, że nie chcą urazić twojej pozycji przywódcy klanu.

Ben poprowadził go do ogniska, które wciąż płonęło i wskazał gestem miejsce do siedzenia. Nalał im obu ciepłego soku z jagód i usadowił się obok Sama.

– Wiatr wciąż wieje na wschód. Czy zauważyłeś, żeby ogień zbliżał się w naszym kierunku?

– Nie ma co się łudzić, jest znacznie bliżej niż poprzednio. Chyba wiatr jest teraz naszą jedyną nadzieją.

– Czego w takim razie chciały niedźwiedzie?

Ben streścił Samowi rozmowę, którą odbył z Nazem, powtarzając częściowo to, co Sam zdążył już usłyszeć od Caseya.

– Powiedzieli, że gdy tylko wybuchł pożar, zgasła wszelka nadzieja dla tamtych ziem. Jedna z małp zaatakowała Kerri i Cartera. Carter mówił, że bestia była niewiarygodnie silna i przeżył tylko dzięki temu, że Kerri go ocaliła w ostatniej chwili.

– Ben, co o tym sądzisz?

– Mam przeczucie, że są uczciwymi ludźmi... albo niedźwiedziami. Ratują mieszkańców miasta, podczas gdy równie dobrze mogliby zostawić ich na pastwę losu i zamknąć swoje przejścia. Widać też po nich, że darzą cię ogromnym szacunkiem. Gdy odchodzili, Kerri poprosiła, żeby pochowali Holly w bardziej godnym miejscu. Obiecali, że postarają się to uczynić. Wydaje mi się, że to naprawdę uczciwi ludzie. Przyznali, że nie byliby w stanie skazać całego miasta na zagładę za to, co zrobił Duma. Czuli, że muszą pomóc.

– Sądzisz, że powinniśmy ich wesprzeć?

– Tak – potwierdził Ben.

– Zgadzam się. Najważniejsze teraz to wydostać stamtąd ludzi, zanim na ich ziemiach roić się będzie od małp. Decyzja o tym, żeby ich tu przenieść i osadzić, będzie musiała być przyjęta przez klan, ale tym można zająć się później. Więcej ludzi to więcej rąk do pomocy w przypadku, gdy ogień dotrze do naszej granicy. Masz jeszcze przy sobie czarny kamień?

– Tak, umieściliśmy go w tamtej beczce z wodą.

– Mówiłeś, że kiedy odeszli?

– Tuż przed twoim przyjściem. Wspomnieli coś, że czas nie płynie tak samo tu i tam.

– Casey też mi coś o tym mówił, ale przyznam bez bicia, że niezbyt to rozumiem.

– Obiecali, że będą czekać po tamtej stronie tak długo, jak będą mogli.

– W porządku. Zwołajmy wszystkich i przekażmy im, jak wygląda sytuacja.

Wszyscy zebrani w kręgu z niepokojem słuchali opowieści Sama o tym, co dzieje się po drugiej stronie granicy.

– Jestem za tym, żeby im pomóc. Czy ktoś ma inne zdanie?

Nie było głosów sprzeciwu.

– W takim razie wysyłamy dziesięciu ludzi do ochrony przejścia przed małpami, które będą zmierzały na południe. Kerri i Carter starli się już z jedną z bestii, więc zostają w pobliżu jako siłą rzeczy najbardziej doświadczeni w walce. Reszta broni tego obszaru i nie pozwala przejść niczemu, co nawet odrobinę przypomina małpę. Gdyby potrzebne było dodatkowe wsparcie, drużyna wysyła gońca. Dopóki ogień nie dotrze do granicy, będziemy mogli taktycznie wycofać się nad rzekę. Potrzebny będzie ochotnik, który stanie na czele wyprawy. Sam bym się zgłosił, ale wtedy ktoś musiałby specjalnie targać ze sobą nosze, żeby sprowadzić mój wysuszony szkielet.

– Ja mogę pójść – powiedział Casey.

– Już przechodziłeś przez bramę – powiedział Ben. – To byłoby zbyt duże ryzyko dla ciebie.

– Chyba masz rację.

– W takim razie ja mogę dowodzić – powiedział Ben.

– To dość rozsądne rozwiązanie – przytaknął Sam. – Casey, uwierz mi, nie chcesz wyglądać jak ja teraz.

– Wobec tego niech Ben prowadzi. Kiedy chcecie wyruszyć? – spytał Casey.

– Jak najszybciej. Niepokoją mnie historie o tym, jak czas wariuje przy przejściu przez tunel, a nie mamy pojęcia, co tam się może teraz dziać.

– Też tak uważam. Kto się zgłasza? Potrzeba dziesięciu ochotników i gońca – zawołał Sam.

Każdy chciał wziąć udział w wyprawie.

– Ben, wybór zostawiam tobie. Casey, czy możesz przynieść klucz do bramy? – rzekł Sam, po czym zwrócił się do Bena: - Pamiętaj, że pierwsze przejście to duży wstrząs dla zmysłów; będziesz jak zahipnotyzowany. Wtedy też będziecie najbardziej wystawieni na atak, jeśli coś będzie czaić się w pobliżu. Nie zatrzymujcie się i idźcie przed siebie.

– Jasne. Czy o czymś jeszcze powinniśmy wiedzieć?

– Tak. Nie życzę sobie żadnych bohaterskich poległych. Jeśli zacznie się robić gorąco, macie się wycofać. Tutaj możecie liczyć na dodatkowe wsparcie, ale tam będziecie poza naszym zasięgiem.

– Rozumiem. Poślę później gońca, żeby streścił ci sytuację.

– Ben, powodzenia.

Casey podszedł do granicy, a trzymany przez niego kamień zaczął buczeć i rozżarzył się tak, że palił dłoń.

Postawił ostatni krok i cisnął kamień w stronę przejścia. Natychmiast rozległ się błysk światła, który otworzył nowe przejście na północ.

Plac roił się od ludzi, a każdy z nich chciał być wysłuchany. Dzieci czepiały się spódnic swoich matek, podczas gdy ojcowie nadaremnie wykrzykiwali, co należy zrobić. Dray przepchnął się na środek placu, za nim zaś szedł Jojo, który gdy dotarli, wydał z siebie ogłuszający ryk. Wszyscy natychmiast zamilkli i spojrzeli na nich. Dray widział w oczach zgromadzonego tłumu potężny strach.

– Słyszeliście, jaka groźba nad nami wisi. Musimy jak

najszybciej opuścić miasto – krzyknął. – Czas na rozważania już minął.

Ludzie znów podnieśli wrzawę w proteście. Jojo wystąpił na przód i stanął na dwóch łapach, uciszając wszystkich samym swoim widokiem.

– Istoty, które przybędą z lasu, nie będą brały jeńców. Jeśli zostaniecie tu i schowacie się w domach, dopadnie was zło, którego nie wyobrażaliście sobie w swoich najgorszych koszmarach. Nam nie udało się ich zwyciężyć; skąd wiara, że wam się uda? Uciekajcie na południe, dopóki macie szansę – rzekł, po czym szepnął do Draya: – Wyprowadź ich z miasta, podążą za tobą.

– Weźcie tylko niezbędne zapasy. Wyruszamy z miasta – krzyknął Dray. Opuścił plac wraz z Jojo i Sonnym, którzy szli za nim. Tłum rozstąpił się, żeby ich przepuścić. Nie oglądając się za siebie, Dray poszedł ścieżką, która prowadziła na południe przez pola uprawne otaczające miasto. Mieszkańcy szybko podążyli za nim, zabrawszy ze sobą to, co uznali za niezbędne.

Prowadzona przez Draya kolumna uciekinierów maszerowała przez płaskowyż. Słońce szybko zaczęło chować się za zachodnimi szczytami, barwiąc niebo pomarańczowymi, fioletowymi i czerwonymi plamami. Nikt jednak nie zwrócił uwagi na zapadający wieczór; oczy wszystkich ludzi skierowane były na południe.

Jojo szedł, uważnie obserwując horyzont.

– Chyba widzę jakąś kurzawę w oddali – powiedział do Draya. Zatrzymał się i przetarł oczy. Spojrzał ponownie na rozciągający się przed nimi płaskowyż, stanąwszy na dwóch łapach dla lepszego widoku. – Tak, coś jest przed nami i zmierza w naszym kierunku.

– Masz na myśli tę plamkę na horyzoncie?

– Nie wiem, ile bestii może nadciągać. Zbierzcie rodziny i utwórzcie krąg wokół nich – rozkazał Jojo.

Do rozmawiających podbiegł Sonny.

– Co mogę zrobić?

Dray, już poinstruowany, objął inicjatywę.

– Przekaż Hordom, że mają uformować z przodu szyk obronny; część ludzi wysłać do ochrony rodzin. Otoczyć je kręgiem, jazda!

Koty utworzyły formację; Jojo widział ich niepewność objawiającą się w nerwowym oraniu ziemi pazurami. Wszystkie zastygły w oczekiwaniu, gotowe rzucić się na nadciągającego przeciwnika.

– Nie ruszać bez wyraźnego rozkazu! – dyscyplinował żołnierzy Dray.

Jojo jeszcze raz potarł oczy, chcąc się upewnić.

– To moi gwardziści, Caldo i Fonz! Powiedz swoim ludziom, że to żadni wrogowie – krzyknął Jojo.

Szef wybiegł naprzód, machając łapą, żeby się zatrzymali. Obaj gwardziści zahamowali z niemałym poślizgiem na jego widok; wszystko na chwilę spowiła gęsta chmura kurzu.

– Macie niezłe tempo, chłopaki – stwierdził szef.

– Słyszeliśmy od Naza, że udało wam się odzyskać klejnot. Dobra robota, szefie – rzekł z uśmiechem Caldo.

– Zgadza się, dlatego wszystkich stąd wycofujemy. Zajrzyjcie do obozowiska i przekażcie Szefowi, że nasza trójka pomaga mieszkańcom miasta dostać się do południowej granicy. Na grani widziano jedną z małp, więc trzymajcie się zachodnich stron. Wokół miasta biegnie ścieżka, która zabierze was do wyższych grani położonych na zachodzie. Będziecie mogli w nią odbić, gdy dojdziecie do pól uprawnych. Nie zwracajcie na siebie uwagi podczas podróży; gwardziści wycofują się właśnie przez Zachodnie Przejście.

– A ty, szefie? – spytał Fonz.

– Nasze zadanie będzie wykonane, tylko jeśli południowcy

ugoszczą u siebie tych ludzi. Pójdziemy poźniej okrężną drogą, trzymając się znacznie powyżej linii wiecznych śniegów; wątpię, żeby jakakolwiek małpa dała radę przeżyć dłużej na tej wysokości. Stamtąd dojdziemy do Zachodniego Przejścia.

– Co, jeśli ich nie przyjmą?

– Wtedy ci ludzie będą musieli przejść na drugą stronę Śnieżnych Wierchów – to jedyna możliwa droga.

– Te dzieci zginą w górach – zauważył Caldo.

– Wiem. Masz może lepszy pomysł?

– Nie. Wybacz, szefie.

– Lepiej już ruszajcie, jeśli chcecie złapać pozostałych gwardzistów.

Cała trójka stała przez chwilę w milczeniu, wiedząc, że może to być ich ostatnie pożegnanie.

– No, już, zbierajcie się – rzekł Jojo, klepiąc ich po ramionach.

– Powodzenia, szefie – odparli obaj ze szczerym smutkiem w głosie, po czym pobiegli wzdłuż kolumny uchodźców, usiłując nie patrzeć w oczy przypatrującym się im kobietom i dzieciom.

Przetrząsał każdy dom, każdy pokój. Biegł szaleńczo przez opuszczone miasto, nie mogąc uwierzyć, że został mu zabrany.

Zamknąć taką potęgę w szkatułce, skazać ją na nieużytek. Jakim prawem niby pozwolili sobie zmarnować taki dar? Nie, to niemożliwe, żeby oddali go tym tchórzliwym niedźwiedziom, zbyt zlęknionym, żeby dotknąć klejnotu i poczuć jego prawdziwą moc. Jego przeznaczeniem jest służyć silnemu, służyć... MNIE!

Wbiegł do kolejnego pokoju. *Musieli go gdzieś ukryć, skoro bali się go wziąć w ręce.* Wyszarpywał drzwi z zawiasów, wyrywał szuflady, rozrzucając ich zawartość po pokoju; szukał pod dywanami. Na próżno.

– Musi gdzieś tu być! – krzyknął. *MUSI!* Ratusz! Musieli go schować w którejś z sal! – dodał, biegnąc w amoku w stronę największego budynku, położonego w centrum miasta.

Kątem oka zauważył jakiś ruch, ale był zbyt pochłonięty szukaniem, żeby się tym jakkolwiek przejąć. Wparował do ponurej, nieoświetlonej sali, którą omiótł wzrokiem. Była pusta.

– Gdzie go schowaliście? – ryknął. Odpowiedziało mu milczenie opuszczonego miasta.

Znów jakiś ruch. Tym razem tego nie zignoruje.

– Wiem, że wróciliście po klejnot. Nigdy mi go nie odbierzecie! – krzyknął. Jego głos odbił się echem po pustej sali. Rozejrzał się po bokach; coś znowu się poruszyło, przy drzwiach zauważył dwa czerwone ogniki. Obrócił się w stronę tego, co było źrodłem światła. – Nie oddam wam go! Jest mój, tylko ja mogę nim władać!

Było już za późno, gdy dostrzegł parę płonących oczu i odsłonięte zęby, które rzuciły się na niego.

Daleko od miasta dało się słyszeć wrzaski niesione przez wiatr. Uciekinierzy zatrzymali się, patrząc na swoje miasto ponad polami, których już nigdy nie mieli uprawiać.

– Musimy zejść z płaskowyżu – powiedział Jojo. – Dray, musisz ich pośpieszyć.

– Horda! – zawołał. – Połowa ma udać się na tyły i popędzać tych, którzy się ociągają.

– Ich wzrok jest w ciemności znacznie lepszy niż nasz. W mroku czują się znacznie lepiej. Musimy się gdzieś schronić – nalegał Jojo.

– Gdy dojdziemy do rumowisk, powinniśmy być trochę bezpieczniejsi. To niedaleko stąd – powiedział Dray.

Jojo dostrzegł Sonny'ego, który szedł z przodu; głową niemal dotykał ziemi, a ogon bezwładnie ciągnął się za nim, zbierając pył. Jojo podszedł do niego i położył mu łapę na ramieniu.

– Nawet nie próbuj niczego mówić – warknął. – To nie był

mój ojciec. Mój ojciec nigdy nie wrócił z Północnej Pustyni – dodał, po czym oddalił się, chcąc przetrawić w samotności targający nim gniew i żal.

Pochód zwiększył tempo; koty popędzały maszerujących w ciemnościach. Nikt nie chciał zostać w nocy na płaskowyżu, gdzie z łatwością można ich było dostrzec. Ludzie na czele kolumny szli szybciej, chcąc być bliżej ochraniających ich żołnierzy. Niektóre dzieci musiały wobec tego biec, żeby nadążyć. Na ten widok ci, którzy szli za nimi, również zaczęli biec, nie chcąc zostać w tyle. Kiedy dorośli to zobaczyli, sami zaczęli biec. Miejscami cały pochód rzucał się do biegu, co doprowadzało do paniki wśród starszych mieszkańców oraz dzieci, które nie mogły utrzymać tempa. Słychać było krzyki matek, których dzieci zgubiły się w tłumie. Przerażeni ludzie napierali na kobiety, popychając je cały czas przed siebie. Horda pilnująca czoła pochodu również musiała biec, żeby utrzymać szyk, doprowadzając do jeszcze większej paniki.

– Chcą nas tu zostawić! – krzyknął ktoś z tłumu.

Ludzie zaczęli porzucać zabrany ze sobą dobytek, byle tylko móc biec i nie dać się stratować. Ktoś z tyłu potknął się o pozostawione zawiniątko, ciągnąc za sobą w dół inną osobę. Było już za późno, żeby ktokolwiek myślał o zatrzymaniu się, gdy zaczęli się tratować – wszystko wymknęło się spod kontroli. Tumult przykrył wszystkich tak gęstą chmurą kurzu, że koty zabezpieczające marsz od tyłu nie widziały, co się dzieje.

Jojo odłączył się od pochodu, zanim wybuchła panika. Nie mógł początkowo zrozumieć, co się właściwie dzieje. Pobiegł w stronę przeciwną do kierunku wiatru, starając się nie zgubić pochodu i jednocześnie nie wpaść w chmurę pyłu.

Kiedy to się skończy?, pomyślał.

Nagle usłyszał przeraźliwy wrzask gdzieś spośród tłumu uciekinierów. To było coś innego – ostrzeżenie przed grozą, która nadciągała w ich kierunku. Wszyscy podświadomie zrozumieli, co to oznacza.

Znalazły nas, pomyślał, czując potworny ścisk w żołądku. Rozpaczliwie usiłował dojrzeć, skąd dochodził krzyk. – Małpy! Małpy są tutaj! – wołał głośno, daremnie próbując przebić się przez zgiełk.

Przez chwilę zdawało mu się, że dostrzegł parę lśniących czerwonych oczu w niewyraźnym kłębowisku ciał. Usłyszał kolejny krzyk, tym razem należący do mężczyzny.

Błagam, nie tutaj, pomyślał. *Nie w taki sposób...*

Niosące się po mieście wrzaski zmroziły im krew w żyłach. Ktokolwiek tak krzyczał, cierpiał w sposób, którego nie potrafili sobie nawet wyobrazić.

Caldo i Fonz zatrzymali się tylko na chwilę. Spojrzeli po sobie i nie zamieniwszy słowa, zgodzili się, że muszą czym prędzej dostać się wyżej. Starali się nie zerkać w stronę miasta; żaden z nich nie miał ochoty przekonać się, co było źródłem krzyków. Wspięli się na wysokość wiecznych śniegów i zmierzali w stronę Zachodniego Przejścia, stąpając po nieubitym jeszcze świeżym śniegu. Po kilku godzinach marszu spostrzegli, że ścieżka, którą szli, prowadziła ich cały czas wyżej – w stronę szczytu.

– Musimy zejść niżej, wiatr się wzmaga. Przy tej widoczności na pewno zgubimy drogę – nakazał Caldo jako starszy gwardzista.

Zapadająca ciemność, coraz silniejsze podmuchy wiatru i nawałnice skutecznie spowolniły ich tempo. Parli naprzód, nie mogąc dostrzec nic, co znajdowało się więcej niż kilka kroków przed nimi. Im bardziej śnieg i wiatr się wzmagały, tym bardziej obaj czuli się zagubieni. Nagle Caldo zniknął.

– Cal! Cal! – zawołał Fonz. Ostrożnie zrobił kilka kroków naprzód i spostrzegł, że jest tuż nad przepaścią prowadzącą z grani wprost do przejścia, które ginęło teraz w śnieżycy.

Cal zdołał chwycić się wystającej skały i próbował wdrapać

się z powrotem. Fonz wychylił się za skraj przepaści na tyle, na ile pozwalała mu odwaga, czując jednocześnie, że wiatr próbuje zdmuchnąć go ze skały. Wystawił ramię tak daleko, jak tylko mógł, usiłując chwycić wyciągniętą łapę Cala.

– Już prawie cię mam, podciągnij się jeszcze odrobinę! – krzyknął, zagłuszany niemal całkowicie przez wyjący wiatr.

Cal spojrzał w górę, wziął zamach i wyciągając się do granic możliwości, zaczepił pazurami o pazury Fonza, który od razu zaczął wciągać go na górę. Cal zdołał wspiąć się z powrotem na grań, po czym padł wyczerpany obok towarzysza.

– Mówiłem, że jesteśmy za wysoko – powiedział.

Zaśmiali się obaj, czując ulgę pomimo zmęczenia.

– Teraz ja prowadzę – powiedział Fonz.

Zeszli w dół grani, trzymając się z prawej strony, tym razem z dala od przepaści, dopóki stok nie zaczął łagodniej opadać.

– To chyba tutaj – powiedział.

Zatrzymali się, żeby odpocząć przed dalszym marszem. Okolica była spowita mrokiem. Wszystko wydawało się niepokojące i obce, a wyjący wiatr utrudniał im ustalenie, dokąd właściwie zawędrowali.

– Jestem pewien, że przejście zaczyna się tutaj – Caldo próbował przekrzyczeć wiatr, osłaniając łapą ucho Fonza. – Powinniśmy iść teraz na północ – powiedział, wskazując kierunek.

Fonz teatralnie skinął głową, nawet nie próbując przebić się przez wycie wiatru. Posuwali się naprzód, ostrożnie stawiając kroki, świadomi tego, że w gruncie rzeczy nie wiedzą, gdzie się znajdują. Fonz potknął się nagle i wylądował głową w sporej zaspie. Otarł śnieg z pyska i spojrzał zaskoczony na kopczyk, który był przykryty świeżym śniegiem. Kiedy upadł, nie poczuł pod śniegiem żadnej skały, tylko coś miękkiego. Przeszedł go dreszcz.

– Cal, chyba mamy kłopoty – próbował przekrzyczeć wiatr.

Obydwaj przyklęknęli, starając się nie rzucać w oczy. Rozglądali się wokół w poszukiwaniu niebezpieczeństwa, ale niczego nie mogli dostrzec pośród szalejącej nawałnicy.

– Mam bardzo złe przeczucia – krzyknął jeszcze raz, lecz jego głos wciąż z trudem przebijał się przez wichurę.

Fonz obrócił się i odgarnął trochę śniegu z niewielkiej górki, o którą się potknął. Ku swojemu przerażeniu ujrzał gwardzistę, który wpatrywał się weń martwymi oczami. Na jego nieżywej twarzy zastygło przerażenie.

– *Na pewno* mamy kłopoty – krzyknął.

Odgarnęli resztę śniegu, pod którym, jak sądzili, spoczywało ciało ich towarzysza. Jego białe niegdyś futro składało się teraz głównie z pozlepianych krwią kołtunów.

– Ciało jest jeszcze ciepłe, musiał zginąć niedawno.

Zauważyli, że po prawej stronie jest jeszcze jedna nienaturalnie wyglądająca górka. Cal szybko przekopał się przez warstwę śniegu i zobaczył kolejną twarz patrzącą pustym wzrokiem w przestrzeń.

– Fonz, jest źle... bardzo źle – powiedział nerwowo.

– Ilu gwardzistów było w eskorcie?

– Nie wiem, ale tam jest jeszcze pięć takich kopców – odparł, wskazując na prawo. – Trzymaj się blisko ziemi, blisko mnie i ani słowa. Porozumiewamy się tylko na migi – powiedział, a właściwie krzyknął Fonzowi do ucha, walcząc z zagłuszającym wiatrem.

Podążyli linią wytyczoną przez usypane kopce, przerażeni liczbą poległych. Osiem, dziesięć, dwanaście ciał leżało przysypanych na ich drodze.

Jak to możliwe? Cal gorączkowo szukał wyjaśnienia tego, co się wydarzyło. *Oni wszyscy byli wyszkolonymi gwardzistami!*

Chciał wierzyć, że nie każdy z tych kopców skrywa ciało niedźwiedzia. Gdy weszli w głąb przejścia, natknęli się na kolejne trzy.

Wiatr ucichł na chwilę. Cal dostrzegł w oddali górkę śniegu, która była znacznie wyższa od pozostałych. Dał Fonzowi znak, żeby go osłaniał, podczas gdy on podejdzie przyjrzeć się temu z bliska. Stawiał ostrożnie każdy krok, co chwilę bacznie się rozglądając na prawo i lewo. Dotarł do kopca, z którego ostrożnie odgarnął śnieg, zaczynając od góry. Jego łapa trafiła na miękkie futro niedźwiedziej głowy. Zgarnął więcej śniegu i dostrzegł twarz, którą tym razem znał osobiście.

To był ich szef. Siedział wyprostowany, przykryty warstwą śniegu. Cal gorączkowo odgarnął resztę i ujrzał szefa z głową bezwładnie zwisającą na piersi. Calowi zdało się, że dostrzegł delikatny ruch; przyjrzał się uważniej i zobaczył, że szef próbuje unieść głowę.

– Szefie, szefie! Słyszysz mnie? – spytał nadbiegający Fonz.

Szef jeszcze raz poruszył głową; Cal delikatnie pomógł mu ją podnieść, żeby mógł ich zobaczyć.

– Szefie, to my, Cal i Fonz. Co tu się stało?

Z wolna otworzył oczy, próbując skupić wzrok na strażnikach. Z wyraźnym trudem usiłował unieść łapę.

– Szefie, ilu was było? Ilu tu było gwardzistów?

– Piętnastu – szepnął ledwie słyszalnym głosem.

– O nie... – jęknął Cal. – Co tu się wydarzyło?

– To – wykrztusił, wskazując jakiś punkt za nimi. Obrócili się i zobaczyli jeszcze jeden śnieżny kopiec w pobliżu.

– Chcesz powiedzieć, że dokonała tego jedna małpa?!

Szef kiwnął głową w odpowiedzi.

– Zabrała szkatułkę – wysiłek odmalował się na twarzy szefa grymasem bólu. – Zabierzcie ją szybko... uciekajcie.

Fonz podbiegł do miejsca, które wskazał szef i odgarnął śnieg. Ogarnęła go fala mdłości, gdy dotknął odrażającej twarzy małpy, która przeszywała go wzrokiem. Zastygła z rozwartym pyskiem, który odsłaniał groźnie wyglądające kły sięgające za żuchwę. Odkopał resztę śniegu i zobaczył, że bestia do ostatniej chwili kurczowo ściskała złotą szkatułkę. Próbował ją zabrać, ale palce zesztywniały w pośmiertnym uścisku. Odgiął małpie mały palec; usłyszał cichy trzask, po którym oderwał się od ręki.

Dopiero kiedy zrobił to samo z pozostałymi, mógł chwycić szkatułkę. Gdy ją podniósł, z małpy niespodziewanie uciekło powietrze, jakby ostatnie tchnienie; przestraszony Fonz odskoczył do tyłu, a pierś bestii spokojnie się zapadła.

– Już w porządku. Mam ją, szefie – powiedział, wróciwszy do reszty.

– Nie... nie jest w porządku... uciekajcie. Szybko... – potrząsnął nieznacznie głową i wskazał na północ, gdzie znajdowało się przejście, a dalej – ich dom.

– Pomożemy ci, szefie, możemy cię nieść po drodze – powiedział Cal. Zobaczył, że szef potrząsnął głową.

– Nie, idźcie już. Zanim... zanim będzie za późno... i przyjdzie ich więcej. Proszę... idźcie... – zdołał wykrztusić, zebrawszy resztki sił.

Fonz i Cal popatrzyli po sobie. Wiedzieli, że tak naprawdę nie ma innego wyjścia.

– Odniesiemy klejnot w bezpieczne miejsce. Możesz na nas liczyć, szefie.

Kiwnął głową resztkami sił.

– Uciekajcie – powiedział, wydając z siebie ostatnie tchnienie. Jego głowa bezwładnie opadła na pierś i upadł bokiem na ziemię.

– Jak to możliwe, że jedna bestia dokonała takiego spustoszenia?

– Cal, szczerze nie mam pojęcia, ale musimy stąd szybko zniknąć. Chodźmy.

ROZDZIAŁ 13

Vin i Naz leżeli przyczajeni po południowej stronie wzgórza, uważnie obserwując pofałdowaną wzniesieniami dolinę. Gdzie nie spojrzeli, ich oczom ukazywały się zgliszcza.

– To zielone coś jest niesamowite – powiedział Vin. – Już w ogóle nie boli mnie głowa!

– Rzeczywiście, nawet śladu nie ma po tym guzie.

– Naz, jak sądzisz, co to może być?

– Mówiła, że mchy, ale w życiu takich nie widziałem. Schowaj je sobie gdzieś, mogą się wkrótce przydać.

– Dlaczego tak myślisz? Szykuje się jakaś walka, o której nie wiem?

– Nie, nie. Źle mnie zrozumiałeś. Wiesz, to trochę jak z ciastem – lepiej mieć kawałek i nie mieć apetytu, niż mieć apetyt i nie mieć ciasta.

– Hmm, teraz rozumiem, o co ci chodzi.

– Vin, świetnie się spisałeś tak w ogóle.

– Dzięki.

– Skąd się w tobie wzięło tyle ogłady?

– Pojęcia nie mam, samo jakoś wyszło, bo widziałem, że Carter bardzo cierpiał.

– Musiał być faktycznie blisko z tą Holly.

– Widać było, że czuje się winny jej śmierci.

– To okropne czuć wyrzuty sumienia z powodu czegoś, na co tak naprawdę nie miało się wpływu. Zwłaszcza że to faktycznie nie była jego wina, tylko tego zawszonego Dumy.

– Co racja, to racja. Jak myślisz, długo będziemy jeszcze musieli czekać?

– Szczerze? Nie wiem. Pewnych rzeczy nie da się w żaden sposób przyśpieszyć; szczególnie tych związanych z dyplomacją.

– Serio?

– Tak, Vin. Warto, żebyś o tym pamiętał na przyszłość.

– Wiesz co, Naz, chciałbym umieć walczyć kijem tak jak tamta dziewczyna.

– No, naprawdę nieźle nim wywija. Ciekawe, gdzie się tego nauczyła.

– Też bym chciał to wiedzieć.

Leniwie omietli dolinę wzrokiem, wciąż myśląc o Kerri.

– Jak tak się zastanowić, to ona właściwie wcale nie jest jakaś specjalnie wredna – stwierdził Vin po długim namyśle.

– Wydaje się być bardzo miła w gruncie rzeczy. Strasznie się przejęła śmiercią Holly i w ogóle...

– Właśnie, Holly... to nie będzie łatwe.

– Vin, jesteśmy strażnikami. Nikt nie powiedział, że takie życie będzie latwe.

– Dobra, masz rację.

– Swoją drogą zauważyłeś coś?

– Co takiego?

– Ten pożar jest już całkiem blisko.

Czując smagania wiatru, patrzyli, jak płonące sosny żarłocznie łykają powietrze wokół.

– Mam nadzieję, że wiatr nie zmieni kierunku.

– Mhm...

– Myślisz, że ci z południa wpuszczą mieszkańców miasta?

– Trudno powiedzieć. Z jednej strony mają naprawdę dużo

powodów, żeby ich nienawidzić, ale jednocześnie wydają się porządnymi ludźmi.

– A z nami co się stanie? Jak niby wrócimy do domu?

– Hmm... umiesz się wspinać?

– Tak właściwie to... Naz, patrz, brama się otwiera. Wysłali kogoś!

Wyczekująco obserwowali przejście, zastanawiając się, kogo ujrzą. W końcu zobaczyli ludzką sylwetkę wyłaniającą się z błysku światła.

– To ten, z którym wcześniej rozmawialiśmy, Ben... Tutaj, tutaj! – zawołali.

Ben usłyszał ich okrzyk i podbiegł.

– Cieszę się, że was tu widzę. Wszystko na miejscu po tej stronie?

– Właściwie tak, nie licząc tego pożaru.

Ben dopiero teraz zauważył, jak blisko granicy przysunął się ogień.

– Bardzo się zbliżył, gdy na nas czekaliście?

– Wciąż się przemieszcza w tę stronę.

– Jak długo tu czekacie?

– Całą noc.

– To dziwne... dyskutowaliśmy tylko godzinę.

– Doszliście chociaż do jakichś decyzji? – spytał Naz.

– Przyjmiemy uciekinierów na nasze ziemie. O tym, czy zostaną, czy też będą mieli udać się gdzie indziej, będzie musiał zadecydować klan. Każdy musi mieć prawo wyrazić swój pogląd na tę sprawę.

– Rozumiem.

– Dam znać reszcie, że sytuacja jest bezpieczna i można przechodzić.

– W porządku, będziemy czekać na twój powrót. Potem udamy się do naszego szefa i przekażemy mu, że czekacie.

– Jasne. Za chwilę wracam.

– Nie wydaje mi się – rzekł Naz.

Ben zniknął w kolejnym błysku światła.

– Wystawię znacznik na wypadek, gdyby ktoś prędko musiał znaleźć przejście.

– Dobry pomysł, Vin. Ruszyłbym się w końcu, nogi mi ścierpły od tego czekania.

Naz obserwował Vina, który podniósł jedyny kamień w okolicy i odmierzył piętnaście kroków na północ, zostawiając go na miejscu jako znacznik.

Naprawdę wiele się nauczył ostatnimi czasy, pomyślał Naz i rozejrzał się wokół. *Koty miały naprawdę piękną dolinę. Szkoda, że ją utraciły.*

Ben wrócił na Północne Równiny, dając pozostałym sygnał, że mogą ruszać.

– Sam, teren czysty po drugiej stronie. Naz i Vin czekają na miejscu.

– Powiedz im, że mam nadzieję, że jeszcze się kiedyś spotkamy.

– Przekażę. Sam, miejcie oko na pożar. Ogień jest tam coraz bliżej granicy.

– Zrobimy co w naszej mocy... Ben, pamiętaj, żadnego heroizmu.

Ben uśmiechnął się, pomachał na pożegnanie i wraz ze swoimi ludźmi przekroczył bramę.

Sam zwrócił się do Caseya.

– Trzeba ustawić strażników przy bramie. Mają się zmieniać co cztery godziny. Mam nadzieję, że klan przybędzie tutaj do rana. Mamy jeszcze trochę czasu, więc lepiej zacznijmy się szykować już teraz.

Podczas gdy pozostali wzięli się za budowanie obozowiska, Sam podszedł do Kerri i Cartera.

– Możecie wrócić do miejsca spotkań, już wystarczająco dużo przeszliście.

– Rozmawialiśmy o tym z Kerri – zostajemy. Chcemy pomóc, gdzie się tylko da.

– Zrobiliście już wystarczająco dużo. Proszę, odpocznijcie, odzyskajcie siły. Jeśli chcecie, możecie pomóc w ewakuacji na wyspę. Wszyscy zresztą umierają z tęsknoty za wami.

– Sam, byliśmy tam i wiemy, jak te małpy wyglądają, naprawdę będziemy tu bardziej pomocni. Poza tym skoro już tu jestem, nie chcę znowu rozstawać się z Caseyem – powiedziała Kerri.

– Nie podoba mi się, że znowu będziecie narażani na niebezpieczeństwo, ale rozumiem. Musicie dojść do siebie, zwłaszcza psychicznie – rzekł Sam, pukając się w skroń.

– Nie traktuj nas jak dzieci – powiedziała Kerri. – To nasz świadomy wybór, a poza tym muszę zająć się Carterem. Jakoś wciąż nie może zbyt szybko biegać.

– Dobrze mieć was z powrotem – uśmiechnął się Sam.

Siedzieli wokół ogniska, choć nocne powietrze było przyjemnie gorące. Tu jednak wszyscy mogli choć na chwilę odetchnąć i zapomnieć o grożącej im wojnie.

– Myślicie, że deszcz spadnie w tym roku? – spytał ktoś schowany w ciemności.

– Dzisiaj na pewno nie – odparł z rozbawieniem inny głos.

– Już teraz widać, że plon nie będzie urodzajny, a jeśli mamy jeszcze wyżywić całe miasto... – wokół ogniska rozległy się szepty. Wszyscy zrozumieli, czym będą teraz grozić słabe zbiory.

– Pamiętam, że był taki rok, kiedy deszcz w ogóle nie przyszedł. Miałem wtedy, nie wiem, może z dziewięć albo dziesięć lat. Tylko że wtedy mieliśmy sporo zapasów z poprzedniego roku.

– Teraz też mamy niemało ubiegłorocznych zapasów – wtrącił Sam.

– A do tego łosoś bierze ostatnio nadzwyczaj dobrze, lepiej

niż kiedykolwiek. Sporą część połowów zdążyliśmy już ususzyć i uwędzić – zauważył optymistycznie ktoś inny.

– Oby lubili ryby – odezwał się kolejny głos.

– Sonny nie lubił – powiedziała Kerri. – Mleka też nie! – Wszyscy zaśmiali się, słysząc tę uwagę.

– Kot, który nie lubi mleka! – dobry humor udzielił się wszystkim.

– Co to za karczemna atmosfera przed bitwą? Słychać was pewnie po drugiej stronie granicy – zaskoczył wszystkich przybysz.

– Avi, szybko wróciłeś! – wszyscy wstali, by go powitać.

– Jest ze mną reszta klanu, biegliśmy cały dzień. Przyszedł z nami ktoś jeszcze, Sam.

– Cześć, tato, tęskniłam.

– Lu! Co ty tu robisz?

– Wybacz, Sam. Nie szło jej powstrzymać.

– Nic się nie stało; wiem, jak to z nią jest.

– Kerri! – krzyknęła. – Carter?! – pobiegła wyściskać oboje. – Nie wierzę, jak bardzo się zmieniliście w tym czasie – powiedziała, obejmując ich. – Tak za wami tęskniłam. – Mocno przytuliła Kerri i pocałowała ją w policzek. Ze łzami w oczach spojrzała na Cartera i zarzuciła mu ręce na szyję. – Nigdy nie zdołam ci się odwdzięczyć za to, co zrobiłeś.

– Lu, ale ja naprawdę nic takiego nie zrobiłem.

– Nieprawda, zrobiłeś bardzo dużo. Wspierałeś nas i próbowałeś nas chronić. Zachowałeś się jak prawdziwy mężczyzna, naprawdę mogłyśmy na tobie polegać. Holly mówiła mi, że czuła się znacznie bezpieczniej, kiedy byłeś obok. Nie wiem, co by się z nami stało, gdyby nie ty. Nigdy nie myśl, że nic nie zrobiłeś – powiedziała, przytulając go raz jeszcze. – Nikt nie zrozumie, co tam się wydarzyło i przez co musieliśmy przejść, ale przyrzekam ci, że nigdy nie zapomnę tego, co dla nas zrobiłeś... I wprost nie mogę uwierzyć, jak bardzo doroślişcie w tym czasie! – dodała, chcąc rozweselić atmosferę.

– Niektórzy też wyprzystojnieli – wtrąciła Kerri. Obie zaśmiały się na widok zarumienionych policzków Cartera.

– Dziewczyny będą się o ciebie zabijać – żartowała Lulu.

– Zawsze możesz udawać, że ty tylko uczysz je pływać – zaśmiała się Kerri. – Zrobisz furorę.

– Jak dobrze, że wróciliście bez szwanku – powiedziała Lulu. – Chodźcie do ogniska, pogadajmy. Strasznie chce mi się pić.

Odeszli, podczas gdy pozostali pochłonięci byli opracowywaniem planów obronnych.

Pozostali członkowie klanu rozproszyli się w poszukiwaniu miejsca i nietkniętych jeszcze zapasów jedzenia. Każdy jednak, gdy tylko ich zobaczył, chciał uścisnąć rękę Carterowi i pocałować Kerri w policzek.

– Jakieś wieści od Bena? – spytał Avi.

– Wrócił na sekundę, żeby powiedzieć, że na miejscu jest bezpiecznie. Odkąd przeszedł przez bramę ze swoimi ludźmi, nie mieliśmy żadnych nowin – powiedział Sam.

– Chcesz, żebym poszedł sprawdzić, czy przypadkiem gdzieś nie zasnęli? – spytał, szczerząc zęby.

– To nie taki głupi pomysł. Powinniśmy zresztą wysłać kolejnych dziesięciu ludzi, żeby zastąpili tych, którzy teraz tam stacjonują. Najpierw jednak napijcie się czegoś i zjedzcie.

Sam zwołał wszystkich przybyłych.

– Chciałbym wam po pierwsze podziękować, że zjawiliście się tak szybko. Sądziliśmy, że będziemy czekać na was aż do rana. Po drugie – jak wiecie, dziesięciu naszych ludzi strzeże obecnie granicy od drugiej strony. Nie wiecie jednak zapewne tego, że przejście przez bramę gwałtownie przyspiesza starzenie ciała. Jedyną obroną przed tym jest przybranie zwierzęcej postaci. Oni spędzili już tam cały dzień. Potrzebuję zatem dziesięciu ochotników, którzy ich zastąpią.

Wszystkie ręce wystrzeliły w górę.

– Świetnie. Dziesięć minut na posiłek i ruszacie. Avi, dowodzisz. Przynajmniej jeden człowiek ma wrócić w ciągu najbliższych minut, w przeciwnym wypadku zakładamy najgorszy możliwy scenariusz.

Sam udał się powitać nowych przybyszów.

Naz i Vin wspinali się po stromym zboczu, chcąc dotrzeć do szefa i przekazać mu tragiczne wieści.

– Za tym rumowiskiem powinien być wąwóz, który zaprowadzi nas prosto na płaskowyż – powiedział Vin.

– Jeśli wyruszyli wystarczająco wcześnie, prawdopodobnie już z niego schodzą – rzekł Naz.

– Wątpię, żeby chcieli maszerować tamtędy nocą, to byłoby samobójstwo; zbyt łatwo można by ich dostrzec i zaatakować.

– Racja. Szef na pewno o tym wie i pogania ludzi, żeby jak najszybciej opuścić płaskowyż.

– Wiesz, tak się zastanawiałem... a gdybym też sobie sprawił taki duży kij? Ta dziewczyna nauczyłaby mnie paru sztuczek.

– Piękny pomysł, naprawdę piękny. Otworzyłbyś potem własną szkołę w swoim domu. „Samoobrona i wypieki z Vinem" – to byłby hit.

– Teraz to się ze mnie nabijasz. Chociaż ta szkoła w sumie byłaby fajnym pomysłem... ale na pewno nie uczyłbym, jak piec ciasta!

– Vin, daj spokój, robisz najlepsze wypieki po tej stronie tundry, nie możesz nie wykorzystać tego potencjału.

– Myślałem raczej, żeby rozwinąć się w innym kierunku, wiesz, przekwalifikować się.

– Tak! Wyobraź sobie tylko ten widok – stado niedźwiedzi takich jak my, tylko każdy trzyma w łapach kostur tak jak tamci.

– Bylibyśmy największym postrachem w... czekaj, coś usłyszałem.

– Ja też – szepnął Naz. – Głosy. Dochodzą zza głazów.

– To muszą być oni, prawda? Małpy chyba nie umieją mówić?

– Rzucimy okiem, ale dyskretnie. Idź lewą stroną, ja pójdę ścieżką. Bądź gotów do ucieczki na wszelki wypadek – szepnął Naz.

– Myślisz, że nas nie dogonią?

– Gdybym miał stado małp na ogonie, wątpię, żeby cokolwiek było w stanie mnie dogonić.

– Nie wiedziałem, że masz ogon!

– Przenośnie, Vin, przenośnie...

Ostrożnie zakradli się z obu stron dużego głazu, który leżał w pobliżu. Vin jako pierwszy zorientował się, że głosy należą do mieszkańców miasta.

– W porządku, to oni.

Wyłonili się zza skały, a ich oczom ukazał się krajobraz po bitwie. Natychmiast dostrzegli w tłumie szefa, który doglądał rannych.

– Szefie! – zawołał Naz.

Obrócił się i podszedł, by ich przywitać. Na jego twarzy malowała się wyraźna ulga.

– Co tu się stało? – spytał Naz, nie mogąc uwierzyć, że ranni i martwi, którzy leżeli wokół, nie byli wymysłem jego wyobraźni.

– Trudno powiedzieć, jak to się właściwie zaczęło. Wybuchła panika i ludzie zaczęli pędzić na oślep. Niektórzy się potykali i upadali na ziemię, ciągnąc za sobą innych. Nagle, zupełnie znikąd, w tłumie pojawiła się jedna z bestii. Wszystko było spowite chmurą pyłu od tego pędu, nikt nie widział, co się dzieje wokół. Dopóki nie zaatakowała, nikt nie umiał powiedzieć, gdzie się ukryła.

– To wszystko zrobiła jedna małpa? Szefie, ilu?

– Dziesięciu zabitych i dwudziestu ośmiu rannych.

– Jedna... – powtórzył Naz, kręcąc głową z niedowierzaniem.

– Szefie, mam tu takie magiczne zielone coś, na pewno pomoże rannym – powiedział Vin, który wyciągnął mech ze swojej sakwy.

– Jak to działa?

– Pojęcia nie mam, ale podzielę to i dam rannym.

– Niech będzie, może coś z tego wyjdzie. Naz, musimy porozmawiać.

Po szefie widać było, że w ostatnim czasie nie miał nawet chwili odpoczynku.

– To był jakiś koszmar. Nikt nie wiedział, gdzie jest zagrożenie. Cały ten czas bestia biła, gryzła i rozrywała wszystko, co wpadło jej w łapy. To było wcielenie nieskalanego myślą zła. Dopiero piątka kotów dała radę ją powalić, ale trzech z nich odniosło poważne rany.

– Szefie, powinniśmy chyba ruszać dalej, tu jest zbyt niebezpiecznie.

– Zdaję sobie z tego sprawę. Trzeba będzie jeszcze nieść rannych i pochować zabitych. Co powiedzieli południowcy?

– Że ich wpuszczą, a o tym, czy uchodźcy będą mogli zostać na ich ziemiach, zadecydują później. Otworzyli kolejne przejście i ustawili dziesięciu swoich ludzi na straży. Są gotowi wysłać posiłki w każdej chwili.

– Dobra robota, Naz.

– Zasługa należy również do Vina; on też pomógł zbudować wzajemne zaufanie.

– Robi się z niego świetny gwardzista.

– To prawda. Vin zostawił znacznik tuż przed przejściem, gdyby sytuacja miała przybrać zły obrót. Dostrzeżecie go bez trudu.

– Będzie dobrze, Naz, nic już nie przybierze złego obrotu. Na razie to my mamy przewagę. Uda nam się odprowadzić tych ludzi, a potem wrócić do domu, jasne?

– Jasne, szefie. To jak, ruszamy?

– Pomówię z Drayem.

Naz podszedł do grupy kotów stojącej obok.

– Straż! – krzyknął najbardziej władczym głosem, na jaki umiał się zdobyć. Tamci podskoczyli i z pewnością stanęliby na baczność, gdyby tylko umieli. Naz zauważył, że zastrzygli uszami. – Trzeba pochować poległych. Wykopcie im płytki grób i przysłońcie go kamieniami. Nie muszę chyba mówić, że trzeba to zrobić *natychmiast*. – Ulżyło mu, gdy zobaczył, że koty posłusznie wzięły się za wykonywanie rozkazu.

Podszedł do Vina.

– Musimy iść dalej. Rannych, którzy nie mogą poruszać się o własnych siłach, trzeba ponieść. Jak idzie kuracja mchem?

– To już ostatni, jaki mi został – powiedział, pokazując kilka kępek. – Starałem się zająć tymi, których stan był najpoważniejszy. Cieszę się, że wziąłem ten mech ze sobą.

– Ja też. Pójdę przekazać ludziom, żeby szykowali się do wymarszu.

Do Naza i szefa podszedł Dray.

– Naz, jak długo jeszcze do przejścia? – spytał.

– Kilka godzin. Jeśli ruszymy teraz, zdążymy dojść tam do rana.

Dray zwrócił się do mieszkańców:

– Ruszamy dalej! Pomagajcie sobie nawzajem, a jeśli sami będziecie potrzebować pomocy, krzyknijcie, gdy będę przechodził w pobliżu. Jeśli wymaszerujemy teraz, dotrzemy na miejsce do rana – zachęcał ich.

– Szefie, pomóc w niesieniu rannych? – spytał Vin.

– Nie, będziecie bardziej przydatni bez dodatkowego balastu. Nie można wykluczyć kolejnego ataku. Możecie nas poprowadzić?

– Jasna sprawa, szefie.

– W porządku, wynośmy się stąd już.

Naz i Vin wrócili po swoich śladach przez usłany kamieniami stok. Dali podążającym za nim uciekinierom znak, żeby nie opuszczali jeszcze ostatniego w tej okolicy miejsca, które nadawało się na kryjówkę.

– Do przejścia mamy jeszcze tylko to zbocze i spaloną łąkę. Potem w lewo i jesteśmy na miejscu – powiedział Naz.

– Wkrótce będzie świtać, wtedy mamy większe szanse, żeby

dotrzeć bezpiecznie do bramy. One widzą lepiej w ciemności, my w dzień – odparł Vin.

– Jak zejdziemy ze zbocza, będzie już całkiem nieźle – nie będziemy się tak rzucać w oczy.

– Tylko że jednocześnie aż do granicy nie znajdziemy żadnego miejsca, gdzie można się skryć – zauważyl Vin. – Może lepiej sprawdzę okolicę?

– Jesteś pewien? Chciałem zaproponować to samo.

– Nie, byłem pierwszy. Czekaj, aż dam ci znak. Pamiętaj, tylko na migi, żadnych dźwięków. Poczekaj, aż dojdę do tamtej dużej skały. Im więcej będziecie mieli czasu na odparcie ataku, tym lepiej.

– Zatem prowadź, gwardzisto! – rzekł Naz, dumny ze swego podopiecznego.

– To była najmilsza rzecz, jaką kiedykolwiek usłyszałem.

Vin ruszył naprzód z wypiętą piersią, dumny, że został w końcu uznany za prawdziwego gwardzistę.

Schodzili powoli, starając się czynić jak najmniej hałasu podczas marszu po piachu i żwirze. Wszystkich dręczył niepokój, że jęki rannych zwabią grasujące w okolicy małpy. Vin maszerował na szpicy, zatrzymywał się, nasłuchiwał, rozglądał wokół i ruszał dalej. Szary, monotonny krajobraz zaczynał nabierać barw, gdy słońce wychylało się powoli zza wschodnich szczytów. Niebo zapłonęło czerwienią i żółcieniami tam, gdzie promienie słońca przeszywały pióropusze dymu, który wciąż unosił się nad lasem.

Piękny widok, pomyślał Vin. *Ale wolałbym być gdzie indziej.*

Ostrożnie dotarł do stóp zbocza i dał reszcie pochodu sygnał, że można bezpiecznie zejść w stronę pagórków, którymi usłana była spalona do szczętu łąka. Czuł wyraźną ulgę, że nie będą już tak odsłonięci na atak.

Tyle zniszczenia i tragedii z powodu głupoty jednego człowieka, pomyślał.

Gdy stał na skraju dawnych wysokich traw, podszedł do niego Naz.

– Wiesz co, Vin, czasami, kiedy jest się zwiadowcą i maszeruje z przodu, wówczas zdarza się człowiekowi tracić trochę kontakt z rzeczywistością, gadać do samego siebie i takie tam. Wypatruj teraz wszystkiego, co uznasz za niepasujące do otoczenia. To może być dziwnie rozrzucony popiół, jakaś sterta majacząca w oddali, która nie pasuje do niczego... w zasadzie wszystko, co wyda ci się podejrzane. Jeśli będziesz potrzebował pomocy, od razu mnie zawołaj, jasne?

– Dzięki za radę, trochę już zaczynałem odpływać.

– Już wkrótce będziemy mieli wszystko za sobą.

Szef zrównał się z Nazem.

– Jak się sprawuje?

– Nie zastąpiłbym go nikim innym. Jeśli ktoś da radę mnie wygryźć, to tylko on – wyszczerzył zęby Naz.

– Widzę, że już właściwie ostatnia prosta przed nami.

– Jaki mamy plan, jeśli zostaniemy zaatakowani?

– Jeśli napadnie na nas grupa, wtedy ty i Vin uciekacie. Macie ode mnie wyraźny rozkaz dostać się do Zachodniego Przejścia i przekazać wszystkim, co się wydarzyło. Lepiej, żeby byli na bieżąco, niż mieli dwóch poległych więcej na swoim koncie.

– Szefie, nie możesz nas prosić o coś takiego.

– Naz, posłuchaj mnie. Tym kotom wydaje się, że są lwami górskimi, ale obaj dobrze wiemy, że żadni z nich wojownicy. Nie przeszli przez taki trening jak nasi gwardziści. Jeśli nadejdą małpy, wybuchnie panika i wszyscy rozpierzchną się w panice. To tylko rolnicy, którzy będą uciekać na oślep, próbując jakoś ocalić swoje rodziny. Jest nas za mało, żeby ich ochronić, a widziałeś, do czego zdolna jest nawet jedna małpa. Wyobraź sobie więc całe stado, które nadciąga. Szef musi znać sytuację.

Naz przemyślał słowa szefa.

– Przekażę Vinowi – powiedział. – Ale wiem, że on również się nie zgodzi, nowo odkryta duma strażnika na pewno mu na to nie pozwoli. Szefie, co powiesz na to: jeśli rzeczywiście zaatakuje nas cała chmara, Vin pędzi w stronę bramy, a wraz z nim Dray. My dwaj z kolei robimy za dywersję i próbujemy jak najdalej odciągnąć atakujących, a w tym czasie koty eskortują uciekinierów do przejścia. Im więcej małp pójdzie za nami, tym mniej rzuci się na pochód.

– Ten plan nie jest zły. Wybacz, że cię w to wciągam.

– Szefie, to mój wybór.

Avi leżał wraz ze swoją drużyną po drugiej stronie zbocza, obserwując uważnie dolinę, która rozciągała się przed nimi. Początkowa euforia wywołana przybyciem i widokiem doliny ustąpiła znudzeniu, jakie towarzyszy każdemu strażnikowi. Nad ranem wszyscy byli już zmęczeni wyczekiwaniem, co oznaczało częste zmiany na warcie.

– Zabawne.

Czyjś głos rozbrzmiał dalekim echem w świadomości półprzytomnego Aviego.

– Co takiego? – odezwał się ktoś inny.

– Jest cicho – Avi rozpoznał głos Timo, który przybył na miejsce ubiegłej nocy, a ponieważ wysłano go niedawno, wciąż był pełen entuzjazmu i uparł się, że wraz z kilkoma innymi nie będzie spał całą noc jako „wsparcie dla wartującego".

Sympatyczny chłopak, pomyślał Avi. – Hmm, to dobrze się składa – dodał na głos. W gruncie rzeczy jednak uwaga Timo nie dawała mu spokoju. – Co to znaczy, że jest „cicho"? – spytał sennym głosem, wciąż nie otwierając oczu.

– Zwróciliście uwagę, że ptaki już nie śpiewają i nie słychać skrzypienia świerszczy?

SZLAG!, wrzasnął w duchu. Gwałtownie wstał i ostrożnie wyjrzał zza traw. – Obudź resztę, wszyscy trzymać się nisko i ani słowa – szepnął. Spojrzał na pagórki, które wznosiły się od strony łąk. Nie dostrzegł nic niepokojącego, ale dobrze wiedział, że zwierzęta widziały znacznie więcej niż on.

Wiatr zmienił kierunek i smagał teraz Aviego po twarzy. Zakręcił się niespokojny. W powietrzu unosił się niewyobrażalny smród, który drapał go w gardło. Wtem coś sobie przypomniał: siedzieli razem z Kerri przy ognisku i całą noc słuchał jej opowieści, podczas gdy Carter spał mocnym snem. *Cuchną jak rozkładające się ciało zwierzęcia, które zostawiono na słońcu.*

To zapach zwłok, jestem pewien, pomyślał. – Ćśś... przekaż, że małpy są niedaleko. Timo, jeśli nas zauważą, masz biec do bramy, nie oglądając się za siebie. Klan musi być ostrzeżony w porę.

Wciąż obserwował dolinę, choć od stęchlizny unoszącej się w powietrzu miał ochotę wymiotować. Z prawej strony wyłoniła się najpierw głowa, a później ramiona groźnie wyglądającej małpy. Avi od razu dostrzegł jej długie kły i rozżarzone czerwone oczy. Z pyska małpy kapała ślina. Wspięła się na wzgórze, a Avi dostrzegł jej przybrudzony ziemią i popiołem tors. Szła na zachód, prosto w ich kierunku.

Wstrzymał oddech w obawie przed zwróceniem na siebie uwagi. Dostrzegł kolejne osiem, potem dziesięć małp idących w kierunku wzgórza.

Polują, to pewne. Ale chyba nie mają jeszcze tropu, pomyślał.

Poczekał, aż przejdą dalej, czując niewyobrażalną ulgę i nie wierząc we własne szczęście, że nie dostrzegły ani ich grupy, ani bramy. Dopiero kiedy były po drugiej stronie najbliższego wzgórza, Avi odetchnął. Już wstawał, kiedy znowu poczuł falę trupiego zapachu. Padł od razu na ziemię, kryjąc się w trawie. Z trudem mógł dostrzec, co się dzieje na szczycie. *Zobaczyły mnie?*

Na wzgórzu po prawej stronie mignęła mu jeszcze jedna głowa, a za nią dwie kolejne. Te małpy kroczyły znacznie uważniej, dokładnie badając teren.

To nie są bezrozumne istoty, usiłują coś znaleźć wspólnymi siłami, pomyślał. *Mamy naprawdę duży problem.*

Szły powoli, przyglądając się z zainteresowaniem wszystkiemu, co przykuło ich uwagę. Nagle jedna się zatrzymała, wpatrzona w znacznik, który umieścił Vin.

To tylko zwykły kamień, no idźże sobie dalej, modlił się w duchu Avi.

To nie był jednak zwykły kamień. Niewątpliwie odznaczał się wielkością na tle pozostałych. Małpa lekko pchnęła go stopą i schyliwszy się, spojrzała z zaciekawieniem na to, co kryło się pod nim.

Trawa jest zielona! Do Aviego dopiero teraz dotarło, co to znaczy. W normalnych okolicznościach w tym miejscu powinna być grudka spalonej ziemi. To, że tak nie jest, jest dowodem, że ktoś w miarę niedawno tędy przechodził i go zostawił.

Małpa głuchym pomrukiem wezwała do siebie pozostałą dwójkę i wszystkie zaczęły uważnie badać teren wokół kamienia, śledząc, w którym punkcie zatrzymał się pożar łąki. Jedna z nich podeszła do miejsca, w którym była spalona ziemia.

Szukają śladów, pomyślał. Ta, która zauważyła kamień, patrzyła teraz na wzgórze, za którym ukryli się Avi i jego towarzysze. *To może być koniec.*

Avi dał znak ręką pozostałym, żeby byli gotowi.

Pięć.

Małpa zaczęła wchodzić na zbocze.

Cztery.

Dostrzegła coś i pochyliła się, żeby się bliżej przyjrzeć.

Trzy.

Jeszcze dwa kroki i atakujemy, powtarzał sobie w myślach Avi. Chwycił pewniej kostur, który trzymał w gotowości.

Na wzgórzu z lewej strony pojawiła się kolejna małpa.

Tamta dziesiątka wróciła!, pomyślał przerażony.

Bestia wydała z siebie głośny ryk, machając łapą. Trójka, która badała okolicę, popatrzyła i zatrzymała się. Małpa na wzgórzu pobiegła w stronę, z której przybyła. Pozostałe szybko za nią podążyły.

Avi wydał z siebie głośne westchnienie ulgi.

– Znalazły coś – powiedział Timo. – Albo udało im się dostrzec w popiołach ślady niedźwiedzi, albo zwietrzyły zapach.

– Nie mogę uwierzyć, że są w stanie zwietrzyć cokolwiek poza własnym smrodem. Wydaje mi się, że znalazły trop w ziemi. Timo, biegnij powiedzieć członkom klanu, co się wydarzyło. Jeśli ludzie z miasta zmierzają w tym kierunku, wpadną prosto w zasadzkę. Trzynaście małp będzie na nich cierpliwie czekać. Leć!

Timo zniknął po chwili w błysku światła. Biegł tak szybko, że zaplątały mu się nogi i stracił równowagę przy przekraczaniu granicy z drugiej strony. Zwinął się w kulkę i zrobił kozła w przód. Wzniecił taką kurzawę, że strażnicy wartujący po drugiej stronie nie mogli z początku dostrzec, co wyłoniło się z bramy. Rzucili się w jego kierunku z kijami w rękach, krzycząc na alarm.

– To Timo! – krzyknął po chwili jeden z nich. Podbiegł, aby pomóc mu wstać i otrzepać go z kurzu.

– Gdzie jest Sam? – spytał Timo, łapiąc pośpiesznie swój kij.
– Małpy! Widzieliśmy je dosłownie przed chwilą. Chyba złapały trop.

Pobiegli obaj do Sama, który czekał już na nich pod prowizorycznym zadaszeniem chroniącym przed słońcem.

– Trzynaście małp przeszło w pobliżu. Rozdzieliły się na dwie grupy. Jedna z nich dostrzegła kamień, który zostawiły niedźwiedzie, żeby zaznaczyć położenie bramy. Były dosłownie trzy kroki od naszej kryjówki, ale nagle jakaś małpa z drugiej drużyny nadbiegła i wezwała resztę. Widzieliśmy, jak pobiegły na zachód. Musiały się na coś natknąć; wydaje nam się, że znalazły trop niedźwiedzi. Sam, to nie są bezmyślne istoty. Potrafią się zorganizować, pracować w zespole i umiejętnie szukać śladów.

– Jeśli to stado zaatakuje mieszkańców, to będzie rzeź. Musimy ich ostrzec.

– Sam, jest coś jeszcze. Wiatr zmienił kierunek. Wieje z północy.

–Kerri! Kerri! Gdzie jesteś? – wołała Lulu.

– Tutaj jestem. O co chodzi?

– Masz jeszcze trochę mchu?

– Mam, a co się stało?

– Możliwe, że mi się przyda. Podobno widziano stado małp w okolicy. Ludzie myślą, że szykują zasadzkę na mieszkańców.

– Przecież to będzie masakra, jeśli ich dopadną!

– Wiem, dlatego muszę ich ostrzec.

– Ty? Nie ma mowy!

– A kto inny? W zmienionej postaci biegam znacznie szybciej niż wszyscy, a do tego lepiej sobie poradzę w walce, jeśli zajdzie potrzeba.

– Lu, nie. Nie możesz tam wrócić.

– Mogę i muszę.

– Nie wiesz, na co się porywasz. Nie widziałaś tych potworów i nie wiesz, do czego są zdolne. One są czystym, bezmyślnym złem.

– Ktoś musi ostrzec tych ludzi, a ja zdążę pobiec i wrócić, zanim ktoś inny dopiero by się zebrał, żeby wyruszyć.

– Lu, jesteś naszą przyszłą królową. Nie możesz narażać się na takie niebezpieczeństwo.

– Kiepska byłaby ze mnie królowa, gdybym chciała kogoś uratować i nic tak naprawdę nie zrobiła.

– Potrzebujemy cię, klan sobie nie poradzi, jeśli coś ci się stanie. I nie chciałam ci tego mówić, ale biegać to akurat średnio potrafisz. Ja się nadam znacznie lepiej do tego zadania.

– Wcale nie. To był mój pomysł, a ty byś o tym w ogóle nie pomyślała, gdybym nie spytała cię o mech.

– To prawda, to twój pomysł, który jest zresztą bardzo

rozsądny. Ale równie rozsądne będzie wysłać najszybszego biegacza.

– Kerri, nigdzie nie pójdziesz.

– Carter! Carter! – zawołała Kerri.

Przybiegł od razu, zmartwiony niepokojem w jej głosie.

– Musisz dopilnować, żeby Lulu nigdzie się stąd nie ruszyła.

– Co? Dlaczego? – spytał zdezorientowany Carter.

– Chce pójść ostrzec uciekinierów z miasta przed zasadzką, którą zastawiły małpy.

– Skąd to wszystko wiesz?

– Lu ci wszystko wyjaśni. Po prostu nie pozwól jej nigdzie odejść.

– Kerri, przestań! – powiedziała Lulu. – Dobrze wiesz, że nie wybaczyłabym sobie, gdyby coś ci się stało. Niepotrzebnie ci o tym mówiłam.

– I tak bym sama na to wpadła. Marnuję tu czas. Carter, pilnuj Lu.

– Co? Dokąd ty...

Zanim zdążył dokończyć, Kerri patrzyła już na niego oczami zwierzęcia.

– Carter, miej ją na oku – rzekła, po czym pobiegła w stronę bramy.

– Lulu, co tu się dzieje?

– Pobiegła ostrzec ich przed zasadzką.

– Co?! Lulu, musisz dać mi słowo, że tu zostaniesz.

– Dobra, niech ci będzie. Obiecuję, że nigdzie się nie ruszę.

Carter nie zamierzał dłużej zwlekać i przyjął postać ogara.

– Carter, dokąd idziesz?

– Biegnę za Kerri, nie zostawię jej samej.

– Teraz ty mi coś obiecaj: że z nią wrócisz.

Carter zamknął oczy na chwilę przed rozbłyskiem światła i skoczył w tunel prowadzący do północnych ziem. Gdy tylko znalazł się po drugiej stronie i wyczuł ziemię pod stopami, rzucił się do biegu. Skierował się na zachód i przyspieszył, chcąc dogonić Kerri. Biegł za nią już tyle razy, że od razu zwęszył jej zapach. Pamiętał, że pachniała dziko rosnącymi truskawkami przemieszanymi z odrobiną pomarańczy. *Może to dlatego, że zawsze po nich przebiegała.* Z każdym kolejnym susem zapach stawał się coraz bardziej intensywny. Wiedział, że Kerri nie może być daleko. Zobaczył, że coś przemknęło na szczycie wzgórza, które wznosiło się przed nim.

– Kerri! – zawołał. Wciąż jednak biegła przed siebie.

Przyspieszył kroku, jakby pchała go naprzód jakaś niewidzialna siła. Po chwili znajdował się w miejscu, w którym przed chwilą dostrzegł Kerri.

– Kerri! – krzyknął jeszcze raz.

Była tym razem na tyle blisko, że usłyszała swoje imię. Zatrzymała się i spojrzała zmieszana i zaskoczona na Cartera.

– Co ty tu robisz?

– Nie sądziłaś chyba, że pozwolę ci wrócić tu samej.

– Powiedziałeś, że będziesz pilnować Lulu.

– Obiecała mi, że nie opuści obozowiska.

– Dlaczego tak bardzo nie możesz się powstrzymać przed robieniem głupstw?

– Masz jakiś plan?

– Tak, ostrzec tych ludzi.

– To nie jest plan. Będziemy biec razem, dopóki nie zobaczymy małp. Czuję ich smród nawet teraz, muszą być niedaleko. Są tak opętane złem, że nie przyjdzie im pewnie nawet do głowy, że ktoś mógłby zaatakować je od tyłu. Kiedy podejdziemy wystarczająco blisko, odciągnę ich uwagę i pobiegnę na zachód. Ty w tym czasie będziesz biec w kierunku płaskowyżu. Zapach niedźwiedzi powinnaś zwietrzyć bez problemu. Mam nadzieję, że mieszkańców też. Wiatr wieje z północy, więc będzie tym łatwiej. Kiedy ich znajdziesz, poprowadzisz wszystkich do bramy.

– Świetny plan, tylko że to ja odciągam uwagę. Biegam szybciej niż ty.

– Chyba o czymś zapomniałaś. To ja cię przed chwilą dogoniłem.

– Carter, jestem starsza, więc rób, co ci każę.

– Naprawdę chcesz używać takiego argumentu? Pójdź ostrzec mieszkańców. Nie stójmy już tak, marnujemy tylko czas – powiedział, po czym ruszył do biegu, zostawiając za sobą Kerri.

Carter podążył za odstręczającym zapachem małp do miejsca, w którym odbiły w kierunku spalonych łąk. Przyspieszył kroku, wiedząc już, dokąd zmierzały. Były niedaleko, czuł to. Nagle stanął i zwrócił się do Kerri.

– Są blisko, smród wisi w powietrzu. Jak tylko je zobaczymy, padnij na ziemię i nie wychylaj się. Nie mogą cię zobaczyć, inaczej cały plan weźmie w łeb. Dopiero gdy uda mi się wszystkie odciągnąć, idź za tropem niedźwiedzi. Jestem pewien, że zaprowadzi cię do uciekinierów.

– A ty dokąd się udasz?

– Daleko na zachód, potem odbiję na północ, dopóki się nie zmęczą. Później wrócę. Do zobaczenia przy bramie – powiedział i ruszył przed siebie, ucinając wszelką dyskusję.

Kerri podążyła za nim, ale szybko spostrzegła, że zaczyna coraz bardziej od niego odstawać.

ROZDZIAŁ 14

Vin podniósł łapę, dając pozostałym znak, żeby się zatrzymali. Dopiero kiedy okolicę strawił pożar, można było dostrzec, jak bardzo te tereny były pofałdowane. Wysokie trawy sprawiały wrażenie, że stąpa się po nizinie. Z bijącym sercem podszedł do kolejnego wzniesienia.

Szybki rzut oka i od razu na ziemię, powtarzał sobie.

Naz obserwował, jak Vin zakrada się na kolejne wzgórze, tak jak to robił przy każdym pozostałym, odkąd dotarli do doliny. Tym razem jednak padł na trawę i w wielkim pośpiechu przyczołgał się z powrotem, nerwowo dając łapą znak, żeby wszyscy padli. Naz podbiegł do niego i spytał:

– Vin, o co chodzi?

– W oddali widać jakąś kurzawę. Coś się zbliża – szepnął. Obaj wczołgali się po spalonej trawie na szczyt wzniesienia, żeby lepiej się przypatrzeć; dostrzegli bliżej nieokreślony kształt, wzbijający z każdym krokiem potężną chmurę popiołu i pyłu, którą wiatr spychał na południe. Cokolwiek to było, zmierzało w ich kierunku.

– To biegnie prosto na nas.

Gdy chmura pojawiła się na najbliższym wzniesieniu, mogli wyraźnie dostrzec, że były to małpy.

– Do diabła. Vin, plan jest taki – zbijamy ludzi w ciasną grupę, nie pozwalamy im się rozbiec i próbujemy dobiec za wszelką cenę do granicy; nie może być już daleko. Ty ich poprowadzisz, nie zatrzymuj się, choćby nie wiem co. W tym czasie ja i szef... czekaj, Vin, patrz!

Wskazał na pocisk mknący od wschodu wzdłuż łąki.

– Pies! Skubany biegnie, jakby ogon mu się palił. Niech mnie! Nie wiedziałem, że potrafią tak szybko biegać.

– Spójrz, małpy go zauważyły i zmieniły trasę. Chce je zwabić i odciągnąć od nas.

– Chyba już możemy sobie darować całe te środki ostrożności – biegnijmy do granicy.

– Poczekaj, widzę coś jeszcze. To już biegnie w naszą stronę.

Z niepokojem obserwowali kurzawę, która z każdą sekundą była coraz większa.

– Naz, w porządku, to też pies! – krzyknął Vin, czując, jak kamień spada mu serca.

Kerri wystrzeliła w górę i poszybowała łagodnym łukiem nad głowami nadbiegających właśnie Jojo i Naza, po czym ostro wyhamowała, przyprószając wszystko wokół pyłem.

– To ja, Kerri – wysapała.

– Nawet nie wiesz, jaką czujemy ulgę na twój widok – powiedział Naz.

– Kto w takim razie odciągnął tamte małpy? – spytał Vin.

– Carter. Słuchajcie, nie mamy czasu; musimy jak najszybciej dostać się do bramy. Małpy wpadły na wasz trop i mogą w każdej chwili wrócić.

– W porządku, będziemy tuż za tobą – powiedział szef. – Dam sygnał do wymarszu.

Podbiegł do stojącego za nimi pochodu.

– Dray, trzeba będzie biec do samej granicy. Tym razem jednak bez tratowania się w popłochu; tempo będzie takie, żeby każdy mógł nadążyć. Najważniejsze teraz to utrzymać szyk i nie dać ludziom się rozpierzchnąć. Sonny, powiedz swoim ludziom, żeby zostawili wszystko, co ze sobą niosą, nie możemy sobie pozwolić na żaden balast. Dray, każ strażnikom pilnować tyłów i czuwać nad tym, żeby wszyscy nadążali. Brama jest już niedaleko i nie zatrzymamy się, dopóki do niej nie dojdziemy.

– Czy to Kerri? – spytał Sonny.

– Tak, przyszła nas ostrzec przed małpami, które wpadły na nasz trop.

– Muszę z nią porozmawiać – odparł, po czym zrobił krok naprzód.

Szef zatrzymał go swoją potężną łapą z wystawionymi pazurami:

– Nie ma czasu na pogaduszki, chłopcze. Musimy czym prędzej wyruszać. Pogadacie sobie, kiedy przejdziemy przez granicę – powiedział. – Jazda!

Rozdzieliwszy zadania, udał się z powrotem na czoło grupy.

– W porządku, Kerri, prowadź. Pamiętaj tylko, że wśród uciekających są też dzieci. Następny przystanek: granica!

Kerri zaczęła iść powoli, spacerowym krokiem, po czym przyspieszyła. Kiedy zobaczyła, że reszta ludzi również ruszyła, przeszła w powolny trucht. Jak na razie wszyscy nadążali. Cały czas jednak zerkała za siebie, chcąc się upewnić. Kiedy pochód za bardzo się rozciągał, zwalniała, żeby wszyscy mogli ją dogonić, po czym znowu wypuszczała się naprzód, zmuszając resztę do szybszego biegu. Cały czas myślała o Carterze.

Dlaczego musiał znowu wyskoczyć z tak głupim pomysłem?, pomyślała. *Choć muszę przyznać, że rzeczywiście podziałało.*

Kerri widziała już miejsce, w którym pożar zdusił się sam, zostawiając po sobie postrzępioną granicę między zgliszczami i zieloną trawą, która rozciągała się w oddali po horyzont.

Już niedaleko. Jeszcze tylko skręcić na wschód i prawie dotarliśmy.

Znowu przyspieszyła kroku. Chciała czym prędzej zaprowadzić mieszkańców na nietkniętą przez pożar ziemię, bojąc się, że wzbijane przez nich tumany kurzu zwrócą uwagę małp. Kiedy w końcu poczuła trawę pod łapami, zatrzymała się na chwilę, żeby nacieszyć się jej przyjemną miękkością, tak kontrastującą ze spaloną łąką, po której musieli stąpać.

Jak tylko to wszystko się skończy, tak temu Carterowi natrę uszy, że do końca życia nie zapomni. Naprawdę nie było innego wyjścia?

Kerri spojrzała za siebie, zobaczyła, że również tylna straż opuszcza pogorzelisko. Od razu przyspieszyła kroku.

Już prawie dom. A potem ciepła kąpiel i tona naleśników na talerzu, zaczęła marzyć. Po chwili jednak rzeczywistość się o nią upomniała.

– Kerri! Kerri, UCIEKAJ! – usłyszała.

To był Carter, który pędził w jej stronę.

– Nie złapały przynęty. Rozdzieliły się, dwie z nich poszły za mną, podczas gdy reszta zawróciła; są tuż za mną, uciekaj!

– Carter, biegnij szybko po pomoc. Niedźwiedzie i koty są tuż za tym wzgórzem.

– Nie ma mowy, zostaję z tobą. Dałem słowo.

Do dwójki ogarów dotarły niedźwiedzie.

– Są tuż za nami – powiedziała Kerri.

– Vin, prowadź ludzi do bramy; ja i Naz zapewniamy osłonę. Biegnijcie najszybciej, jak możecie!

Jojo dostrzegł nadciągającego Draya.

– Powiedz strażom, że mają szykować się do walki. Musimy spowolnić małpy na tyle, żeby ludzie zdążyli dobiec do granicy.

Mieszkańcy powoli zrównywali się z nimi. Kerri dostrzegła w tłumie Sonny'ego.

– Sonny! – zawołała. – Wezwij pomoc, nasi ludzie są tuż za tym wzgórzem; przekaż im, że jesteśmy w niebezpieczeństwie!

– Nie mogę, muszę chronić tych ludzi!

– Możesz im pomóc, ściągając więcej ludzi do obrony. Pośpiesz się!

Sonny pobiegł, szybko wyprzedzając Vina.

– Ustaw ich w kształt litery „V" – powiedział Jojo, układając łapy na wzór przekątnych, żeby pokazać, jaką pozycję mają zająć koty. – Będą chciały nas stratować i od razu rzucić się w pogoń za uciekającymi.

– Naz, my dwaj stanowimy zwieńczenie formacji. Koty stoją na flankach; kiedy będziecie atakować, skupcie się na pojedynczych małpach. Nie myślcie nawet o tym, żeby im zagrodzić drogę, po prostu was odrzucą na bok, i to dość boleśnie. Dajcie im przejść i dopiero wtedy zaatakujcie; celujcie w nogi. Jak tylko powalicie jedną, od razu zajmijcie się kolejną.

– A my co możemy zrobić? – spytała Kerri.

– Zrobiliście już wystarczająco dużo. Proszę, pomóżcie ludziom ujść stąd z życiem.

– Bardziej przydamy się tutaj. Zostajemy.

– Niech wam będzie... jeśli jakaś bestia minie Vina i mnie, postarajcie się ją spowolnić. Powalcie ją, podłóżcie nogę – wszystkie chwyty dozwolone; żadna nie może dogonić tych ludzi – powiedział Jojo.

– Nadchodzą – krzyknął Dray na widok zbliżającej się czarnej chmury popiołu.

– Biegamy szybciej niż one. Nokautujemy tutaj kilka z nich, gramy trochę na zwłokę i wycofujemy się w tamto miejsce – rzekł Jojo, wskazując najbliższe wzniesienie.

Kerri stała obok Cartera. Spojrzał na nią i zobaczył strach w jej oczach.

– Idź wezwać pomoc, nie narażaj się tutaj.

Potrząsnęła głową.

– Dzięki, że jesteś obok.

– Przygotować się! – ryknął Dray.

Niedźwiedzie, koty i ogary wstrzymały oddech na widok szarżujących małp. Na ułamek sekundy poraziła ich dzikość i brutalność istot, które zmierzały w ich kierunku. Ryczały przeraźliwie, z pysków leciała im ślina; siekały powietrze zębami, jakby nie mogąc się doczekać chwili, w której zanurzą kły w miękkim ciele ofiary. Oczy płonęły im szałem, a zmierzwione futro nadawało nędzny i chorobliwy wygląd. Całe były pokryte błotem i sadzą; bił od nich obrzydliwy odór gniijącego ciała – tak gęsty, że zdawał się być barierą nie do przejścia.

Nie zwolniły nawet na chwilę, spodziewając się, że zmiażdżą obrońców i dopadną bezbronnych wówczas uciekinierów. Zaatakowały zbitą grupą; małpy, które prowadziły natarcie, skierowały się wprost na Jojo i Naza. Stali na dwóch łapach, gotowi przyjąć uderzenie. Obaj zamachnęli się potężnymi łapami, idealnie wyczuwając moment, w którym bestie się na nich rzuciły; te, które znajdowały się na czele szarży, poleciały na boki, turlając się po ziemi; wyraźnie oszołomione próbowały wstać z ziemi. Sama masa niedźwiedzi wystarczyła, żeby spowolnić całą grupę na chwilę. Kolejny szereg małp zdołał jednak powalić dwójkę obrońców.

Bestie rozpierzchły się na boki, przebiegając pomiędzy kotami. Strażnicy specjalnie się odsuwali, żeby następnie skoczyć na atakujące małpy od tyłu i przewrócić je na ziemię bądź przeciąć im więzadła w nogach.

Dwie z nich uginały się pod ciężarem kotów, które próbowały obezwładnić je samą liczebnością. Inne próbowały gryźć, ale od razu tego żałowały – smak ciała i krwi potworów był absolutnie nie do zniesienia.

Kerri i Carter widzieli, że małpy przedarły się przez formację; szykowali się do ataku. Skoczyli równocześnie, próbując wgryźć się w kark przeciwnika. Dopadli dwie małpy, które biegły na czele; przygnietli je do ziemi, lecz zaraz sami zostali stratowani przez kolejną falę.

Carter zobaczył leżącą na ziemi Kerri oraz małpę, która powoli się do niej zbliżała i brała zamach swoją wielką, podobną do maczugi pięścią. Skoczył bestii na plecy i zacisnął mocno szczęki, wgryzłszy się jej w szyję. Szarpnął tak, jak wcześniej zrobiła to Kerri. Zarzucił małpą jak szmacianą lalką. Usłyszał chrzęst łamanego karku; przeciwnik osunął się bezwładnie na ziemię. Carter poczuł silne mdłości od posmaku zgnilizny, który miał teraz w ustach. Plecy Kerri płonęły od ugryzień i ran zadanych pazurami.

– Kerri, szybko, wstawaj! – krzyknął Carter. Opóźnili szarżę jedynie o kilka sekund.

Jojo ryknął do obrońców:

– Wycofać się na drugie wzgórze!

Ci, którzy byli w stanie, biegli po obu stronach nacierającego stada. Najważniejsze teraz było dostać się na szczyt, zanim zrobią to małpy. Jako pierwsi dobiegli Kerri i Carter, za nimi Naz i Jojo, a na koniec Dray wraz z pozostałymi kotami – niektóre już kulały od otrzymanych ran.

– Atakujemy na mój sygnał – krzyknął Jojo, odmierzając w myślach dystans dzielący ich od małp. – Trzy... dwa... jeden... TERAZ!

Cała czwórka skoczyła na gęsto zbite stado, próbując powalić jak najwięcej małp. Uderzyli cztery małpy biegnące w pierwszym szeregu, które upadły do tyłu pod naporem ciężaru niedźwiedzi i ogarów, wywracając pozostałe.

Stoczyli się ze wzgórza, warcząc, sycząc, gryząc i kopiąc, podczas gdy pozostałe małpy uskoczyły na bok. Kerri zamarła, gdy dostrzegła kątem oka, jak przedarły się przez broniące wzgórza koty i ruszyły w stronę bramy.

Sonny zbiegł rozpędzony ze wzgórza. Zauważył duży kamień leżący w oddali, który od razu rozpoznał jako znacznik granicy. Obrócił się na południe i dostrzegł stojącego na szczycie wzniesienia Caseya.

– Sonny, czy to ty?

– Tak, potrzebujemy pomocy. Małpy są tuż za nami.

– Gdzie jest Kerri?

– Za tamtym wzgórzem, próbuje wraz z pozostałymi zatrzymać małpy.

Casey zwrócił się do swoich ludzi:

– Avi, zostań tu ze swoimi strażnikami, strzeżcie przejścia. Reszta za mną.

Sonny pobiegł z powrotem na wzgórze; Casey wraz z dziesiątką ludzi podążyli za nim. Dostrzegli Vina prowadzącego mieszkańców przez nieckę położoną między dwoma pagórkami.

Vin zatrzymał się, gdy zobaczył, że w ich stronę nadbiega Casey ze swoim oddziałem. Zwrócił się do podążających za nim mieszkańców:

– Tam! – krzyknął, wskazując na ostatnie wzniesienie. – Biegnijcie w tamto miejsce. – Po czym również ruszył za Sonnym, aby walczyć z małpami.

– Nie możemy pozwolić na utratę wzgórza – krzyknął Casey do swoich ludzi, gdy wbiegali na górę. Sonny pognał naprzód i zniknął za szczytem. Casey trzymał kostur w gotowości, w każdej chwili spodziewając się małp; dotarli w tym samym momencie, gdy nadciągnęły pozostałe bestie.

Uderzył z impetem pierwszą, która znalazła się w zasięgu jego kija; padła po pierwszym ciosie w głowę. Od razu wziął kolejny zamach, widząc, że następny przeciwnik biegnie w jego kierunku. Jego ludzie nadbiegali już z obu stron, żeby osaczyć pozostałe małpy. Z przerażeniem spojrzał na kotłującą się masę u stóp wzniesienia.

– Kerri, Carter! – krzyknął. – Zabierajcie się stamtąd!

Serce Kerri skoczyło na dźwięk głosu Caseya.

Wiedziałam, że przyjdzie, pomyślała.

– Kerri, wstawaj! – krzyknął do niej Carter. Wierzgnęła i wydostała się ze splątanej masy ciał, po czym rozejrzała się wokół, chcąc ocenić stan pozostałych. Naz przygwoździł jedną z małp do ziemi, trzymając ją mocno za kark, i jednocześnie strącił ze wzgórza kolejną potężnym uderzeniem łapy.

Zobaczyła, że Jojo z trudem próbuje utrzymać się na nogach, atakowany naraz przez kilka rozwścieczonych małp. Przeszył ją dreszcz; dotarło do niej, że żadne posiłki już go nie ocalą.

Nadbiegające małpy odbijały się od zapory, którą utworzyli

ludzie Caseya, robiący teraz bardzo dobry użytek ze swoich kosturów. Ich celne uderzenia skutecznie spowalniały szarżę. Kerri wiedziała jednak, że te stworzenia były dalekie od wycofania się z walki. Wgramoliła się na wzgórze, gdzie byli Casey i członkowie klanu.

– Możesz sama chodzić? – spytał ją Casey, próbując przekrzyczeć wrzawę.

– Nic mi nie jest. Casey, trzeba pomóc innym – powiedziała.

Największe straty poniosły koty, które nie miały szans w starciu z małpami. Osiem leżało martwych; ci, którzy przeżyli, byli ciężko ranni. Jedynie Dray był w stanie utrzymać się na nogach o własnych siłach pomimo odniesionych obrażeń; naciskał, żeby niedobitki wycofały się z pola walki.

Członkowie klanu wciąż utrzymywali szyk pomimo ponawianych ataków; zdawało się, że jedynym celem małp jest dostać się do przejścia, a kolejne otrzymane ciosy tylko bardziej je rozjuszają.

Casey dostrzegł leżącego na ziemi Sonny'ego, nieprzytomnego po uderzeniu w głowę, które otrzymał zaraz po tym, jak skoczył na nadbiegające małpy. Olbrzym podniósł go i zaniósł z powrotem na wzgórze.

Kerri i Carter zdołali schować się za obrońcami, którzy wciąż stali pewnie i nie opuszczali pozycji.

– Zabierajcie się stąd, wy dwoje, dosyć bohaterstwa na dziś; zajmę się rannymi – powiedział Casey.

Gdy wycofywali się, zobaczyli Vina, który właśnie zmierzał w stronę pola bitwy.

– Vin! Twój szef potrzebuje pomocy, jest na tamtym wzgórzu – krzyknęła Kerri.

Ludzie przy bramie popędzali ich z niecierpliwością. Przez przejście przechodzili już ostatni uciekinierzy; jasne, mleczne światło co chwilę zalewało okolicę. Kerri i Carter wspięli się ostatkiem sił na wzgórze, gdzie położony był znacznik i skierowali się na południe.

– O nie... Kerri, patrz – jęknął Carter i wskazał na wzniesienie na wschodzie.

Zobaczyła całą armię małp, która zmierzała w ich kierunku.

– Avi, spójrz! – krzyknęła. Podbiegli razem z Carterem do członków klanu, którzy stanowili tutaj ostatnią linię obrony.

– Nie traćcie czasu, przechodźcie przez bramę! – naciskał Avi.

Wiedzieli, że dali już z siebie wszystko, a ich dalsza obecność byłaby bardziej ciężarem dla obrońców niż wsparciem. Wkroczyli razem do tunelu, który miał ich zabrać do wytęsknionego domu.

Gdy towarzyszący przejściu blask rozproszył się, zobaczyli grupę ludzi stojących w półkolu. Wszyscy trzymali wysoko swoje kostury, gotowi zaatakować w razie najmniejszej oznaki niebezpieczeństwa.

– To Kerri i Carter – krzyknęła Lulu. – Wrócili! – Pobiegła ich powitać. – Chodźcie tędy, trzeba się zająć waszymi ranami.

– Nie teraz. Muszę pomówić z Samem; gdzie go znajdę? – spytał Carter.

– Sam! Sam! – zawołała.

Po chwili przybiegł.

– Nie macie pojęcia, jak się cieszymy na wasz widok.

– Sam, nie pora na uprzejmości. W naszą stronę zmierza armia małp nadciągająca ze wschodu. Casey usiłuje wrócić razem z rannymi; możemy tylko zgadywać, kto dotrze pierwszy do bramy.

– Rozumiem. Idźcie na razie na tyły i znajdźcie sobie trochę mchu na te rany; jesteście paskudnie poobijani.

Lulu wzięła ich pod ręce i poszła poszukać razem z nimi doktora Mossmana.

– Lulu, możesz zabrać Kerri do doktora? Muszę tu zostać – powiedział Carter.

– Co ty mówisz, chodź z nami. Już się dzisiaj nawojowałeś.

– Jeśli te bestie jako pierwsze przekroczą bramę, będziemy tu potrzebować każdego zdolnego do walki – odparł. Zajął pozycję tuż za obrońcami; stanął tak, żeby nie krępować ich ruchów i samemu przypadkiem nie oberwać kosturem.

Sam przybiegł, żeby wydać rozkazy obrońcom wyczekującym na powrót reszty klanu.

– Zamknąć pierścień otaczający bramę. Atakujcie wroga, jak tylko wyłoni się z tunelu. Ponieważ mogą przechodzić najwyżej dwójkami, mamy sporą szansę, żeby je skutecznie zablokować. Ben, pogadaj z mieszkańcami miasta i dowiedz się, jak możemy zamknąć bramę.

Casey poczuł, jak serce podchodzi mu do gardła, gdy zobaczył chmarę nadciągającą ze wschodu. Zwiastujący ją odór był tak silny, że zakręciło mu się w głowie i przez chwilę myślał, że upadnie. Walcząc z mdłościami, zebrał w sobie resztkę sił i wdrapał się na wzgórze.

– Zabierzcie go na Równiny – powiedział, przekazując nieprzytomnego Sonny'ego jednemu z członków drużyny Aviego. – Mogę już was zastąpić.

Za nimi szedł Vin, to ciągnąc, to niosąc Naza.

– Naz, to nie była twoja wina. Nic się już nie dało zrobić. Sam widziałeś, że szef się nie rusza.

– Nie powinienem był go opuszczać. To przeze mnie walczył w pojedynkę z tymi potworami – powiedział zrozpaczony Naz.

– Dobrze wiesz, że wracać tam po jego ciało byłoby samobójstwem.

– Vin, nie rozumiesz, to był mój szef.

– Dobrze wiem, co czujesz. Odszedł najodważniejszy strażnik, jakiego znałem – powiedział Vin. – Chodź już; teraz ważne jest, żebyś sam tu nie zginął. Zrobiłeś wystarczająco dużo.

Za nimi wlokły się dwa ostatnie koty – skrwawione i ciężko ranne, próbujące uciec przed rzezią, która rozgrywała się wokół.

Na ich pyskach malowało się przerażenie na widok małp, które nadciągały ze wschodu z olbrzymią szybkością.

Casey krzyknął w stronę niedźwiedzi zbliżających się już do bramy:

– Czy jest jakiś sposób, żeby to zamknąć?

– Tak – powiedział Naz. – Jeśli polejecie kamień wodą, przejście się zamknie.

– Przyszykujcie w takim razie wszystko po drugiej stronie i bądźcie gotowi zamknąć bramę w każdej chwili – zawołał Casey.

Naz spojrzał ostatni raz na zbliżające się w ich kierunku małpy. Zrezygnowany skinął w stronę Vina.

– Nic już tu nie zrobimy – zgodził się. Lekko zataczając się, wkroczył z pomocą Vina w migoczący mleczny tunel.

Błysk światła dał znak obrońcom, że ostatni ranni wycofali się z pola bitwy.

– Odwrót! – rozkazał Casey.

Sprawnie ustawili się w ćwiczony wielokrotnie dwuszereg. Unieśli kostury nad głowami, cierpliwie czekając na przybycie szarżującego stada. W powietrzu już unosił się trupi odór.

Kiedy małpy zbliżyły się na odległość kosturów, pierwszy szereg zadał płynny cios, jakby był jednym organizmem. Pierwsza fala atakujących padła pośród głuchego łoskotu precyzyjnych uderzeń.

Pierwszy szereg natychmiast wycofał się, ponownie unosząc kostury w górę, podczas gdy obrońcy w drugim rzędzie wysunęli się naprzód i odparli kolejną falę, po czym sami się wycofali przez luki w szeregu, które im pozostawiono.

Wszyscy zdawali się być doskonale zsynchronizowanym mechanizmem, bezlitośnie punktującym i odpierającym kolejne ataki przeciwnika. Rozwścieczone małpy przedzierały się przez ciała pokonanych, próbując przełamać szyk. Obrońcy krok po kroku wycofywali się w ramach doskonale wyćwiczonego manewru. Kostury bez ustanku świszczały w powietrzu, nawet gdy żadna małpa nie znajdowała się w zasięgu broni.

Gdy byli już blisko bramy, utworzyli trzeci szereg; ci, którzy stali z przodu, młócili powietrze z jeszcze większą zawziętością, żeby osłonić przechodzących przez świetlny tunel.

Casey i Avi pozostali na czele formacji i jako ostatni opuścili opanowane przez małpy ziemie. Znaleźli się już z powrotem na Północnych Równinach.

– Następne, co stąd wyjdzie, będzie małpą, więc bądźcie gotowi! – krzyknął Casey do członków klanu stojących w półokręgu.

Naz czekał w gotowości tuż przy bramie.

– Vin, teraz! Wszyscy już przeszli! – krzyknął.

Vin ruszył przed siebie, trzymając beczkę z wodą. Dobiegł do bramy w momencie, kiedy wyłoniła się z niej małpa. Zamiast rzucić się na ludzi, zaatakowała Naza, który stał już nad czarnym kamieniem. Wgryzła się boleśnie w jego ramię, nie pozwalając mu dotknąć kamienia. Casey dopadł do niej, chwycił oburącz za szczękę i odciągnął od Naza. Rozwścieczona małpa groźnie wierzgała kończynami, ale Casey zdołał chwycić ją za nogę oraz kark, po czym cisnął ją przez portal.

Vin polał kamień wodą, by schłodzić go na tyle, żeby Naz mógł go chwycić. W międzyczasie jednak pojawiła się kolejna małpa, która szarżując, wytrąciła im beczkę z ręki. Woda chlusnęła i rozlała się po ziemi.

Naz zawzięcie bronił kamienia, nie zważając na nacierającą nań małpę. W okamgnieniu zjawił się obok niego Casey, który powalił bestię celnym uderzeniem kostura w głowę.

Vin patrzył z niedowierzaniem na wodę wsiąkającą w glebę, tam, gdzie upadła beczka. Wstał, nie odrywając od niej wzroku.

– To jedyna, jaką tu mamy! – krzyknął.

– Vin, panuję nad sytuacją.

Naz pochylił się i spróbował podnieść kamień, zgarniając ziemię wokół niego. Żar parzył go boleśnie w łapy. Spróbował jeszcze raz, ale za każdym razem, gdy jego łapy były już blisko, kamień zaczynał go przypalać.

Z tunelu wyskoczyła kolejna małpa. Naz ryknął z wściekłości i zagarnął obiema łapami ziemię, na której leżał kamień. Potężne gorąco bijące od skały podpaliło jego łapy; futro również zajęło się płomieniem. Trzymał ją jednak na tyle zawzięcie, że udało mu się w końcu wyciągnąć ją z gleby, w którą się wtopiła.

Małpa, widząc to, rzuciła się z wyciągniętymi łapami na Naza. Cała jej uwaga skupiona była wyłącznie na kamieniu. Wykorzystał to Casey, który grzmotnął ją z całej siły prosto w kark. Rozległ się obrzydliwy chrzęst i bestia padła martwa na ziemię.

Naz, złorzecząc i rycząc z wściekłości oraz bólu, cisnął kamień tak daleko od granicy, jak tylko mógł. Brama od razu zaczęła migotać i barwić się kolorami tęczy, które poprzedziły wybuch oślepiająco białego światła. Przejście do Ziem Południowych było w końcu zamknięte. Ludzie zbiegli się wokół nieprzytomnej małpy i związali jej kończyny.

– Chcę, żeby kilku strażników pilnowało tego czegoś przez całą dobę – powiedział Sam. – Ben, twoi ludzie mają objąć pierwszą wartę – nakazał.

Podszedł do wyraźnie cierpiącego Naza.

– Pozwól, że rzucę okiem.

Naz pokazał zwęglone niemal łapy, nerwowo wciągając powietrze, żeby jakoś zwalczyć obezwładniający ból.

– To, co zrobiłeś, było niewyobrażalnie odważne.

– Przejście musiało zostać zamknięte. Dobrze wiedziałem, na co się piszę.

– Obawiam się, że przez jakiś czas będziesz musiał chodzić na tylnych łapach. Chodź ze mną, poszukamy doktora i przyłożymy mech na te rany.

Niedźwiedzie podążyły za Samem pośród roześmianego tłumu gratulujących sobie mężczyzn. W końcu można było dać ujście całemu napięciu związanemu z grożącym im niebezpieczeństwem.

– Panie... – odezwał się Vin.

– Nie, nie, po prostu „Sam" – poprawił go Sam.

– Sam – powiedział Vin. – To jeszcze nie koniec – dodał szeptem, żeby nikt wokół nie dosłyszał tej nowiny.

– Co masz na myśli? – spytał Sam, zatrzymując się. Spojrzał zaniepokojony na Vina.

– Pożar lasu przemieszcza się w tym kierunku. Kiedy dotrze do tej strony granicy, małpy zyskają nowy punkt, przez który będą mogły się tu dostać. Z tym, że tego nie uda wam się w żaden sposób zamknąć.

–Wezwijcie ludzi – powiedział Sam. – Ewakuujemy wszystkich na wyspę: kobiety, dzieci oraz rannych. Mężczyźni zostają z nami. Zdaję sobie sprawę, że nie byli nigdy szkoleni w walce jak my; mogą się przydać w innych miejscach. Nie oddamy tej krainy bez walki!

Mieszkańcy Południowych Ziem zaczęli właśnie pojmować grozę wojny, która miała wedrzeć się na ziemię, którą tak kochali. Gdzie żyli w szczęściu, odizolowani od świata. Nikomu do głowy by nie przyszło, że zagrożą im kiedyś istoty tak niewyobrażalnie złe. Ujrzeli oblicze wroga i po raz pierwszy czuli prawdziwy lęk.

Małpę, która przeżyła, dokładnie związano od stóp do głowy. Gdy tylko jednak odzyskała przytomność, ani na chwilę nie przestała dziko wierzgać, próbując zerwać więzy. Jej oczy płonęły nienawiścią; kopała, charczała i pluła wokół w daremnych próbach oswobodzenia się. Doktor w końcu podszedł i użył mchu zanurzonego w jednej ze swoich mikstur, żeby padła na ziemię.

Członkowie klanu zebrali się wokół ogniska, aby omówić bitwę, od której miał zależeć los ich krainy. Wszyscy zgłaszali swoje uwagi i sugestie odnośnie taktyki, którą należałoby przyjąć. Sam stał pośrodku, gdy poczuł nagle, że ktoś ciągnie go za ramię. Zobaczył stojącego za nim Cartera.

– Chcę pomóc – powiedział.

– Carter, już wystarczająco zasłużyłeś się w walce, więcej nie musisz. Czy mógłbyś zaprowadzić ludzi z powrotem do rzeki?

– W zwierzęcej formie biegam dalej i szybciej niż każdy człowiek.

Sam ważył chwilę w myślach te słowa.

– Rozumiem, do czego zmierzasz.

– Chciałbym zostać tutaj i służyć jako goniec.

– Nie mam nic przeciwko, ale jednak przedyskutuj to najpierw z rodzicami – odparł Sam po namyśle.

– Chciałabym... – zaczęła Kerri.

– Nie ma mowy! – przerwał jej Casey. – Idziesz nad rzekę.

– Casey, jak możesz! Rozmawiasz z bojowym psem, który niejedną bitwę już widział.

– Kerri, to nie jest zabawa.

– Zawsze wam się przyda drugi goniec, a ja jestem tutaj najszybsza spośród was – powiedziała.

– Prawie najszybsza – wymamrotał Carter.

– Który to powiedział? – spytała oburzona.

– Kerri, już się wystarczająco zasłużyłaś. Wolałbym, żebyś była bezpieczna na wyspie i tam odzyskała siły.

– Sam, powiedz mu coś! – rzekła Kerri.

– Ile masz teraz lat? – spytał Sam.

– Jutro kończę osiemnaście.

– W porządku. Potrzebuję gońca, który przekaże wiadomość mojej żonie.

– Sam!

Sam poszedł odnaleźć Naza i Vina. Odpoczywali pod skonstruowanym zawczasu baldachimem.

– Jak twoje łapy? – spytał.

– Już nie bolą – powiedział Naz. – Świetna sprawa ten wasz mech.

– Powinniście wziąć ze sobą, gdy będziecie wracać. Tak na wszelki wypadek.

– Zamierzałem nawet o to poprosić – odparł Naz.

– Przykro mi z powodu waszego szefa – rzekł Sam.

– Był dobrym gwardzistą.

– Najodważniejszym, jakiego widziałem.

– Bohater godny tego, by wymieniać go jednym tchem obok Rana?

– Opowieści o nim będą zapisane w tej samej księdze.

– A u jego boku wasza dwójka!

– Ja tylko niosłem ciasta – powiedział Vin.

– Czy jest coś, czego wam trzeba?

– Oprócz cudu? Absolutnie nic – odparł Naz.

– Jest coś, co chciałbym wam wręczyć – Sam pokazał im czarny kamień otwierający bramę. – Pomyślałem, że chcielibyście wrócić do domu.

– Rozmawialiśmy na ten temat i stwierdziliśmy, że będzie lepiej, jeśli zostaniemy.

– Jesteście pewni? Wykonaliście przecież swoje zadanie – doprowadziliście mieszkańców na nasze ziemie. To już nie jest wasza walka. Po kilku godzinach marszu na zachód będziecie mogli otworzyć przejście do domu; powinno być blisko gór i wystarczająco daleko od łąk. Wyślę z wami kilku moich ludzi, żeby zamknęli bramę, gdy tylko odejdziecie.

– Wciąż możemy wam się przydać.

– Przyjaciele, to już nie jest wasza wojna.

Naz i Vin byli niezwykle wzruszeni tym, że właśnie zostali nazwani przyjaciółmi przez przyszłego króla tych ziem.

– Jestem pewien, że wasze rodziny na was czekają i zamartwiają się na śmierć. Wróćcie do nich i opowiedzcie, co tu się wydarzyło.

– Tylko że jeszcze nie wiemy, co tu się wydarzyło – powiedział Naz.

– Za kilka godzin te drzewa będą płonąć, a ogień zacznie trawić naszą granicę. Nawet teraz czujemy złowrogą aurę, która wisi w powietrzu. Członkowie klanu podejrzewają, że małpy już teraz gromadzą się na czele pożaru i czekają na dogodny moment.

– Naprawdę chcecie stawić im czoła?

– To nasz dom. Żałuję, że nie mieliście okazji zobaczyć tych okolic w czasach pokoju. Jest tu wtedy naprawdę pięknie.

– Nawet teraz to widzimy. Zrobimy, co w naszej mocy, żeby wam pomóc. Jeśli nadejdzie taki czas, że zdecydujecie się pójść na południe, wówczas weźmiemy kamień i odejdziemy na zachód. W takiej sytuacji nie będziecie musieli nikogo wysyłać z nami, żeby zamknąć bramę.

– Czy cały wasz lud jest tak odważny?

– Sam, jesteśmy gwardzistami – powiedział Vin. – Robić to, co słuszne, jest naszym obowiązkiem.

Sam uśmiechnął się w podzięce.

– Muszę dopilnować przygotowań. Tymczasem powierzam wam to – powiedział Sam, wręczając Vinowi czarny kamień.

Tej nocy czas dłużył się im niemiłosiernie. Sam wezwał do siebie ludzi, by przekazać im ostatnie rozkazy.

–Casey, ty pójdziesz z ludźmi Bena i Aviego; brońcie okolic położonych najbliżej granicy – powiedział Sam, wskazując miejsce, w którym mieli pełnić straż.

– Razem z resztą klanu staniemy na przedzie. Szybkość ich ataku zależy od tego, jak szerokie będzie przejście z lasu do naszych ziem.

– Wydaje mi się, że zaatakują przy pierwszej okazji, gdy tylko zwali się pierwsze drzewo.

–Na to właśnie liczę. Im mniejsza będzie przerwa między

drzewami, tym mniej z nich będzie mogło się tu przedostać w tej samej chwili. To da nam szansę wyrządzenia im większej szkody. Im więcej wybijemy, tym lepiej dla nas.

–Wiesz może, jak dużo ich jest? – spytał Ben.

–Nikt nie wie. Ale pamiętajcie, to jest inwazja na nasze ziemie. Nie bierzemy jeńców, walczymy, aby ochronić nasze rodziny; zabijemy tyle małp, ile tylko zdołamy. Wszyscy znacie plan i znaczenie poszczególnych sygnałów. Na mój znak robimy odwrót, chyba że nas otoczą. Jakieś pytania?

Plan był przedyskutowany wielokrotnie w ciągu dnia. Wszyscy wiedzieli, co do nich należy.

– Dobra, zajmijcie pozycje – zarządził Sam.

Uformowali szyki, patrząc na narastający na północy pożar. Ostre kształty wyraźnie rysowały się na tle cieni rzucanych przez płomienie. Ogień roztaczał niesamowite światło na wszystko wokół, ale mężczyźni dostrzegali również błysk niecierpliwie wyczekujących czerwonych oczu.

Minuty ciągnęły się jak godziny, każda kolejna sekunda okrutnie wydłużała oczekiwanie na bitwę. Napięcie wśród ludzi było coraz bardziej wyczuwalne, nerwowo szurali nogami o ziemię i poprawiali chwyt, jakim trzymali kostury.

Oczekiwanie spotęgowało również wściekłość małp. Pomiędzy drzewami dało się zauważyć coraz większy ruch. Przemykały tam i z powrotem, czekając na utworzenie przejścia, na padnięcie pierwszego drzewa na południowej granicy, które otworzyłoby im drogę do wyjście z miejsca, w którym uwięzione były przez tyle lat.

–Co to było? – odezwał się głos z tyłu szeregu.

–Ja też to poczułem – powiedział ktoś inny.

Sam wyciągnął przed siebie rękę. Coś dużego i ciężkiego spadło na jego dłoń. Spojrzał w górę, lecz niczego nie dostrzegł.

– Nie widać gwiazd – powiedział.

Wszyscy spojrzeli w górę na nocne niebo zasłane chmurami. Krople deszczu zaczęły powoli spadać na ich twarze i wyciągnięte dłonie, kapiąc donośnie.

Wielkie, ciężkie krople wody, na które czekali całe lato, pojawiały się coraz szybciej. Mężczyźni zaczęli się śmiać, otwierając szeroko usta i chwytając w nie spadające krople.

W oddali, od strony lasu, dało się słyszeć syki i widać było kłęby pary. Krople wody spadały na palące się gałęzie i pnie. Deszcz przybierał na intensywności, lał się strumieniami, tworząc kurtynę wody trudną do przeniknięcia wzrokiem. Ludzie opuścili w dół kostury; niektórzy padali na ziemię, inni klęczeli lub leżeli w szybko tworzących się kałużach.

Ogień szybko gasł za ścianą pary i dymu, tak że wkrótce ciężko było dostrzec jakiekolwiek płomienie. Noc wypełniona była dźwiękiem padających na ziemię kropli i rykiem zawodu stworów uwięzionych za murem lasu.

Deszcz padał bez ustanku przez całą noc. Sam przechadzał się między śmiejącymi się ludźmi, ściskając im dłonie, obejmując i żartując.

W końcu wypatrzył siedzącego pod przykryciem Cartera. Wyglądał na wyczerpanego – teraz, gdy nie trzeba było dłużej czekać na bitwę.

– Szukam właśnie posłańca – powiedział Sam.

Carter wstał z ulgą malującą się na twarzy.

–Zgłaszam się – powiedział.

–Dostarczysz wiadomość na miejsce spotkań? Powiedz im, żeby spodziewali się nas na śniadaniu.

Carter uśmiechnął się.

–No to do zobaczenia – powiedział i ruszył na południe.

Następnie Sam udał się na poszukiwanie Naza i Vina. Ich futra były całe nasiąknięte wodą, krople skapywały z nich, dołączając do ulewnego deszczu. Siedzieli, dyskutując o najlepszych ciastach. Obaj uśmiechnęli się na widok Sama.

– Kto by się tego spodziewał? – zaśmiał się Naz.

–Macie swój cud, o który prosiliście – odparł Sam.

–Cieszę się, że dane mi było to zobaczyć.

– Chciałem przedłużyć wasze zaproszenie – powiedział Sam. – Czy zostaniecie z nami na dłużej? Myślę, że to idealna okazja do świętowania. Będziecie gośćmi honorowymi.

Naz i Vin spojrzeli po sobie, szczerząc zęby w uśmiechu na myśl o uczcie.

– Od dawna nie mieliśmy okazji świętować. Mamy nadzieję, że nie przeszkadza wam nasz mało odświętny ubiór – powiedział Naz, spoglądając na swoje przemoczone futro.

–Absolutnie nie – uśmiechnął się Sam.

–Zatem będzie to dla nas zaszczyt – powiedział Vin.

Carter stał samotnie pod strzechą szałasu w miejscu spotkań, wpatrując się w spadające krople deszczu, tak spokojny, jak mu się to od dawna nie zdarzyło.

Uwielbiam wodę, pomyślał. *To najlepsza rzecz od czasu...*

Z zamyślenia wyrwała go postać idąca przez deszcz.

– Uważaj, żeby się nie utopić – powiedział.

Zatrzymała się. Mokre kosmyki włosów przywarły jej do twarzy, woda spływała po nosie i ustach. Uśmiechała się od ucha do ucha.

– Szukałam cię – powiedziała Kerri.

–Stałem sobie tutaj, żeby zmyć z siebie trochę wspomnień.

Spojrzała na niego. Był teraz wyższy od niej; jego ciało urosło, przez co sprawiał trochę wrażenie nad wiek dojrzałego.

Jego oczy są takie... jak to powiedzieć... głębokie?, pomyślała. Wzięła głęboki oddech.

– Carter, bądźmy znów dziećmi, choć raz, na tę jedną noc.

–Jak chciałabyś to zrobić? – spytał zdezorientowany.

– Chodź, zatańczmy razem w deszczu.

–Nie umiem tańczyć, chyba przegapiłem ten etap mojej młodości – zasmucił się.

–Nie umiesz? Od kiedy to cię powstrzymuje od zrobienia czegoś? – powiedziała z udawaną irytacją w głosie. – Nie wiedziałeś, jak być bohaterem, aż się nim stałeś.

– Nie jestem bohaterem, Kerri, po prostu starałem się być taki tak ty.

–Dla mnie jesteś boharerem, Carter – powiedziała miękko. – Proszę, zatańcz ze mną, zanim te wszystkie dziewczyny przyjdą, żeby cię o to zapytać.

Teraz to on wziął głęboki oddech.

–Kerri Carpenter, czy mogę prosić do tańca?

Wyszedł z szałasu i dotknął jej dłoni. Stali w błocie, wpatrzeni w siebie, otoczeni przez ulewny deszcz. Kerri położyła rękę na jego ramieniu, a Carter ją objął.

Podniósł ją w górę i obrócił w powietrzu, i jeszcze raz, i jeszcze raz, i jeszcze raz, i jeszcze raz, i jeszcze raz.

Również dostępna druga część Trylogii:
UTRACONE ZIEMIE

SHAUN L. GRIFFITHS
UTRACONE ZIEMIE
ZMIERZCH EPOKI - TOM II
POWIEŚĆ FANTASTYCZNO-PRZYGODOWA

O AUTORZE

Shaun L. Griffiths urodził się w południowej Walii, w Cardiff. Studiował inżynierię elektroniczną w Llandaff College, którą ukończył z najlepszymi wynikami wśród swojego rocznika.

Pierwszą pracę podjął w amerykańskiej firmie, która produkowała dyski twarde do komputerów. Po pięciu latach pracy w sterylnych pomieszczeniach, gdzie nigdy nie można odróżnić nocy od dnia, doszedł do wniosku, że jego życie nie musi tak wyglądać i zaczął podróżować po świecie.

W latach dziewięćdziesiątych pracował w londyńskiej dzielnicy finansowej, gdzie na własne oczy mógł zobaczyć, jak pod ciężarem chciwości i korupcji upadają wielkie niegdyś firmy, a późniejsza „reorganizacja" dotknęła również i jego.

Przeprowadził się do Polski, gdzie żyje obecnie wraz z rodziną i psem w zbudowanym przez siebie domku w lesie.

Większość pomysłów do książki czerpię z miejsc, które mnie otaczają bądź tych, które miałem okazję odwiedzić. Wystarczy zatrzymać się i chłonąć to, co jest wokół – wówczas dostrzeże się, w jak niezwykle inspirującym świecie żyjemy.

Niniejsza książka jest jego pierwszą powieścią. Dalszy ciąg trylogii *Zmierzch epoki* już wkrótce!

NIEZMIERNIE WAŻNA PROŚBA

Dziękuję za pobranie mojej książki! Z wielką chęcią wysłucham Twoich uwag i spostrzeżeń, jeśli jakieś Ci się nasunęły w trakcie lektury.

Potrzebuję ich, żeby kolejna część trylogii była jeszcze lepsza. Proszę więc o szczerą recenzję w wybranym przez Ciebie serwisie książkowym, która mi w tym pomoże!

Serdecznie dziękuję
Shaun L Griffiths

Milton Keynes UK
Ingram Content Group UK Ltd.
UKHW010754110923
428455UK00014B/636

9 788396 411327